U0044268

江山醫統

第二輯

卷11

皇室對決

石章魚 著

她控制不住不安和惶恐
上位者掌握不住手中的權力
女人掌握不住自己的男人
這是一種怎樣的忐忑

目錄

第一章

不由自主

胡小天開始感覺到頭腦昏昏沉沉，眼皮都開始變得沉重，
他知道缺氧的狀態已開始出現，
望著姬飛花，越發覺得他嫵媚動人，蕩人心魄。
胡小天感覺到姬飛花的身軀如女人般柔軟，道：
「我不知為什麼，總是會不由自主將你當成女人。」

姬飛花點了點頭道：「不說了，節省點體力，我教你一個閉氣的方法，以你的悟性和根基應該能夠很快學會，如果使用得當，或許可以撐過三天三夜。」

姬飛花低聲將口訣告訴了他，胡小天修習了這麼多的武功，對內功心法的領悟能力在不知不覺中已經提升許多，短短半個時辰內已經將姬飛花教給他的心法掌握，兩人開始還說幾句，後來就全都沉默了下去，畢竟誰都明白說話越少，損耗越少的道理，僅僅靠著光劍開挖出的這小小洞穴空氣少之又少，當然是能省則省。

胡小天突然失蹤，他在翠園的這幫手下開始的時候並沒有感到慌張，可是等了一天一夜都沒有見到胡小天回來，此時他們方才意識到事情有些不妙。

幾人商量後，決定由趙武晟去余慶寶莊找胡小天的表兄徐慕白幫忙。展鵬則去聯絡福王楊隆越，讓他想辦法。畢竟胡小天因為童鐵金的事情和丐幫公開結仇，明槍易躲暗箭難防，畢竟天香國是丐幫總舵所在，不排除丐幫在暗中下手的可能。

胡小天失蹤的消息自然也傳到了胡不為的耳中，他是有數的知情人之一，正是他提出條件並提供了線索，胡小天方才前往清玄觀。胡小天失蹤就可以推斷出他此次的任務十有八九已經失敗，蘇玉瑾果然厲害。

徐慕白靜靜站在一旁，是他將這個消息帶給了胡不為，看到胡不為許久都沒有說話，終於忍不住道：「姑父，我已經派人去尋找。」

胡不為淡然道：「你找？哪裡去找？」

徐慕白一時語塞，事實上他並沒有掌握太多的線索，也不知道應該從何找起。

小心翼翼道：「難道咱們袖手旁觀嗎？我懷疑此事很可能和丐幫有關。」

胡不為冷冷看了他一眼道：「沒證據的事情最好不要亂說，上官天火雖然不是什麼好人，可此人還是識得進退的，現在這種時候他應該不可能對他下手，小天的事情估計背後另有玄機，太后剛剛將他除名，現在就出了這件事，這其中肯定有人在作怪，既然如此，還是公事公辦，身為徐家人，你出頭也是理所當然，儘量不要動用徐家的力量，主要是要勞動朝廷。」

徐慕白道：「知道了。」

胡不為道：「多散佈一些可疑的消息，聽說最近蘇玉瑾在清玄觀閉關，此人向來喜歡跟我作對，借著這件事，也可敲打她一下。」

徐慕白頓時明白了胡不為的意思，他過去還在懷疑胡不為和胡小天之間畢竟血濃於水，當初胡不為棄他們母子而去或許是因為無奈之下的選擇，可現在看來胡不為果然冷酷無情、六親不認。

胡小天失蹤已經兩天兩夜，這消息在飄香城內傳得沸沸揚揚，多半人都不認為這件事只是偶然，很多人都將胡小天的失蹤和此前沙迦國王子遇刺等事件聯繫了起來，認為有人想要破壞遴選駙馬的大事，不過這個理由也有些說不通，畢竟胡小天在失蹤之前已經被淘汰，並未進入最終入圍的一百人名單之中。

福王楊隆越為了這件事入宮求見太后龍宣嬌。

龍宣嬌聽他講完這件事的經過，表情也顯得無比凝重。

楊隆越道：「母后，胡小天坐擁庸江三鎮，手下兵精將猛，乃是天下不可小覷的力量，若是他在咱們天香國出了事情，恐怕會有麻煩啊！」

龍宣嬌冷哼一聲，故作鎮定道：「一個大康叛賊罷了，他的那幫手下又能奈我何？舉兵攻打我們嗎？隔著大康，他們想打咱們，首先要過了這一關再說。我看，胡小天若是出了事，他的那幫手下只怕會樹倒猢猻散。」

楊隆越心中黯然，他本來將胡小天視為合作共贏的夥伴，卻想不到胡小天來到天香國之後連番受挫，非但被太后從候選人名單中劃掉，現在竟鬧失蹤，究竟胡小天是在故布疑陣，還是他看走了眼，高估了胡小天的實力？楊隆越心頭也是一陣迷惘。他低聲道：「母后不要只看表面，那胡小天和永陽公主曾有婚約。」

龍宣嬌呵呵笑道：「什麼時候的事了？早已解除了！」

楊隆越道：「可兒臣卻聽說永陽公主對胡小天餘情未了，其實母后也應該有所耳聞，不然母后也不會將他的名字從百人名單中去掉……」

龍宣嬌聽到這裡勃然大怒，拍案怒起，斥道：「大膽！你是在指責哀家公器私用嗎？這番話若是傳出去，別人會將哀家當成什麼人？」

楊隆越惶恐道：「兒臣口不擇言，還望母后恕罪，只是胡小天失蹤之事如今已經傳得沸沸揚揚，不少人開始公開指責我們並沒有做足措施，連他們最基本的安全都無法保障，兒臣還聽到一個說法，說胡小天失蹤之前曾經去過清玄觀。」

龍宣嬌有些不耐煩地擺了擺手道：「此事你不用管，哀家讓鳳翎衛去查。」

楊隆越對龍宣嬌的獨斷專行反感到了極點，可是卻不敢公然表露，點了點頭，躬身告辭。

楊隆越離去之後，龍宣嬌讓人將鳳翎衛統領榮飛燕召來，讓她去清玄觀一趟，查清胡小天有沒有去過那裡。

榮飛燕接到命令之後即刻去了清玄觀，得知師父仍未出關，今天已經是九月初四，再有五天就是映月公主正式選駙馬之日，按照此前的約定，師父正式出關之日應該是九月初七，還有三天的光景，雖然得到了同門沒有任何異常的答覆，榮飛燕仍然例行搜索了清玄觀，這讓她的許多同門感到不解，認為榮飛燕此舉有對師門不敬之嫌，可是誰也不會知道榮飛燕此刻焦急的內心。

其實榮飛燕從頭到尾就是慕容飛煙，她的意識也沒有一刻迷失過，只是礙於某種無法開口的原因，才沒有和胡小天相認，得知胡小天失蹤的消息之後，她頓時就亂了方寸。

外面因為胡小天的事鬧得天翻地覆時，胡小天和姬飛花兩人已在冰洞中熬過了近三個日夜，冰洞仍沒有任何融化的跡象，姬飛花教給胡小天的閉氣功雖然玄妙，可是三天三夜已經是他們可以在意識清醒的狀態下忍受的極限。想要在這黑暗的地洞中活上幾個月甚至更久，除非進入龜息狀態，而這種龜息功兩人都不懂得。

姬飛花緩緩睜開了雙目，看到胡小天也睜大了雙眼靜靜看著自己，兩人同時笑了起來，都沒有說話，心中卻明白留給他們的時間已經不多了。

胡小天道：「想不到，我們最終還是逃脫不了被困死的命運。」

姬飛花輕聲道：「還好有你，不算孤獨！」他們開始消耗這洞穴中所剩不多的空氣，既然命運的結局已經註定，早一刻跟晚一刻又有什麼分別？

「姬大哥，有件事我始終都沒跟你說實話，我根本就不是這個世界的人。」

姬飛花微微一笑：「我知道！」

胡小天心中暗奇，我都未說你怎能知道？

姬飛花道：「我祖父就是當年那場天人之戰倖存者的後代，我身上擁有他的血統，胡不為應該也是那些倖存者的後代，從某種意義上來說，咱們還是鄉親呢。」

胡小天知道姬飛花還是誤會了自己的意思，他搖了搖頭道：「你並不知道你的祖上來自何方，我卻知道我來自什麼地方。」

姬飛花眨了眨雙眸，他對自己祖上究竟來自何方也有著強烈的好奇心，若是死前能夠知道自己家鄉何處，也算是了卻了一樁心願。

胡小天道：「我生存的世界叫做地球，我的前世是個外科醫生，在業內也算是小有名氣，事業上也有所成就，可是我一心專研業務，根本不懂得生活，最後我活活累死在手術台上。」

姬飛花有些吃驚地聽著胡小天的訴說，感覺他的經歷有些匪夷所思。

胡小天道：「我本來以為我死了，可是糊裡糊塗又醒了過來，醒來之後，方才發現自己來到了一個古人遍地走的世界，我居然稀裡糊塗地成了戶部尚書的公子，本來我想安安生生當個富二代，瀟瀟灑灑地揮霍這輩子，多討幾房老婆，多生幾個兒女，可後來才發現這個世界並不比我過去過得輕鬆。」

姬飛花笑了起來，當真是一笑傾城。

胡小天呆呆望著他的俏臉，喃喃道：「你真美！」

姬飛花瞪了他一眼道：「膽子越來越大，換成過去，我說不定會砍了你的頭。」

胡小天自知死期將近，說話反倒沒了什麼顧忌，他笑道：「臨死之前說幾句實話，姬大哥不會生我氣吧？」

姬飛花搖了搖頭道：「有什麼好生氣的？百年修得同船渡，千年修得共枕眠，咱們兄弟能夠同穴而眠也算是千年修來的福分，若是有來生……」說到這裡，他突然停頓了下來，過了好一會兒方才道：「若是有來生，我輪迴為女兒之身，說不定我會考慮嫁給你呢。」

胡小天也沒有想到他臨死之前居然和一個太監說著情話，而且心中居然有點小激動，還沒有一絲一毫的噁心感，難道在這種環境下，自己連性取向都變了？

胡小天開始感到頭腦昏昏沉沉，眼皮開始變得沉重，他知道缺氧狀態已開始出現，望著姬飛花，越發覺得他嫵媚動人，蕩人心魄。人在這種時候意志力和控制力都難免變得薄弱。姬飛花很快就感到自己大腿處有些發熱膨脹，胡小天本以為會觸怒姬飛花，可是姬飛花並沒有生氣，只是默默將他抱住，胡小天感覺到姬飛花的身軀如女人般柔軟，他低聲道：「不知為什麼，總是會不由自主將你當成女人。」

姬飛花小聲道：「什麼時候的事？」

胡小天道：「想不起來了，就是總覺得你像個女人，會不由自主想保護你。」

「你保護我？」

胡小天道：「我知道我的這種想法很可笑，可是我總覺得你就像個孤獨無助的女孩子，我從心底想要呵護你……」胡小天感到姬飛花抱緊了自己，同時又感覺眼皮越來越重，喘息道：「我想……我是要先走一步了……」

姬飛花道：「在我心中你也是一個無所不能的強者！小天，支持下去！你不是說要呵護我嗎？」他的聲音明顯顫抖了起來，透露出心底的緊張。

胡小天迷迷糊糊道：「我要呵護你……我還想抱著你……還想親你……」這貨

頭腦都開始不清楚了居然還想著這些事。

姬飛花卻沒有感到一絲一毫的好笑，更不認為胡小天的話對他是一種褻瀆，他搖晃著胡小天的肩頭，看出胡小天正在睡去，姬飛花意識到那藍色頭骨仍然套在他的頭上，伸手將頭骨推了上去，用力擰著胡小天的耳朵：「不能睡，你不能睡！」

胡小天的臉上露出傻笑：「我……好睏……飛花……滿天都是飛花……你……好像沒穿衣服嗳……你是女人嗳……」

姬飛花雙眸之中已經淚光盈盈，有生以來他還從未在人前落淚：「胡小天，你給我醒醒，你給我醒醒！」他用力拍打著胡小天的面龐：「睜開眼，睜開眼睛！」

胡小天竭力睜開雙眼，此時的眼皮似乎有千斤重量：「真好……」話未說完，他好不容易睜開一條細縫的眼睛重新閉上，然後身軀軟綿綿地癱倒。

兩行晶瑩的淚水順著姬飛花皎潔無暇的面龐緩緩滑落，他心中感到前所未有的悲傷絕望，有生以來從未有過的孤獨充滿了他的內心，緊緊抱著胡小天，仰起頭竭盡全力發出一聲大吼，狹窄封閉的冰洞並不足以讓他的聲音傳播出去，這悲傷只有他自己知道，這份難熬的痛苦只有他自己承受。

姬飛花望著胡小天的面孔，忽然低下頭去，吻住他冰冷的唇，他的吻並沒有將胡小天喚醒。

藍色頭骨的光芒映照著姬飛花的淚眼，他伸手將頭骨從胡小天的頭頂移開，想要將胡小天的面龐看得更清楚一些，狹窄的空間內，竟然無法安放這顆碩大的頭骨，姬飛花將頭骨戴在了自己的頭上，伸手撫摸著胡小天的面龐，可突然之間，那藍色透明頭骨光芒變得異常強烈，姬飛花瞪大了雙眼，他的眼前出現了一片耀眼奪目的光芒，這光芒讓他在短時間內失去了視覺，光芒之中，頭頂出現了一個筆直向上的空間，他似乎脫離了這狹窄的冰洞，身軀漂浮在一個虛空無限的幽藍空間內。

在他的眼前出現了一個巨大的藍色頭像虛影，那虛影似乎在向他微笑著，依稀聽到虛影在他的耳邊輕聲呼喚著：「孩子，你終於找到我了！」

藍色虛影在他的眼前瓦解，幻化成一個個的字元，姬飛花從未見過這樣的字元，可是他卻能夠讀懂每個字元的含義，他已經不知道自己身處何方，不知眼前的一切是真是假？或許自己也到了離開人世的時候。

在姬飛花完全沉浸在眼前幻象的時候，胡小天卻重新醒轉過來，就在他因為缺氧瀕死之時，丹田氣海中卻又流出一股清流，這股清流宛若春風一般，瞬間流經他的奇經八脈，剛才窒息的感覺一掃而光，胡小天緩緩睜開雙目，卻看到那顆藍色頭骨此刻已經套在了姬飛花的頭頂，姬飛花整個人都蒙上一層藍色的光華，隨著藍光在他身上的流動，他的身體竟然變成了一個發光體。外表的衣服根本擋不住身體的光芒，胡小天瞪大了眼睛張大了嘴巴，因為眼前的這個發光體根本就是女人的輪廓，太監長成女人的輪廓也許並不稀奇，可是有些特徵是太監不可能有的，胡小天首先就看到了胸，雖然這對胸被外來束縛明顯壓扁了，可縱然如此也能夠看出這絕不是男人的胸部。

他居然把一個太監看成了女人，日有所思夜有所夢，看來人活著的時候經常琢磨的那點事兒，死了就會美夢成真。

我死了嗎？胡小天眨了眨眼睛，然後把自己的手指湊到嘴唇邊，然後狠狠咬了一口，他感覺到了疼痛，這夢怎麼做得如此真實？不對？他打量著周圍的一切，用力抱緊了姬飛花，懷中的肉體明顯是真實的，雖然發光，可那種質感不會有錯。

姬飛花也因為胡小天這用力的擁抱而從虛幻中回到了現實，眼前的無限空間在一瞬間縮小，高速脫離他而去，在他的視野中變成了一個黑洞進而縮小成一個黑點直至不見，姬飛花宛如夢醒般睜開了雙目。

在胡小天的視野中卻是另外一番變化，他看到的那個發光人體瞬間光芒盡退，一切重新回歸到他昏迷之前的情景，唯一的不同就是剛才戴在他頭上的藍色頭骨如今已經戴在了姬飛花的頭上。

胡小天終於能夠確定自己仍然活著，不但活著，他的頭腦也非常清醒。腦子裡晃動著兩隻透明的圓餅，原本應該是兩隻饅頭，因為外來壓迫形變變成的餅，逢胸化吉，邪門啊，果然有些道理，原來姬飛花也有胸！

姬飛花並沒有意識到自己因為戴上了這顆藍色頭骨而導致的異常變化，看到胡小天醒來，一時間竟然控制不住自己悲喜兩重天的情緒，抱住胡小天道：「小胡子，你……你醒了？」

胡小天此刻抱著姬飛花，心情和剛才卻已經有了天翻地覆的變化，他本來還以為是自己的性取向發生了變化，居然會對一個太監感興趣，可剛才的所見讓他明白，姬飛花竟然是個如假包換的女人，她怎會隱藏得如此之好？當年一個九歲的女孩子究竟是怎樣瞞天過海進入了皇宮，又忍受了怎樣非人的痛楚方才成為雄霸大康朝野的強者？在胡小天的心中竟然覺得姬飛花是一個弱者，他從心底生出呵護之情，低聲道：「我怎麼捨得留下姬大哥一個人呢。」

姬飛花和胡小天緊緊相擁，心中幸福到了極點，可很快她就意識到自己現在的樣子有太多的破綻，身軀向後扯了扯，試圖和胡小天分開一些距離，可是胡小天察覺到她的意圖，抱得反而更加緊了。更何況可供他們活動的空間本來就不多，姬飛花根本無處逃避，她低聲道：「你感覺怎樣？」

胡小天揣著明白裝糊塗道：「還是頭暈想睡……」

姬飛花以為他的危險仍然沒有過去，心情頓時緊張起來：「你千萬不要睡。」

胡小天道：「我只怕熬不了太久了，飛花……臨死之前……我還有個心願未了。」這會兒功夫已經徹底改口稱她為飛花了。

姬飛花點了點頭，此時她卻感覺到胡小天的心跳強勁而有力，和剛才氣力衰弱的樣子判若兩人，心中暗忖，莫非他是在故意裝腔作勢地騙我？她的手抓住胡小天的手腕，滿面憂傷道：「小胡子，你說吧。」

胡小天道：「飛花……我知道自己很無恥，也很過分……可是我死前想……想吻你一下……」這貨又開始裝成奄奄一息的樣子。

姬飛花一摸他的脈門心中已經一清二楚，胡小天啊胡小天，你居然騙我？她歎了口氣道：「可我是個太監啊……」

「我不在乎……」胡小天撅著嘴巴就湊了上來。

卻被姬飛花一把扼住了咽喉，手上稍一用力，把胡小天掐得白眼都翻了起來。

胡小天指著自己的咽喉，示意她放手。

姬飛花冷笑道：「原來你一直都是裝的！」手上一鬆放開胡小天的咽喉，胡小天不斷咳嗽起來，身體又趴了上去，姬飛花無奈，這種狀況下兩人根本分不開。

兩人誰都沒有說話，彼此心裡都在默默盤算著，姬飛花何其精明，心中暗忖，難道他已經發現了我真實的身分？不可能！這麼多年來自己從未暴露過，他又怎會發覺？難道胡小天就是個有斷袖之癖的變態？他喜歡男人？

胡小天率先打破這尷尬的氣氛道：「好像已經過了三天三夜了。」

姬飛花沒有搭理他。

胡小天又道：「你有沒有覺得奇怪，咱們都沒有用閉氣的功夫，可是也沒有窒息的感覺呢？」

姬飛花道：「也許是環境讓你實現了突破。」

胡小天望著她頭頂的藍色頭骨道：「會不會是這顆頭骨有古怪？」

姬飛花道：「有什麼古怪？」

胡小天搖了搖頭道：「我不知道，我戴著這顆頭骨的時候，你看我有沒有什麼異常的變化嗎？」想起姬飛花戴上頭骨成了一個透明發光體，胡小天不由得聯想起自己，他在此前可是將頭骨戴了三天三夜，不知姬飛花眼中自己是不是也成了那般模樣，如果真是如此，那麼自己從頭到腳豈不是也讓她看了個遍？

姬飛花道：「我沒發現你有什麼變化。」

胡小天道：「怪了，我自己也沒有感到異常，就如同頭上扣了一隻頭盔，你有沒有什麼特別的感覺？」

姬飛花道：「這頭骨好像有生命，我戴上的時候，感覺自己突然就到了一個空曠的空間，漂浮在那空間裡，還看到了一個巨大的藍色頭像。」

胡小天暗忖，可能這頭骨只針對某些人才能夠發生作用，或許頭骨內儲存著大量的資訊，必須要頭骨所有者的後代才能和頭骨進行交流，而姬飛花恰恰就跟頭骨主人有著某種不為人知的聯繫，所以他們之間可以實現交流。

姬飛花道：「我看到了一些奇怪的字元，雖然我不認識，可是卻好像明白這些字元的意義。」

胡小天道：「說的什麼？」他對其中的內容也非常好奇。

姬飛花搖了搖頭道：「我沒有來得及看完，而且我感覺這上面的文字應該缺少了不少。」

胡小天道：「這就對了，兩顆頭骨，肯定記載了不同的文字，只有同時擁有兩顆頭骨才能夠搞清楚當年的事情，才能夠揭示出真正的秘密。」

姬飛花道：「聽你這麼一說，我對這件事開始感興趣了。」

胡小天歎了口氣道：「無論有多大的興趣，也得等咱們離開這裡再說。」

提到現實的處境，兩人同時沉默了下去，胡小天此時感覺腿上有些潮濕，有些詫異地望著姬飛花：「你是不是……濕了……」他本想說尿了，可話到唇邊又改了一個字，這個字卻更加的不恰當，姬飛花怒視他一眼：「是你憋不住才對！」兩人都以為對方尿尿的時候，卻感覺身下濕潤的地方迅速擴大，彼此對望了一眼，同時露出欣喜的神情，絕不是他們之中任何一人的問題，是冰開始融化。

蘇玉瑾在第四天終於決定重返冰洞，任何人在那樣的環境下都不可能撐過三天三夜，解鈴還須繫鈴人，蘇玉瑾既然有能力冰封寒玉洞，她就有辦法將冰封消融。

溶化後的水從縫隙中深入狹窄的洞穴中，胡小天和姬飛花的身體完全浸泡在水中，他們不得不繼續閉氣等待水面下降，水面下降的速度要比他們預想中緩慢許多，整整一天，水位方才下降到他們的胸口。

恢復自由呼吸的感覺真是舒暢，兩人不約而同地大口呼吸，姬飛花將藍色頭骨收起，遞給胡小天道：「等出去後，你將它帶走吧。」

胡小天心中一怔，想不到姬飛花居然如此爽快，他本以為姬飛花面對如此至寶或許有了據為己有的打算，姬飛花笑了笑道：「本來就是你辛苦得來的東西，有了這個頭骨，胡不為就會幫你成為駙馬，這下你稱心如意了。」

胡小天搖了搖頭道：「我對他的承諾卻是一點都不相信，這頭骨如果落到胡不為的手中，會不會造成無可估量的麻煩？」

姬飛花充滿信心道：「不會！他不可能參悟到頭骨的秘密。」

胡小天不知姬飛花為何說得如此肯定，心中暗忖，難道姬飛花已經感悟到了頭骨中的秘密？又或是只有擁有特殊血統的人才能夠和頭骨建立某種聯繫？如此說來，胡不為就算得到頭骨也沒什麼用處，他沒有跟頭骨建立聯繫的本事。

水面下降的速度開始加快，洞中的水已經完全流乾，兩人從豎洞中滑落下去，原本堵在洞口的碎石也被水流衝出一個缺口，透過缺口看到水面已經下降到距離洞口下緣一尺處。

姬飛花在後方盤膝靜坐，及時調息恢復體力，他們雖然僥倖逃過一劫，可是接近四天三夜的嚴酷環境折磨已經讓她功力損耗甚巨，兩人相比反倒是胡小天的精力不見疲態，因為這廝的內力實在太過渾厚，近乎取之不竭用之不盡，這幾天的損耗對胡小天來說只能算是九牛一毛。

水面距離洞底還有一丈左右深度的時候，姬飛花緩緩睜開雙目，低聲道：「小胡子，回頭由我引開蘇玉瑾，你帶著頭骨先走，咱們還是在老地方會合。」

胡小天道：「信不過我？好像現在我武功更強一些呢。」他來到姬飛花的身邊，不由分說抓起她的手腕，探了探她的脈息，觸手處肌膚依然冰冷。

姬飛花道：「你功力雖然很強，可是這蘇玉瑾不是普通人，無論武功心計都是當世罕見的人物，更麻煩的是她還擅長操縱毒物，我懷疑……」她停頓了一下方才道：「此人很可能和五仙教有關！」

胡小天道：「五仙教？」五仙教主豈不就是夕顏所在的門派？轉念一想很有可能，從蘇玉瑾的做事手段上看，的確很有五仙教的風格。他放開姬飛花的手腕道：「如果這樣，我就更應該留下了，我曾經吞下過北澤老怪的寶物，五彩蛛網的內丹，現在我是百毒不侵，而且我內力渾厚，輕功身法比起你也差不太多，如果留下來跟蘇玉瑾打，我未必穩操勝券，可是如果真想逃命，誰也攔不住我。」

姬飛花還想再說，胡小天將眼睛一瞪：「好了，就這麼定了，你別婆婆媽媽，這次我說了算！」

姬飛花目瞪口呆，胡小天此前還從沒有在她面前這樣說過話，居然如此囂張霸道，這混小子是想上天嗎？可她心中又豈能不明白，胡小天之所以搶著要纏住蘇玉瑾，還不是為了自己的安危著想。姬飛花也是拿得起放得下的人物，她點了點頭道：「好吧，不跟你爭，不過你給我記住，行動開始之後，兩個時辰之內必須到約定地點會合，不然我會回來找你。」絕不是威脅恐嚇，只是一種承諾。

胡小天點了點頭，將裝有那顆藍色頭骨的革囊遞給了姬飛花：「你收好了，回頭再給我。」

寒玉洞內的水已經流淌一空，洞內瀰漫著冷森森的霧氣，胡小天和姬飛花靜靜等待著蘇玉瑾的到來，這一刻並沒有讓他們等待太久，一道白影衝入寒玉洞中，正是白髮如雪的蘇玉瑾。

蘇玉瑾環視寒玉洞，眼前的所見讓她微微一怔，目光所及並沒有發現兩人的屍體，她抬頭望向正中的寒玉柱，莫非兩人的屍體落在了那裡？蘇玉瑾凌空飛躍，身軀迅速飛升，寒玉柱之上果然有一人的屍體蜷曲在那裡。

蘇玉瑾俯衝而下，俯身準備將屍體翻轉過來，卻想不到那屍體猝然發難，這具屍體正是胡小天偽裝，神魔滅世拳中威力最為強大的一招毀天滅地全力擊出，在這樣的距離下，任何人都難以提防，胡小天發起攻擊的剎那，蘇玉瑾後上方的山岩崩裂開來，潛藏在洞內的姬飛花也發動突襲。凌空一掌居高臨下劈向蘇玉瑾的頭頂，面對兩大絕頂高手的夾擊，蘇玉瑾竟然沒有表現出絲毫的慌亂，胡小天的這一拳重重擊打在她的胸膛之上，可怪異的事情發生了，蘇玉瑾並沒有刻意閃避，中拳之後，宛如炮彈般迎向姬飛花，握緊的右拳向姬飛花劈來的手掌迎擊而去。

姬飛花眨了眨雙目，竟然不敢硬拚，身軀在空中一個轉折躲開蘇玉瑾的迎擊，然後凌空越過胡小天的頭頂，向出口飛去，留下一串聲音道：「把她留給你了！」

蘇玉瑾的身軀撞擊在洞壁之上然後有如皮球般反彈回來，全速向胡小天衝去。胡小天也不肯戀戰，施展馭翔術，跟隨姬飛花的腳步向出口飛去，胡小天的身體尚未來到洞口，撲啦啦，大片雪白的身影從空中俯衝而至，卻是白色蝙蝠搶在他逃走之前封住出口。

胡小天在空中已經將軟劍抽出，人劍合一，身軀在空中飛速旋轉，軟劍在身體前方旋動，整個人如同一個旋轉的鑽頭，從蝙蝠群的重重封堵中殺出一條血路，一時間血肉橫飛，慘叫連連，胡小天按照他們制訂的戰術，絕不戀戰，將逃走放在第一位。

蘇玉瑾怎麼都沒有想到經過這四天的冰封，兩人非但沒有被凍死，反而還生龍活虎，竟然設計埋伏自己，眼看藍色頭骨被兩人奪走，這兩人一前一後就要脫身，蘇玉瑾豈能讓他們如此輕鬆走掉，喉頭發出陣陣尖嘯，身軀猶如急電，凌空穿行，在胡小天身後如影相隨。

胡小天一路狂奔，衝到中途，看到前方白毛老鼠潮水般湧了下來，心中不禁有些發毛，橫下一條心，大踏步衝入鼠群，腳步落處，立時踩死了數隻，那些老鼠雖然湧到他的身邊，可是卻無一敢張口咬噬。

蘇玉瑾驅策蝙蝠老鼠試圖阻擋胡小天逃離，可是看到他仍然大步流星，逃跑的速度絲毫沒有減緩，心中也是大感奇怪，看來此人身負異秉，居然可以百毒不侵。

胡小天從蝙蝠和白毛老鼠的圍困中殺出一條血路，飛身跳出暗道，已經置身於流月閣內，剛一現身，就有六柄明晃晃的長劍刺向他的身體，卻是六名道姑早已守候在那裡。

胡小天手中軟劍一抖，轉瞬之間已經在六柄長劍上各對了一下，鏘鏘之聲不絕於耳，這六名道姑和胡小天的實力過於懸殊，被震得虎口發麻，手中長劍全都拿捏不住脫手飛出。

胡小天趁著六人錯愕之機，撞開流月閣的大門，宛如大鳥般從流月閣上滑翔而出，徑直衝向洞口。

胡小天的身體剛剛離開流月閣，就有一道白色光影尾隨而至，卻是蘇玉瑾已經到了，看到胡小天一劍擊敗了自己的六名弟子，蘇玉瑾發出一聲尖嘯，聲音遠遠送了出去。

胡小天此時已經衝出洞口，直奔三尺樑，人還沒有來到三尺樑，就已經看到前方十多名灰衣道姑守住三尺樑的入口。看到胡小天前來，那十多名道姑擺出劍陣。

胡小天並沒有將她們的陣法放在眼裡，真正的危機卻是來自身後的蘇玉瑾。

此時月上中天，胡小天潛入和逃出的時候都是在夜晚，十二名道姑同時舉起長劍，十二道森嚴的寒光同時向胡小天刺去。

胡小天冷哼一聲，手中軟劍弧形揮出，向對方的劍身之上橫削而出，劍身因為灌注了內力而挺得筆直，高速行進的劍身發出陣陣尖嘯，叮噹之聲不絕於耳，胡小天這一劍竟然將對方的十二柄長劍削斷了八柄。

這群道姑為之色變，她們就算集合眾人之力也不是胡小天的對手。不過她們也起到了阻攔胡小天的作用，蘇玉瑾已經來到胡小天的身後，長袖揮舞，三支冰刺分取胡小天的頸部，後心，腰椎，透明的冰刺在月光下泛起陰冷的寒光，寒光又在高速奔行中拖出三道急電般的軌跡。

胡小天頭也不回，身軀向右側迅速平移，三支冰刺錯失目標，繼續向前飛行。

一名清玄觀的弟子眼看著原本射向胡小天的冰刺來到近前，嚇得面無血色，就在她以為自己必死無疑之時，蘇玉瑾手臂一抖，三支冰刺在距離那弟子身體還有一寸之時化為冰屑，那弟子吸入不少的冰屑，禁不住打了個噴嚏，此時方才意識到自己撿回了一條性命，雙腿一軟，癱倒在了地上。

胡小天卻趁機從倒地弟子閃開的空隙之上衝了出去，來到三尺樑之上，右足狠狠在石樑上踏了下去，蓬的一聲悶響，他這一腳竟然將石樑踏成了兩段，身體再度飛起俯衝到了石樑對側，斷裂的石樑在轟隆隆的巨響聲中落向山淵。

五丈距離或許能夠阻隔普通弟子，但對於蘇玉瑾這種高手來說根本不成為問題，她怒喝道：「賊子，哪裡逃？」騰空飛掠過五丈寬度的裂谷，繼續窮追不捨。

胡小天一路狂奔，來到檀青山鐵索吊橋，吊橋前方也有人駐守，看到胡小天飛奔而來，一個聲音命令道：「放箭！」

咻！咻！咻！咻！破空之聲不絕於耳，胡小天哈哈大笑，手中軟劍來回遮擋，這些羽箭對他來說根本造不成任何的傷害，直接從那些清玄觀弟子的頭上飛掠而過，落地之時已經到了鐵索吊橋的中心，渡過吊橋就可以衝入檀青山的茫茫林海，也就意味著擺脫了清玄觀眾人的圍堵，即便是蘇玉瑾追上來，一對一的對決，胡小天也不怕她。

吊橋的另外一端卻有一人一馬立於橋頭，胡小天看到那人的身影不禁心中一怔，那橋頭之人卻是慕容飛煙，慕容飛煙望著吊橋中心的黑衣蒙面人，猛然催動胯下坐騎，駿馬向吊橋衝去，慕容飛煙借著駿馬前衝的勢頭，從馬背之上騰空躍起，手中長刀掬起冷冽的月光，向胡小天的頭頂劈斬而去。

胡小天又豈能向慕容飛煙下手，刀劍交錯之際，卻聽到慕容飛煙小聲道：「以我為質！」

胡小天內心劇震，她為何會這樣說？她不是一直都以榮飛燕的身分自居嗎？還以為她已經忘了自己，原來她始終都記得自己，只是故意沒和自己相認罷了，胡小天的心中激動到了極點，看到慕容飛煙故意賣了一個破綻，蕩開她的長刀，身軀倏然轉到她的身後，將慕容飛煙攬入懷中，軟劍抵在她的粉頸之上。慕容飛煙也配合得很好，哎呀驚呼了一聲，臉上的表情惶恐至極。

蘇玉瑾此時已經來到吊橋之上，看到眼前一幕不禁微微一怔。

胡小天惡狠狠威脅她道：「妖婦！你再敢上前一步，我就讓你的寶貝徒弟血濺五步！」

慕容飛煙顫聲道：「師父，徒兒無用……」

蘇玉瑾的弟子此時也趕到她身後，紛紛道：「放開我師妹！」

蘇玉瑾皺了皺眉頭，揚起手來示意她們保持肅靜。

胡小天得意洋洋道：「咱們不妨談談條件，你帶領你的這幫徒弟乖乖退回清玄觀，等我安全離開之後自然會放了你的寶貝徒弟，這筆交易對你很划算吧？」

蘇玉瑾呵呵笑了起來，望著鐵索橋心的胡小天緩緩點了點頭道：「你看來並不瞭解我！」她的目光轉向道觀鐘樓的方向，厲聲道：「動手！」

胡小天以為她還要冒險攻擊自己，可是卻感覺到腳下突然一震，吊橋對側的一端竟然從山崖之上脫離開來，原來蘇玉瑾是命令手下操縱機關將吊橋解體，慕容飛煙發出一聲驚呼，身軀隨著胡小天一起向下方一沉，胡小天及時反應了過來，摟住慕容飛煙，騰空飛升，他要帶著慕容飛煙脫離險境。

蘇玉瑾已經在同時啟動，凌空飛躍到胡小天的上方，雙手連續不停揮出，數百支細如牛毛的冰針向他兜頭蓋臉的落去，如果在平時的狀況下胡小天應該可以用劍將冰針阻擋在外，可是現在他的懷中還有慕容飛煙，原本用來要脅蘇玉瑾的人質反而成為了他自身的負累，胡小天無奈之下，只能護住慕容飛煙，帶著她一起向下方山崖縱去。

在眾人的驚呼聲中，胡小天一把抓住山崖的縫隙，另外一隻手仍然抓著慕容飛煙不肯放手。

蘇玉瑾身軀在空中一個盤旋，猶如一隻雪鷹一般向兩人所在的位置俯衝而去，從對方剛才的舉動，蘇玉瑾馬上就判斷出了他的身分，蘇玉瑾何等人物，剛才慕容飛煙上前阻敵之時她就看出情況有些不對，馬上下令斷去鐵索橋，剛才那種情況下任何人都不會在生死懸於一線之間還顧著人質，眼看如此反常的狀況，蘇玉瑾頓時明白到底是怎麼回事，也清楚了兩人之間的關係。

慕容飛煙雙手抓住凸出的石塊，看到師父凌空而降，不禁為胡小天擔心起來，她低聲催促道：「快走，你快走！不必管我！」

胡小天暗忖如果他帶著慕容飛煙恐怕無法擺脫蘇玉瑾的跟蹤追擊，慕容飛煙既然是蘇玉瑾的徒弟，想必蘇玉瑾不會將她怎樣，自己若是繼續保護她，破綻只會更大，說不定連自己的身分都要暴露。短時間內胡小天下定了決心，以傳音入密道：「我會來找你！」趕在蘇玉瑾到來之前，身軀一個倒翻，向高崖下流星般直墜而去，瞬間身影已經消失在夜霧之中。

第二章

藍色透明頭骨

胡不為按捺住內心的激動，慢慢將皮囊打開，
小心翼翼端詳著那藍色透明頭骨，
他的目光不由自主變得狂熱起來，
好不容易才控制住自己的情緒，將頭骨重新包好，
唇角露出笑意：「小天，你果然沒讓我失望。」

蘇玉瑾怒道：「哪裡走？」雙手輪番飛舞，無數冰針向下方射去。不過她並沒有窮追不捨，身形一轉，飛落到慕容飛煙身邊，冷冷望了她一眼，一把抓住慕容飛煙的手臂，帶著她沿著崖壁向上方攀援。

慕容飛煙隨同蘇玉瑾來到崖頂，怯生生道：「師父！」

蘇玉瑾冷哼一聲，轉身就向清玄觀走去。

慕容飛煙猶豫了一下，最終還是跟上蘇玉瑾的腳步，師徒兩人一前一後來到了蘇玉瑾靜修的石室，這裡也是清玄觀最高的地方，站在石室外平台上，俯瞰下方，整個檀青山盡在眼底，慕容飛煙垂首站在蘇玉瑾身邊，一言不發。

蘇玉瑾的目光落在她臉上，歎了口氣道：「你不是說自己什麼都不記得了？」

慕容飛煙咬了咬櫻唇：「徒兒沒用，讓飛賊逃走了。」

蘇玉瑾呵呵冷笑了一聲道：「到了這種時候，你還想瞞我？你此前來到清玄觀找人我就已經知道，別以為我在閉關就對外面發生的事情一無所知，你是不是以為那個胡小天的失蹤跟我有關？」

慕容飛煙小聲道：「徒兒早已忘了那個人！」

蘇玉瑾抬起頭來望著空中的上弦月，若有所思道：「想要忘記又怎會那麼容易？為師知道，你始終都放不下過去的種種。」

慕容飛煙此時已經明白，自己剛才所做的一切根本沒有瞞過師父的眼睛，小聲道：「徒兒知罪！」

蘇玉瑾道：「何罪之有？你若是想回去，隨時都可以走，我不會為難你。」

慕容飛煙忽然跪了下去，晶瑩的淚水順著俏臉滑落。

蘇玉瑾伸出手去，充滿愛憐地摸了摸她的頭頂，喃喃道：「這胡小天還真是有些本事！」

胡小天墜落一段距離之後，身軀再度撲向山崖，他所處的高度夜霧稀薄，可以清晰看到對面的崖壁，低頭望去，距離下方的山澗還有百丈之深，耳邊聽到湍急的山澗水流聲。胡小天並未選擇沿著崖壁落到下方，首先確定蘇玉瑾並未跟著過來，慕容飛煙也應該沒事，趁機休息了一會兒，方才再度騰躍，飛過深谷，落在對面的山崖之上，而後沿著崖壁一路攀爬上去。

月上中天，霜華滿地，將整個檀青山照得亮如白晝，胡小天雖然已經到了清玄觀對面的山崖，可畢竟兩邊相隔不遠，他不想再掀起波瀾，雖然心中有些牽掛慕容飛煙，可轉念想想，蘇玉瑾應該不會過於為難她。還是先離開這裡，等到明天一切自然水落石出。

想起和姬飛花的約定，胡小天慌忙轉身向他們約定的地點行去，還沒有來到他們約定的地點，山風就遠遠送來了一陣誘人的烤肉香氣，胡小天舉目望去，他們相約會合的地點隱約有火光閃爍。

胡小天心中暗喜，快步來到會合的地方，卻見巨石前方的一片空地上已經點燃了一堆篝火，姬飛花坐在火前正在火上烤著兩隻山鳥。似乎早已料定胡小天的到來，她抬起頭向胡小天笑了笑道：「比我預想中來得要晚一些！」

胡小天樂呵呵來到她的身邊坐下，姬飛花將一隻烤熟的山鳥遞給他道：「趁熱吃，這幾天想必餓壞了。」

胡小天點了點頭，也不跟她客氣，接過山鳥大吃了起來，雖然這烤熟的山鳥沒有任何佐料，可味道卻無法形容的鮮美。

姬飛花也吃了半隻，將剩下的半隻又遞給了胡小天，胡小天推讓了一下還是接過吃了個精光。

姬飛花微笑望著他狼吞虎嚥的樣子，心中卻有種難以言喻的溫暖和快樂，從未想到過原來自己的快樂也可以建立在另外一個人的快樂之上。

胡小天捕捉到她比星光還要溫柔的目光，在他的記憶中這種眼神還從未出現在姬飛花的身上，他打了個飽嗝，姬飛花指了指右側的樹林：「那邊有小溪，你去喝點水吧，順便把臉洗一洗。」

胡小天這才想起自己有多日未曾洗漱了，不過姬飛花也一樣，他笑了笑，轉身去樹林中果然看到一套小溪，他轉身道：「我洗個澡啊，你不許偷看！」

姬飛花在樹林外聽到他的話語，不禁露出一絲會心的笑意，解開髮髻，潮濕的秀髮順著肩頭流瀑般滑落，她的目光落在地上的革囊上，打開革囊，將那顆散發著光芒的藍色透明頭骨捧了出來，雙眸盯住頭骨黑洞洞的眼眶，感覺這眼眶中似乎有一種無形的引力將她的目光吸引進去。

姬飛花雙手接觸頭骨的地方開始漸漸變得明亮起來，她想要將頭骨放下，可是她的意識卻很難主宰自己的動作，藍色的光芒從頭骨蔓延到她的雙手、手臂，姬飛花可以看到自己手臂骨骼的影像，感覺整個人就要被吸入這黑洞洞的眼眶中的時候，身後傳來胡小天關切的聲音：「飛花！」

胡小天的出現將姬飛花及時拉回到現實中來，她長舒了一口氣，額頭上已經滲出細密的汗水，有些惶恐地將頭骨放下。

胡小天赤裸著上身，拿著自己的上衣走了過來：「你沒事吧？」

姬飛花搖了搖頭，用革囊將頭骨重新裝好，看了看胡小天，忽然明白在冰洞之中的時候，或許胡小天已經看破了自己的秘密。

胡小天在她的身邊坐下，用樹枝挑起上衣在火上烘烤。

姬飛花道：「怎麼逃出來的？」

胡小天歎了口氣道：「一言難盡，那個蘇玉瑾還真是麻煩，牛皮糖一樣，沾上就很難甩掉。」

姬飛花笑了笑道：「如果單憑武功，她未必能夠勝得過你，不過此人的手段層出不窮，還是少跟她糾纏為妙。」

胡小天心中暗忖，只怕由不得自己了，蘇玉瑾弄斷吊橋，自己當時不顧一切地去救慕容飛煙，她想必已經全都看在眼裡，如果蘇玉瑾看穿了他們之間的事情，恐怕慕容飛煙回去後處境不妙。

姬飛花看出他有心事，問過之後，淡淡笑了笑道：「你不用擔心，蘇玉瑾應該不會為難她。」

胡小天不知她因何會如此斷定，低聲道：「可是我仍然有些不放心。」

姬飛花道：「虎毒不食子，蘇玉瑾不會對自己的親生女兒下手吧！」

胡小天聞言大吃一驚：「什麼？」

姬飛花輕聲道：「開始時我也不明白，為何蘇玉瑾要收她為徒，和蘇玉瑾交手之後，我想起一件事，當年慕容展曾和五仙教的一名女子相戀，兩人結成伉儷，後來那女子意圖對大康皇上不利，慕容展大義滅親，親手殺掉了妻子，因此他們父女兩人反目，我也一直以為他妻子死了，現在看來，這蘇玉瑾就是他的妻子。」

胡小天道：「你又沒有見過她的樣子，如何能夠斷定？」

姬飛花道：「你還記得慕容展的樣子嗎？」

胡小天馬上想起慕容展那張白化病人的面孔。

姬飛花道：「慕容展並非天生那個樣子，他乃是中了幽冥寒毒之後才變成了如今的模樣，當時和他一起中毒的還有他的妻子，你看蘇玉瑾的樣子是不是和慕容展有些類似？」

胡小天一想果然如此，蘇玉瑾也是滿頭白髮，只不過她的樣子還沒有慕容展那般可怖，瞳孔還是正常的黑色。如果姬飛花的推斷無誤，那麼蘇玉瑾就是慕容飛煙的親娘，一個做母親的當然不可能對親生女兒下手，胡小天終於稍稍放下心來。

姬飛花的目光落在那顆頭骨之上：「你打算如何處理這顆頭骨？」

胡小天道：「本來打算用它來換個駙馬當當，可是這東西既然如此重要，若是落到某些居心不良的人手中，後果不堪設想。說實話，我也不知應當如何處置它，飛花，不如你幫我出個主意？」

姬飛花現在已經接受了胡小天對她從姬大哥變成飛花的稱呼事實，其實兩人已經心知肚明，只差最後一層紙沒有捅破，姬飛花道：「匹夫無罪，懷璧其罪。這顆頭骨雖然珍貴，可是單獨一顆頭骨並不能探尋到其中的真正奧秘，即便是將頭骨交給胡不為，他也無法窺破其中的秘密。」

胡小天道：「你是說這顆頭骨只有有緣人得到才能發揮作用？才會發光？」

姬飛花瞪了他一眼，想必自己頭戴這顆頭骨的時候，渾身上下已經被這廝看了個遍了。

胡小天嬉皮笑臉道：「你是有緣人，我戴著就一點感覺都沒有，我見蘇玉瑾的時候，她也把這玩意兒戴在頭上，可是她的身體也不會發光。」

姬飛花並不想在這個問題上討論下去，淡然道：「所以你更不用擔心，只管將它交給胡不為就是，這樣胡不為可以幫你成為駙馬，而且你剛好將這個燙手山芋扔給他，蘇玉瑾若是知道頭骨落在胡不為的手裡，自然會將目標放在胡不為身上。」

胡小天道：「可是東西若是交給了胡不為，咱們再想拿回來只怕不容易了。」

姬飛花道：「你只管交給他就是，咱們需要拿回時，要比現在容易得多。」

胡小天有些詫異地望著姬飛花，不知她為何擁有如此信心，難道她和這頭骨已經建立起了某種不為人知的聯繫？

姬飛花抬頭看了看天色道：「天就快亮了，我們也該走了。」她將那柄光劍遞給胡小天。

胡小天道：「你先拿著就是，我留著也沒用。」

姬飛花道：「好吧，我暫時幫你保管幾天，順便鑽研一下這其中的奧妙。」

胡小天連連點頭，換成別人他或許會懷疑，他對姬飛花卻沒有一絲一毫的戒心，他提醒姬飛花千萬別將光劍擰到最後一檔，其實此前也說過，擔心姬飛花忘記。他將裝有藍色頭骨的革囊背好：「我如何聯絡你？」

「該見面的時候，我自然會主動聯絡你！」姬飛花說完轉身就走，她做事向來雷厲風行，從不拖泥帶水。

胡小天的歸來如失蹤一般突然，他徑直去了靜山小築，胡不為聽說他來了，慌忙讓人將他請到裡面。遣散眾人，胡小天將革囊放在胡不為的書案之上。

胡不為看到那革囊的形狀已經抑制不住內心的激動，伸手想要去抓革囊之時，胡小天卻又將革囊摁住，靜靜望著胡不為道：「別忘了你答應我的條件！」

胡不為道：「放心，只要這頭骨是真的，我絕不會食言。」

胡小天這才將手從頭骨上移開。

胡不為深吸了一口氣，向來鎮定的他此刻也不禁有些緊張，常言道希望越大失望越大，他可不想願望再次落空，此前王宮的一幕重演。

胡小天看到他緊張的樣子不禁笑了起來：「放心吧，這頭骨是我從蘇玉瑾頭上給搶下來的，應該不會有錯。」

胡不為按捺住內心的激動，慢慢將皮囊打開，小心翼翼端詳著那藍色透明頭骨，他的目光不由自主變得狂熱起來，好不容易才控制住自己的情緒，將頭骨重新包好，唇角露出欣慰的笑意：「小天，你果然沒讓我失望。」

胡小天道：「實在搞不清這玩意兒有什麼用處，你們一個個視如珍寶，爾虞我詐，你爭我奪，無非就是為了顆水晶雕琢的頭骨。」胡小天當然知道這頭骨是真的，而不是什麼水晶雕琢而成，他之所以這樣說，就是要迷惑胡不為。

胡不為果然上當，心中暗笑，臭小子，這次你可看走了眼，如此寶貝，你居然不識貨，胡不為道：「對多數人來說或許沒用，可是對我來說卻還有些用處。」他低聲道：「你怎麼會失蹤了這麼多天？」

胡小天歎了口氣道：「一言難盡，那蘇玉瑾可不是個普通的人物，我為了得到這顆頭骨，可算得上將生死置之度外，費勁千辛萬苦，九死一生方才為你辦成這件事。」他並沒有絲毫的誇張。

胡不為本想從他口中多問出一些消息，可是這小子油頭滑腦，想從他那裡得到更多資訊看來很難。胡不為道：「我知道你辛苦，對了，駙馬的事情我馬上就會為你解決，最遲明天你的名字就會出現在候選人的名單之中。」

胡小天道：「不是直接讓我當駙馬嗎？」

胡不為微微一笑道：「說是候選，可映月公主在這百人之中選擇的必然是你，你又何須急於一時？更何況天香國方面也許要對天下人有個交代，不然這麼多王公貴族不遠千里而來，最終卻連入選的機會都沒有，又豈肯善罷甘休？」

胡小天知道胡不為說得也有道理，當下點了點頭道：「也不差這幾天，不過你能否安排我和公主先見見面？」討價還價一向是他所長。

胡不為道：「此事非我力所能及的範圍內，這兩天太后對綠影閣嚴加防護，已經傳令任何人不得靠近，再說這種敏感時刻見面於事無補，小天，你不用急於一時，我還有一個重要消息告訴你呢，你外公有消息了！」

胡小天聞言心中一喜，看來胡不為是要給自己一些利息了，不過轉念一想此人絕沒有那麼好心，對他沒有利益的事情他也不會去做，心中暗自警醒，裝出異常關切的樣子：「他老人家身在何處？是否平安？」

胡不為歎了一口氣道：「據我查到的情況，你外公的確被丐幫上官天火禁錮，目前被羈押在洗劍山莊的地牢內。」

胡小天怒道：「這混帳東西竟然如此大膽。」

胡不為道：「上官天火的膽子的確不小，你外公雖然並不是丐幫幫主，卻始終擔任著丐幫的首席傳功長老，上官天火雖然騙過上任幫主的眼睛，繼任幫主控制丐幫，但是你外公對此人卻並不喜歡，但是上官天火極有心計，他的兒子上官雲冲從小就離開了他的身邊，隱姓埋名隨同傳功長老中的一位長大，忍辱負重，終於接近了你的外公，這上官雲冲也是不可多得的人才，他做人八面玲瓏，先後獲取了四位傳功長老的信任，也學會了一身驚人的武功，後來又設局將三大傳功長老的內力全都集於一身，其人的武功心計，實乃當世罕見。」

胡小天道：「如此說來，害我外公的也有他在內了。」

胡不為點了點頭道：「不錯！」

胡小天對他的話將信將疑，有一點他能夠斷定，胡不為和丐幫之間必然不睦，否則他也不會告訴自己這些事情，挑起自己對丐幫的仇恨，此人的動機絕不單純。

胡小天道：「你既然知道這麼多，為何不去救我外公？」

胡不為搖了搖頭道：「他的死活與我無關，我不欠他任何的人情，若不是你問，我才懶得管他的事情。」

胡小天暗罵他冷酷無情，如此說來虛凌空很可能不是他親爹，若是親爹豈能如此無情？轉念一想，胡不為這個人向來都是六親不認，什麼事情他做不出來？

胡小天道：「你將關押他的詳細地址給我，我去救他。」

胡不為道：「想從洗劍山莊救人根本沒有任何可能，不過我倒是可以教你一個辦法，上官雲沖如今也在飄香城，你只要將他控制，以他換出你外公自然不難。」

胡小天已經明白胡不為真正的用意了，無論虛凌空到底是不是被丐幫所制，胡不為的真正用意都是在挑起自己和丐幫的爭端，丐幫乃是天下第一大幫會，誰有一個這樣的敵人，日子都不會好過。

既然胡不為能夠這樣做，胡小天同樣也有辦法對付他，你做初一，我做十五，你不是沒有把柄落在我的手裡，你也不是毫無弱點。

從胡不為處離開，回到翠園的時候，遠遠看到有一隊兵馬將翠園團團圍困，胡小天微微一怔，卻不知道這隊兵馬來自何方。走近一看，方才知道是鳳翎衛的人馬，今日帶隊前來的也不是慕容飛煙，而是鳳翎衛統領應天虹，胡小天大搖大擺來到大門前，發現他到來的衛兵慌忙去通報。

鳳翎衛的隊伍從中閃出一條縫隙，一身紅色外甲的應天虹騎著一匹胭脂馬緩緩從隊伍中行出，雙目冷冷望著胡小天。

胡小天道：「應統領什麼意思？不知我犯了貴國的什麼律法，你們把我的住處給圍了起來？」

應天虹唇角泛起一絲冷笑：「胡公子不要誤會，我等乃是奉了皇上之命特地前來調查胡公子失蹤之事，想不到胡公子居然平安回來了。」

胡小天道：「吉人自有天相，我可不是失蹤，只是抽時間去周圍轉了轉。」

應天虹道：「胡公子還真是有閒情逸致啊！」

胡小天呵呵笑道：「我倒是想老老實實在飄香城待著，可惜公主我是無緣相見了，難道看看風景也不行嗎？你們天香國管得還真是寬！」

此時趙武晟等人聽說胡小天平安歸來，一個個欣喜萬分地迎到大門外，那幫鳳翎衛擋住大門不讓他們出來，眼看一場衝突就要發生。胡小天出聲制止，讓手下人保持冷靜，然後向應天虹道：「應統領，您究竟是怎麼個意思？」

應天虹抱拳道：「胡公子不要誤會，太后有令，若是公子回來，請您即刻入宮相見。」她用上了一個您字，充分表明了對胡小天的尊重。

趙武晟大聲道：「主公，理他們作甚！這天香國根本不懂得禮儀二字，對主公如此無禮，此地不留也罷！」

胡小天微微一笑，向義憤填膺的幾名部下道：「爾等稍安勿躁，天香國向來以禮儀之邦自稱，太后也曾經是大康公主，說起來也不是外人，總是講道理的。」他向應天虹道：「應統領，你看看我幾天沒洗澡了，衣冠不整，總不能這個樣子去見太后，不如這樣，我先進去洗個澡換身衣服，然後再跟你去見太后，這樣也顯得鄭重一些，也是對貴國太后的尊重，你說是不是？」

應天虹沉吟了以下，胡小天的要求其實並不過分，於是點了點頭道：「胡大人還請速去速回。」

胡小天這才得以進入翠園，讓手下人準備了熱水，又讓人準備飯菜，這廝舒舒服服泡了個澡，換上乾淨衣服，然後和趙武晟幾人一起飲酒。

剛剛坐下，應天虹就讓人進來催，胡小天才不搭理她，讓那鳳翎衛去回覆應天虹，他們正在吃飯，吃飽飯就過去，此時的確也到了午飯時間，胡小天餓了這麼多天，總得好好吃上一頓，管你什麼太后，老子先把肚子弄舒坦了再說。

席間他將自己這兩日的遭遇簡單說了一遍，當然只說潛入清玄觀的事情，對姬飛花的事情隻字不提。

夏長明聽完不由得有些心驚，低聲道：「那蘇玉瑾顯然是一個驅策毒蟲的高手，主公得罪了她恐怕有麻煩了。」

胡小天點點頭道：「我看她應該猜到我的身分，門外這些人可能跟她有關。」

趙武晟憂心忡忡道：「如此說來這王宮更是不能去，若是太后想要主公不利，您一個人在王宮如何應付？」

胡小天笑道：「沒什麼可擔心的，太后也得講道理，更何況這次想找我麻煩的不是太后，而是蘇玉瑾。」

展鵬道：「主公，要不要去通知福王一聲？」

胡小天搖了搖頭道：「沒必要把他捲進來，更何況他自己的處境也不怎麼樣。」胡小天心中有數，胡不為應該不會對這件事坐視不理。

應天虹整整等了一個時辰，就快忍無可忍之時，方才看到胡小天從翠園內走了出來，應天虹讓人給他取來一匹駿馬，胡小天翻身上馬，向應天虹笑道：「應統領等急了吧？」

應天虹冷冷道：「我有的是耐心！」心中明白胡小天是故意拖延為難自己。

胡小天哈哈大笑，抖動韁繩向王宮的方向緩緩行去。

此時胡不為正在龍宣嬌那裡，他將此行的目的向龍宣嬌說明，龍宣嬌聞言愕然道：「什麼？你讓本宮將胡小天的名字再補進去？」

胡不為點了點頭道：「不錯！」

龍宣嬌不解道：「此前讓我將他的名字劃去的是你，現在讓我將他名字添上的又是你，不為，你究竟在搞什麼？你不要忘了，我乃是一國太后，出爾反爾，別人會怎樣看我？」

胡不為笑道：「你別忘了自己此次徵召駙馬的目的，想要對付大康，必須要尋找最值得合作的一個，拋開他們的出身不言，放眼這些候選者中，又有哪個比胡小天更加適合呢？」

龍宣嬌道：「大雍七皇子薛道銘從哪方面都要比他強吧？」

胡不為道：「大雍現在被黑胡拖入戰事之中，根本無暇顧及其他的事情，更何況現在大康的皇帝乃是薛道洪，他對薛道銘恨不能除之而後快，薛道銘成為駙馬對天香國好像沒有一丁點的幫助。」

龍宣嬌道：「西川李鴻翰若是成為駙馬，在我們進軍大康的時候，他們可以在西部進行包抄呼應，想必咱們蕩平大康易如反掌。」

胡不為呵呵笑道：「天下間若是論到對李天衡熟悉的莫過於我了，此人做事故步自封，自私自利，雖然坐擁西川大好地勢，卻拘泥保守，白白浪費了大好局面，就算你跟他結成了親家，以後出兵大康之時，他也未必肯幫你。」

龍宣嬌道：「即便如此，丐幫上官雲冲也比胡小天可靠得多，至少丐幫勢力遍及天下，實力絕不次於任何一國。」

胡不為道：「丐幫勢力雖不小，可惜上官天火在丐幫內並不足以服眾，據我所知，最近可能會有人對他們父子下手，你不想映月公主剛嫁過去就成為寡婦吧？」

龍宣嬌冷哼一聲：「說來說去，你還不是為了自己的兒子著想？你心中終究還是護著胡小天！」

胡不為道：「難道你到今天還在懷疑我對你的誠意？拋開胡小天和我的關係不言，以他今時今日的地位和實力的確是最適合的助力，若是他能夠成為天香國駙馬，和我們聯手之後，一南一北夾擊大康，攻城掠地不費吹灰之力。」

龍宣嬌道：「不為，我一直以為自己很瞭解你，現在看來，我或許錯了。」

胡不為正想說話，龍宣嬌卻一伸手掩住了他的嘴巴，深情款款望著他道：「你知道我不會拒絕，算了，此事依你就是。」

胡小天被帶到了道元宮，進入道元宮的大門，他就覺得有些不對，這裡應該是王宮內的道宮，而非起居處政之所，空氣中飄蕩著煙火的味道，胡小天來此之前就想過這件事或許和蘇玉瑾有關，可是他並沒有料到蘇玉瑾居然如此大膽，竟然敢假傳聖旨，將他騙入王宮之中。

望著院落中白髮如雪的背影，胡小天已經明白了一切，他向應天虹意味深長地點了點頭，應天虹也不說話，悄然退了出去。空曠的庭院之中只剩下蘇玉瑾和胡小天兩人。

胡小天從一旁供桌上拿了一把香，來到香爐前點燃拜了拜，將香火插了進去。

蘇玉瑾此時緩緩回過身來，雙目靜靜望著胡小天，胡小天潛入清玄觀不但改頭換面，而且還戴上了口罩，現在的體型容貌和那時根本不同，單從外表來判斷絕對想不到是一個人，可是蘇玉瑾這種級數的高手全都是透過現象看本質，不會輕易被表像所蒙蔽。

蘇玉瑾道：「祈福祭拜，心誠則靈，一個人若是連最基本的心誠都做不到，又何必多此一舉，自欺欺人呢？」

胡小天笑瞇瞇望著蘇玉瑾道：「這位大娘說的在理！」

蘇玉瑾知道他是故意這樣稱呼自己，以激起自己的憤怒，擾亂自己的心神，她微微一笑道：「看來你並不在乎她的死活。」

胡小天道：「恕在下愚昧，聽不懂您的意思。」姬飛花此前已經推斷出蘇玉瑾就是慕容飛煙的老娘，胡小天自然不會將她的恐嚇放在心上。

蘇玉瑾懶得跟他拐彎抹角：「你從清玄觀中拿走了什麼，就乖乖給我送回來，不然的話，慕容飛煙就會因為你的所作所為送命。」

胡小天道：「還是不明白！」

蘇玉瑾道：「就算你不明白，可慕容飛煙你總不會不認識？」

胡小天道：「認識，可是您似乎找錯人了，我並未去過什麼清玄觀，更沒有拿過你的什麼東西。」

蘇玉瑾怒道：「混帳！你還敢說謊！」

胡小天道：「說謊的是您啊，我還以為真是太后找我，原來是你假傳聖旨將我騙入宮中，欺君瞞上那可是死罪，不用我提醒你吧？」

蘇玉瑾怒視胡小天，雙目中就要噴出火來。

胡小天道：「既然飛煙在你那裡，勞煩你將她交給我，不然我可饒不了你。」

蘇玉瑾怒道：「大膽！」

胡小天點了點頭道：「我的膽子向來不小！」

蘇玉瑾看到硬的不行，只能改變策略，她輕聲歎了口氣道：「胡小天，你想要什麼我心裡清楚，只要你將那件東西還給我，我可以幫你登上駙馬之位。」

胡小天道：「我若是有，當然會交給你，可我明明沒有的東西如何交給你？您又何必強人所難。」

蘇玉瑾還想說什麼的時候，卻見應天虹從門外急匆匆走了進來，附在她耳邊低聲說了句什麼，蘇玉瑾面色為之一變，她冷冷看了胡小天一眼，拂袖而去。

應天虹向胡小天道：「太后要見你！」

胡小天哈哈大笑：「應統領這次不會再騙我了吧？」

應天虹這次果然沒有騙他，連應天虹都不知道太后如何得知胡小天入宮之事。蘇玉瑾拿慕容飛煙威脅自己，從另一層面上也證明慕容飛煙現在應該平安無事，蘇玉瑾也沒有確切地把握證明一定是慕容飛煙放了自己，剛才的對話證明她現在還不能確定就是自己盜走了頭骨，主要還是在試探。

胡小天跟著應天虹來到德鑫宮，太后龍宣嬌果然就在這裡。

胡小天還是第一次見到龍宣嬌的真容，口中高呼道：「太后千歲千千歲，小天這廂有禮了！」

龍宣嬌高高在上，打量著胡小天的模樣，心中暗讚，這小子倒是一表人才，難怪能讓曦月死心塌地，輕聲道：「平身，賜坐！」

「謝太后！」胡小天在右側安排給他的位子上坐下，這下可以好好打量一下龍宣嬌，卻見龍宣嬌雖然年逾四旬，看起來也只有三十左右的樣子，保養得當，雍容華貴，容顏豔美，想必年輕的時候也是一個傾國傾城的尤物，難怪能夠將老爹迷得神魂顛倒，不惜冒險跟她私通。

龍宣嬌道：「哀家聽聞前兩天胡公子突然下落不明，很是擔心。」

胡小天笑道：「多謝太后掛懷，小天只是到處轉轉，欣賞一下貴國大好風光，順便排遣一下心中的鬱悶。」

龍宣嬌不由得微笑道：「不知胡公子心中有何鬱悶呢？」

胡小天心想這老娘們明知故問，可你既然問，我就不怕把事情挑明，剛好看看胡不為到底有沒有給自己辦實事。

胡小天道：「太后應該知道我來天香國的目的，不怕太后笑話，小天對自己向來充滿信心，此番前來天香國，不但是因為仰慕映月公主，更是抱著和天香國加深關係，永結同盟的心思而來，卻想不到是這個下場，連入圍的資格都沒有呢！」

龍宣嬌道：「胡公子何必沮喪？遴選駙馬之事原本就是我那寶貝女兒的主意，前來應徵者多達萬人，可最終的入幕之賓卻只能有一個，連哀家也不知道那妮子會選誰呢。」

胡小天道：「太后既然不知道她最終會選誰，焉知她不會選我？為何不肯給我一個機會呢？」這等於公開質問龍宣嬌的決定了。

一旁大太監周德勝怒道：「大膽，竟敢對太后無禮！」

龍宣嬌卻並沒有生氣，笑道：「周德勝，不得無禮，哀家對小天直言不諱的性情欣賞得很呢，胡小天，其實以你的條件，入選百人名單乃是理所當然的事情，你知不知道哀家為何要將你的名字劃去？」

胡小天道：「太后高瞻遠矚，考慮事情當然要面面俱到。」

龍宣嬌道：「你不必陰陽怪氣，是在嘲諷哀家害怕得罪大康那邊嗎？」

胡小天道：「不敢，只是小天明白太后的難處，我和永陽公主過去曾有婚約，太后又是大康皇族，心中肯定有著諸般禁忌。」

龍宣嬌道：「不錯，哀家的確考慮過這件事，若是讓你入圍，在面子上總有些交代不過去，可是哀家思來想去，若是因為這件事而斷絕了你的機會，你自然不會心服，在天下人面前也有些說不過去。哀家曾經說過，這次遴選駙馬務必要公正公平，又豈能因為某些顧忌而讓天下人質疑？所以哀家決定再給你一次機會。」

胡小天聽她這樣說頓時明白，肯定是胡不為兌現了承諾，說服龍宣嬌改變了決定。不過擺在他面前的也不僅僅是龍曦月這一件事，慕容飛煙也要一起帶走，還有他身陷囹圄的外公，這些事都需要在他離開天香國之前全部解決。

既然龍宣嬌對他網開一面，胡小天也需裝模作樣地表達謝意：「多謝太后！」

龍宣嬌微微一笑道：「若是映月最終選你為駙馬，咱們以後就是一家人，這個謝字就不必說了。」她向應天虹道：「應天虹，你將胡公子護送回去。」

應天虹領命。

胡小天起身告辭，臨行之前又道：「勞煩太后將我住處外面的鳳翎衛撤去，小天已經回來了，就無需那麼嚴陣以待了。」

龍宣嬌點了點頭道：「此乃小事，你直接跟應天虹商量就是。」

胡小天和應天虹一起離開了德鑫宮，龍宣嬌的臉色卻是一沉，大太監周德勝來到她耳邊小聲說了句什麼，龍宣嬌站起身來，向後宮走去。

蘇玉瑾已經候在那裡，看到龍宣嬌前來，躬身行禮道：「太后金安！」

龍宣嬌上前握住她的手道：「這裡沒有外人，姐姐又何須如此客氣。」

蘇玉瑾道：「聽說太后剛剛破例讓胡小天重新加入駙馬競選！」

龍宣嬌點了點頭，輕聲歎了口氣道：「我實在是不好拒絕他。」口中的他指的就是胡不為。

蘇玉瑾道：「我懷疑清玄觀失竊之事和他有關。」

龍宣嬌咬了咬嘴唇道：「中秋之夜，他找我要那顆頭骨，按照你的意思，我將頭骨交給了他，沒想到他一眼就看出那顆頭骨乃是贗品！」

蘇玉瑾道：「如此說來，潛入清玄觀的事情一定是他在暗中策劃了。」

龍宣嬌有些不解道：「那顆頭骨究竟有什麼奧妙？為何他會如此緊張？」

蘇玉瑾道：「也許只有將頭骨送去無極觀才能知道，我本來準備此次出關之後就帶著頭骨前往北國，卻想不到發生了這件事。」

龍宣嬌道：「還有三天就是遴選駙馬之日。」

蘇玉瑾道：「我此次閉關期間竟然出了這麼大的事，太后如此興師動眾遴選駙馬，實在是不智之舉。」她敢在龍宣嬌面前直接說出自己的看法，可見她們之間關係非同尋常，也顯示出蘇玉瑾在天香國超人一等的地位。她停頓了一下方才道：「你以為他始終沒有改變嗎？一個人可以拋妻棄子，足見這人何等的冷酷無情。」

龍宣嬌道：「他是逼不得已。」也只有蘇玉瑾才敢在她面前說胡不為的壞話。

蘇玉瑾冷笑道：「只怕連你自己都不相信，男人為了野心什麼都可以出賣！他過去可以犧牲徐鳳儀母子，現在未必不會捨棄你們。」

龍宣嬌咬了咬嘴唇，蘇玉瑾的這番話正切中了她的心事，也是她最擔心的事情，龍宣嬌道：「他的確有野心，可他所做的一切也是為了隆景。」

蘇玉瑾沒有說話，只是靜靜望著龍宣嬌，她的目光似乎看穿了龍宣嬌的內心。

龍宣嬌明顯有些不安，她轉過身去，緩緩走向窗前，藉以迴避蘇玉瑾的目光。

蘇玉瑾在她身後道：「我聽說已經有人在天香國出事，如果有重要的人在天香國出事，你以為天香國可以撇清干係嗎？」

龍宣嬌道：「現在多數人都已經淘汰離開，剩下的只有一百餘人。」

蘇玉瑾道：「這一百餘人才是重中之重，其餘被淘汰的人根本無足輕重，我看越是留到最後，麻煩才越大，若是這些人出了事情，是不是準備將所有的責任推給大康？以為這樣就能夠同仇敵愾，對大康群起而攻之？」

龍宣嬌道：「大康氣數已盡，就算我們不去佔領，也會被人分而食之。」

蘇玉瑾道：「你有沒有想過，他為何如此積極地奉勸你去對付大康？他的目的難道僅僅是為了攻城掠地，僅僅是為了擴大天香國的版圖，幫助王上成為真正的霸主嗎？」蘇玉瑾搖了搖頭道：「不是，我看他的目的不會是這樣，那顆藍色頭骨，我雖然無法真正參悟其中的秘密，可是那頭骨之中似乎存在著某種神奇的力量。」說到這裡，她的雙目陡然變得明亮起來。

龍宣嬌道：「如今遴選駙馬之事已成事實，我也只能將這件事儘量做好。」

蘇玉瑾道：「凡事只能依靠自己，即便是最親近的人也不能全信。」

第三章

曾經熟悉的深情

龍宣嬌第一次感覺到侄女的力量，
整個身軀都開始顫抖，眼前的一幕竟如此熟悉，
熟悉得就像她看到年輕時的自己，曾幾何時，
自己也曾經這樣年輕，這樣深情，
可以為了感情犧牲一切，
而這曾經熟悉的一切卻又突然變得如此陌生，
讓自己感到遙不可及……

胡小天剛剛回到翠園，沙迦王子赫爾丹就過來道賀，原來他已經得知了胡小天重新被列入候選人名單的事情，胡小天心中暗忖，誰說好事不出門壞事傳千里，天下間就沒有不透風的牆，赫爾丹此番還帶了他的妹子蒙婭過來，他們兩兄妹剛到，徐慕白也來了，徐慕白並不知道胡小天重新成為候選人的事情，他是聽說胡小天平安歸來，所以過來問個究竟。

福王楊隆越幾乎和徐慕白前後腳到了翠園，這邊幾人還未坐下，福王就已經到了。胡小天笑著將福王請了進來：「福王來得正好，咱們正要喝酒呢。」

楊隆越笑道：「喝酒也不叫本王一聲。」跟著胡小天來到房內，看到今晚在場的全都是熟人，因為楊隆越的身分，眾人紛紛起身跟他見禮。

楊隆越招呼大家坐下，故意道：「我還以為你們全都要成為勢不兩立的對手，想不到私下裡還能坐在一起吃酒，幾位的胸懷可都不一般吶！」

赫爾丹哈哈大笑道：「競爭歸競爭，可選擇權又不在我們手裡，我們雖然都想成為駙馬，可是公主選誰當然是她的自由，男子漢大丈夫豈能為一個女人傷了和氣……」話沒說完蒙婭已經在一旁搗了他一下，赫爾丹的這句話的確有些不禮貌。

楊隆越微微一笑，心中暗罵蠻夷無禮，不過在他看來，成大事者也不能將女人看得太重，赫爾丹話糙理不糙。

徐慕白道：「大家能夠在飄香城一聚就已是莫大的緣分，無論公主最終選誰，都不會傷害到我們的友情。」

胡小天笑道：「表哥所言極是！」

蒙婭道：「你們能有這樣的心胸最好，男人就該拿得起放得下，不然我會看不起你們。」

福王楊隆越道：「蒙婭公主這句話我贊同，不知在公主心中，他們幾個誰最有希望成為駙馬呢？」

蒙婭道：「那還用問，當然是我兄長！」

趙武晟聽她這麼說，唇角露出一絲笑意，本來他們兩人相隔遙遠，卻想不到蒙婭居然留意到了，惡狠狠瞪了他一眼道：「你笑什麼笑？有什麼好笑？」

趙武晟道：「我生就的這張面孔，可不是故意笑你。」

蒙婭咬牙切齒道：「你上次斬斷我的刀，我還沒有跟你算帳呢。」

趙武晟道：「刀劍無眼，比武中別說刀劍損傷，就算人有傷亡也無法控制。」

蒙婭道：「你很厲害嗎？敢不敢再跟我比一次，這次咱們都用一樣的兵刃。」

胡小天正想制止，赫爾丹卻拍掌道：「好啊，你們兩人切磋切磋，剛好可以給我們幾個飲酒助興！」

趙武晟面露難色，好男不與女鬥，他也看出蒙婭不好惹，自己敗了還好說，若是勝了她，以她的性情肯定會糾纏不休。

福王楊隆越也道：「趙將軍就陪公主走上兩招！」

趙武晟有些為難地望向胡小天。

胡小天向他點了點頭：「我看大家都是朋友，刀劍無眼，千萬不要傷了和氣，這樣吧，武晟，你取兩根竹枝兒來。」

趙武晟一聽頓時樂了，還是胡小天主意多，馬上讓人去削了兩根竹枝兒，以此為劍，比武切磋。

蒙婭和趙武晟對面站定，趙武晟向她抱拳行禮，笑道：「還望蒙婭公主手下留情……」話未說完，蒙婭刷的一聲竹枝兒直奔他的頭頂抽來，雖然是竹枝兒，可全力揮出也是威勢嚇人，趙武晟向後一退也是開始還擊，兩人在那裡劈哩啪啦打得熱鬧，眾人也只當看戲。

赫爾丹看似漫不經心道：「胡大哥，這兩日你去了哪裡？外面都傳言你被一幫乞丐抓走了。」

胡小天呵呵大笑起來：「不瞞你說，這兩天我都在想方設法四處公關，不然豈能又重新出現在候選名單之中呢。」他說的雖然是假話，可聽起來確是合情合理，幾人都跟著笑了起來。

此時卻聽到趙武晟哎呀一聲，失足摔倒在了地上，卻是趙武晟無心戀戰，決定讓蒙婭取勝，反正也沒什麼好丟人的，故意裝作腳下踩了個空撲通一聲跌倒在地。

比起趙武晟的落敗，蒙婭的反應卻更讓人意外，看到趙武晟不慎摔倒，她的第一反應居然不是衝上去補上一劍，而是將手中的竹枝兒扔掉，衝上前去關切道：「趙武晟，你沒事吧？」異族女子生性奔放，心中沒有男女授受不親的概念，衝上去就攬住了趙武晟的肩膀，趙武晟近距離感受到她的懷抱，向來豁達豪邁的他此刻也不禁英雄氣短，臊得滿臉通紅。

明眼人都看出蒙婭對趙武晟的非同一般，唇角都流露出一抹只可意會不可言傳的笑意，赫爾丹目瞪口呆，端起的那杯酒都忘記喝了。

胡小天笑著向赫爾丹舉起酒杯道：「一笑泯恩仇，他倆的結好像解開了。」

赫爾丹笑得有些勉強：「解開最好，解開最好……」此時他方才意識到妹妹似乎對趙武晟產生了好感，這對他可不是什麼好事，雖然趙武晟武功相貌都不錯，可畢竟不是王族身分，而且他非本族中人。

當天的晚宴還算是圓滿，福王楊隆越一直留到其他人離去之後，胡小天請他來到院中涼亭飲茶。

楊隆越道：「聽聞兄弟今天入宮了？」

胡小天點了點頭道：「太后請我入宮，親口告訴我又將我重列入名單之事。」

楊隆越笑道：「如此最好不過。」他的笑容多少顯得有些不自然。

胡小天知道他有心事，輕聲道：「大哥有什麼話，不妨直說。」

楊隆越道：「太后因何會突然改變了主意？」

胡小天道：「我去找了藍先生，由他出面幫我解決了這個難題。」

楊隆越道：「兄弟答應了什麼條件？」

胡小天呵呵笑了起來，楊隆越顯然對自己產生了疑心，這也難怪，一切改變得太過突然，即使是面對楊隆越他也不可能說實話，畢竟他和楊隆越的結拜也只是利益使然，楊隆越跟他結交的出發點也是為了利用。

胡小天道：「他想跟我合作。」

楊隆越抿了抿嘴唇，臉上表情有些沉重，胡小天笑道：「大哥信不過我嗎？」

楊隆越歎了口氣道：「不是信不過兄弟，是信不過我自己，或許我太過自不量力，以我現在的實力根本無法撼動太后的統治。」

胡小天站起身來拍了拍他的肩膀道：「告訴你一個好消息，藍先生的野心很大，並沒有將天香國的王位看在眼中。」

楊隆越充滿迷惘道：「你是說……」

胡小天道：「他要的應該是整個天下，大哥！我想你幫我做一件事。」

楊隆越道：「兄弟只管開口，只要我能夠做到。」

「你幫我找一份綠影閣的地形圖。」

楊隆越點了點頭，這件事對他來說不難，看來胡小天應該是做好了最壞的準備，萬一沒有被選中，他要直接下手劫走公主。

胡小天道：「幫我查清洗劍山莊的底細，再好好查查丐幫和金陵徐家到底有什麼關係。」

楊隆越道：「這件事和遴選駙馬又有什麼關係？」

胡小天道：「你的心腹大患乃是藍先生，如果能夠證明他有意謀反，那麼太后的威信就會受到影響。既然從正面查不到證據，我們唯有從側面著手。」

楊隆越道：「你如何證明丐幫和徐家都有問題呢？」

胡小天意味深長道：「無需證明他們有問題，欲加之罪，何患無辭！我有一計，願與大哥共用……」

女人的直覺往往是極其準確的，龍曦月的預感終於被證實了。

龍宣嬌望著她平靜如昔的表情，輕聲道：「胡小天來了！」

龍曦月點了點頭，沒有激動，沒有開心，沒有一絲一毫的感情變化，她堅信這一天終會到來，胡小天不會忘記自己，如果這世上還有一個人值得等待，那麼他就是唯一。

龍宣嬌有些詫異道：「聽到這消息，你似乎沒有一丁點開心的樣子。」

龍曦月淡然道：「他早晚都會來找我。」

龍宣嬌呵呵笑了起來：「這麼有信心？那麼他為何這麼久才過來？」或許是因為胡小天對她不敬，龍宣嬌將心中的悶氣發洩在龍曦月的身上，看到龍曦月越是表現得平靜，她就越想刺激她，哪怕是看到她在自己眼前落淚也好。

然而龍曦月的表現依然讓她失望：「他一定有他的難處。」

龍宣嬌道：「他若是永遠都不來找你怎麼辦？」

龍宣嬌輕聲道：「等！直到我死的那一天！」

「如果他死了呢？」

「我會陪他一起。」

龍宣嬌的情緒不知為何突然激動了起來：「就算他來了，你也沒辦法如願！」

龍曦月漠然看了她一眼：「你可以選擇別人，我可以選擇死！」

龍宣嬌第一次感覺到侄女的力量，她握緊了拳頭，整個身軀都開始顫抖，眼前的一幕竟如此熟悉，熟悉得就像她看到年輕時的自己，曾幾何時，自己也曾經這樣年輕，這樣深情，可以為了感情犧牲一切，而這曾經熟悉的一切卻又突然變得如此陌生，讓自己感到遙不可及，龍宣嬌不知怎麼了，她忽然有種想要落淚的感覺。

漫長的等待，漫長的煎熬，當她等待的時候只是感受到其中的痛苦，卻沒有感悟到其中的幸福，可當二十多年的等待終於有了結果，她方才發現一切開始變得並不如預想中美好，是自己變了，還是他變了？又或是這個世界在時間中改變？

龍宣嬌好不容易才平復了心中的情緒，自從中秋之夜，胡不為當著她的面摔碎了那顆水晶頭骨，她內心的傷痕至今無法彌合，裂痕或許如那顆碎裂的頭骨，或許永遠都無法痊癒。她已經控制不住自己的不安和惶恐，一個上位者掌握不住手中的權力，一個女人掌握不住自己的男人，這是一種怎樣的忐忑。龍宣嬌道：「你有沒有想過，他已經變了？」這句話更是像她在自言自語。

龍曦月重新坐回燭台之下，就著燭光刺繡，小聲道：「任何人都會改變，我不怕他變，因為他對我永遠都不會變！」

龍宣嬌的內心又如被人狠狠捅了一刀，她不知龍曦月何以會說出如此充滿信心的話？她本想駁斥龍曦月在自欺欺人，可是從龍曦月眼中流露出的幸福，她知道龍曦月沒有說謊。龍宣嬌想到了自己，她第一次感到原來等待也可以是一種幸福。

明日就是重陽，也就到了最終遴選駙馬之日，整個飄香城內喜氣洋洋，充滿了節日的氣氛，大街小巷中鑼鼓喧天，百姓們已經提前開始了自發的慶祝活動，今天只是預熱，等到駙馬最終選定，官方慶祝活動才算全面拉開帷幕，根據鴻臚寺方面傳來的消息，這次駙馬的慶祝活動會持續三天。

最終進入百人名單的這些候選者，也在名單出爐之後積極運作，多方奔走，雖然天香國方面說過，最終的結果要由公主決定，可是誰都清楚在其中起到關鍵作用的那個人還是太后。

如果是公正的選拔，胡小天絕不會有絲毫顧慮，可現在他卻要做好萬全準備，楊隆越為他找來了綠影閣的地形圖，強行將龍曦月救走，是他最後的方案之一。

一早，胡小天就和姬飛花來到翠園附近的明心居茶樓飲茶，幾日未見，姬飛花的身體狀態已經完全恢復。

胡小天落座後笑道：「我正愁找不到你呢，想不到你終於肯見我了。」

姬飛花淡然道：「本想不辭而別，可是又怕你說我拐了你的寶貝逃走。」她將用布層層包裹的光劍放在桌上。

胡小天卻又推了回去：「我暫時還用不著，再說了，匹夫無罪懷璧其罪。」

姬飛花不禁笑了起來，向光劍上掃了一眼道：「這裡面果然有些奧妙。」

胡小天對這些秘密並不感興趣，低聲道：「那頭骨我已經交給他了。」

姬飛花點了點頭道：「知道！」其實從胡小天重新獲得競選駙馬的資格她就已經知道了，對此並沒有什麼驚奇。

胡小天道：「明日就是結果揭曉之日了。」

「那我就提前恭喜你了！」

胡小天苦笑道：「你以為我穩操勝券嗎？」

姬飛花端起茶盞抿了一口道：「難道他收了你的東西還不給你辦事？」

胡小天道：「人心難測，不得不防啊！」他向前湊近了一些，壓低聲音道：「不僅僅是這件事，我還有一件事求你幫忙呢。」

姬飛花緩緩落下茶盞道：「先說來聽聽，必須要在我力所能及的範圍內。」面對胡小天她時刻保持著警醒和理智。

胡小天道：「我想抓一個人！」

姬飛花眉頭一皺：「誰？」

「楊隆景！」

胡小天將他的詳細計畫低聲告訴了姬飛花，姬飛花聽完也不由讚道：「你啊，果然是詭計多端。」此時終於明白，胡小天表面上受胡不為的脅迫，居於被動，可是他的佈局卻早已開始，只等時機成熟方才展開全面的反擊。

胡小天微笑道：「那就是你已經答應了。」

姬飛花卻笑眯眯望著胡小天道：「此事如果成功，你可以如願以償地成為駙馬，又可以順手打擊丐幫，還可給龍宣嬌他們一個教訓，可謂是一舉三得，可是我有什麼好處？我為什麼要答應？」

胡小天苦思冥想了好一會兒，方才道：「為了我，這個理由夠不夠？」

姬飛花搖了搖頭：「我做事從不會考慮他人，全憑自己的喜好，不過這次算你走運，我剛好有些興趣！」

遴選之日終於到來，這百名最終突圍的候選者一大早就已經打扮停當前往王宮，每個人都是精心打扮，鮮衣怒馬。來到王城玉帶橋前，所有人同時下馬，將馬匹交予隨從，他們要從這裡步行進入王宮。

地毯已經鋪就，從玉帶橋前一直延續到王城天和殿。兩百名鳳翎衛在玉帶橋頭分列兩排，正中一名女將金盔金甲英姿颯爽，胡小天遠遠就認出這名女將竟然是慕容飛煙，他心中不由得大喜過望，看到慕容飛煙安然無恙的重新現身，胡小天徹底放下心來。

慕容飛煙今日擔任引領之責，她將眾人帶入王宮，並未直接前往天和殿，而是進入東邊的偏殿暫時等待。

胡小天並未隨同眾人一起坐下，而是徑直來到慕容飛煙面前，向她笑了笑。

慕容飛煙卻是冷若冰霜，冷冷望著他道：「胡公子有事嗎？」

胡小天低聲道：「翻臉不認人啊！」

「咱們見過嗎？」

胡小天歎了口氣道：「真是沒勁，不過啊，你沒事就好！」

看來姬飛花所說的事情屬實，蘇玉瑾和慕容飛煙應該就是母女關係，不然以她的乖戾性情也不會輕饒了慕容飛煙。

慕容飛煙道：「我有沒有事跟你有關係嗎？」

胡小天被噎得無話可說，不過想想自己這段時間來對慕容飛煙的確是虧欠，更何況這次自己是打著應徵駙馬的旗號而來，慕容飛煙的心胸再大也不會好過。當下以傳音入密道：「我這次一定要帶你離開！」

慕容飛煙淡然道：「你只怕自身難保吧！」向胡小天遞了一個眼神道：「胡公子還是回去坐吧！」

胡小天回到眾人身邊坐下，徐慕白給他留了一個位子，胡小天剛剛坐下，卻聽對面有人嘲諷道：「想不到啊，這天香國也是朝令夕改，明明張榜公佈的名單還會有變數！」說話的人正是黑胡八王子完顏天岳，說話的時候目光望著胡小天，顯然這句話針對胡小天而發。

一旁一名矮矮胖胖的漢子道：「是啊！怎會多了一個？」

人群中又有一人道：「開始的時候藏起來了，沒想到褲帶太鬆沒藏住，於是又露了出來。」此言一出，引來滿堂哄笑。

胡小天舉目望向人群中說話的那個，緩緩站起身來。

慕容飛煙慌忙上前提醒他道：「這裡是王宮，爾等不得喧嘩鬧事！」

胡小天卻輕輕拍了拍她的肩頭道：「借過！我去方便！」

慕容飛煙怎麼都想不到他會說出這句話來，眾人本以為他要過去找回面子，聽到他的話，又大笑起來。

慕容飛煙剛剛讓開，胡小天就已經啟動，一個箭步已經衝到剛才那個侮辱他的傢伙面前，揚起手來，啪！啪！就是兩個大嘴巴子，在眾人的驚呼聲中，抓住那廝的衣領，將他整個人高舉過頂，冷喝一聲道：「信不信我摔死你！」

眾人誰也沒料到胡小天會突然發作，而且他的出手竟然如此果斷狠辣。

慕容飛煙慌忙道：「胡小天，你不可造次！」

胡小天呵呵笑道：「老子最看不慣的就是指桑罵槐冷嘲熱諷的小人，有種嚼舌頭，沒種出來面對我嗎？」他一鬆手將那人擲落在地上，摔得那廝灰頭土臉，不等爬起，胡小天又一腳踩在他的胸口，環視眾人道：「怎麼？沒人說話了？優勝劣汰，強者為尊，想當駙馬，靠的是實力，我胡小天管雖是最後一個被太后錄入名單的，可並不代表不行！誰覺得自己比我厲害，儘管出來，我絕對奉陪！」

胡小天不怕事大，足尖一挑已經將地上的那人踢飛了出去，徑直朝著黑胡八王子完顏天岳而去。

完顏天岳的武功比起胡小天要差上不少，看到胡小天如此神威，不由得有些懊悔，見到胡小天將人踢向自己，來勢洶洶。他首先想到的不是去接，而是慌忙閃向一旁。別人摔死了跟他無關，只求別傷到自己。

此時一名青衣男子倏然離座而起，猶如一縷青煙般來到前方，探出手去，虛空劈出一掌，無形掌力正中被胡小天扔出那人的身體，那人本來慘叫著四肢亂舞，在最後關頭卻似被一雙無形手掌托住，穩穩落在了地上。他被嚇得渾身顫抖，不相信自己已經安全落地。

眾人舉目望去，在此關頭站起的那個青衣人正是丐幫少幫主上官雲沖。上官雲沖全程都沒有觸碰到那人的衣服，看到那人安然無恙落地，眾人齊聲叫起好來。

胡小天冷冷望著上官雲沖道：「你又是哪根蔥？哪個褲帶沒有紮緊把你露出來了？」其實他剛才將那人扔向完顏天岳，也等於扔向了上官雲沖，因為他們兩人本來就坐在一起，完顏天岳選擇閃避，上官雲沖卻不能再閃，這次出手也實屬無奈。

上官雲沖和胡小天早有積怨，聽他出言不遜，如此刻薄，雙目之中迸射出陰冷殺機：「殺人不過頭點地，大家齊聚一堂都是衝著天香國王的面子，胡公子還是三思而後行的好。」

以慕容飛煙對胡小天的瞭解，當然知道他絕非魯莽之人，今日這番表現十有八九另有深意，可是身為鳳翎衛的副統領，擔負著維持這百人秩序的責任，來到胡小天身邊道：「兩位公子，這裡是天香國王宮，你們在這裡動手是對王上不敬！」

上官雲沖微微皺了皺眉頭，明明是胡小天挑事在先，自己是被迫反擊，可在她這裡卻是責任一人一半。可是他並沒有忘記今日前來的目的，小不忍則亂大謀，沒必要在最終遴選之前和他衝突，一切等到今日結束再說，胡小天真是不識時務，童鐵金的那筆帳還沒有跟他清算，他居然還敢主動挑釁，難道他不清楚天香國乃是丐幫總壇所在？上官雲沖向慕容飛煙抱了抱拳，轉身返回自己的位子。

胡小天卻不依不饒道：「怕了！我說你好歹也是丐幫少幫主，這麼點膽子怎麼出來跑江湖。」

上官雲沖霍然轉過身去，慕容飛煙將兩人隔開，表情嚴肅道：「各位還請稍安勿躁，王上馬上就會在天和殿接見你們，還請各位自重身分！」

胡小天哈哈大笑轉身回到剛才的位子坐了：「來了這麼多天，總算蒙貴國大王接見了，要說貴國的大王還真是夠排場。」

胡小天的這句話頓時引起了不少的共鳴，沙迦國王子赫爾丹道：「是啊，見貴國大王一面還真是難啊！」

有人道：「我們也不見什麼大王，這次我們根本不是來見大王的，我們要見公主！」一時間宮殿內變得嘈雜起來。

慕容飛煙狠狠瞪了胡小天一眼，顯然認為這廝故意在搗亂，胡小天心中暗笑，慕容飛煙無論如何也不會想到他今日的計畫。

慕容飛煙好不容易才勸眾人平復下去。

過了半個時辰，仍然沒有等到天香國王召見，眾人又開始不耐煩了。徐慕白向胡小天欠身道：「表弟，今天的情況好像有些不對啊！」

胡小天道：「什麼不對？」

一旁赫爾丹道：「咱們一大早就過來了，單單是在這偏殿中就等了近一個時辰，見國王都那麼難，見公主還不知要等到猴年馬月呢。」

胡小天這會兒卻表現出相當的耐性：「好飯不怕晚，相信天香國不會放咱們那麼多人的鴿子。」他低聲向赫爾丹道：「兄弟此前說過的話可還算話？」

赫爾丹不知胡小天問的是什麼，答道：「我自然說話算話。」

胡小天又向徐慕白道：「待會兒我打算給那乞丐兒子一個教訓，幫不幫我？」

徐慕白聽他這麼說，知道今天這事兒沒完，胡小天還想鬧事，他心中暗忖，這裡畢竟是天香國王宮，就算是鬧事也不會鬧大，點了點頭道：「我自然幫你。」

胡小天露出會心一笑，端起茶盞飲了一口。

此時外面進來了兩位宮人，他們架著一幅畫屏來到大殿中央，將畫屏放下。

眾人紛紛竊竊私語，不知他們要搞什麼花樣。

慕容飛煙道：「讓大家久等了，這畫屏上繡的乃是我家映月公主的肖像，先請大家欣賞一下。」

眾人聽說等了半天居然只給他們一幅繡像看，馬上就有憋不住火氣的了，有人怒道：「搞什麼？讓我們來選駙馬，說是見你們大王，等了一個時辰都沒召見，讓我們等倒還算了，我們不遠千里而來為的是公主，又不是你們大王，可公主不讓我們見，弄張畫像過來幹什麼？莫非是讓我們娶一幅畫像回去嗎？」

慕容飛煙咬了咬嘴唇，眼前狀況可不是她能夠左右的，她只是奉命而為，示意工人將蒙在畫屏上的幕布揭去。原來這畫屏居然是雙面繡，上面繡的正是龍曦月。

眾人看到那畫屏上傾國傾城的美人，果然有沉魚落雁之姿，閉月羞花之貌，再加上那繡像繡工精美，活靈活現，乍看上去那畫屏上的人真像是要走出來一般。

感歎繡工之精美還在其次，眾人的注意力主要還是集中在畫像之上，在場的眾多候選者中，除了胡小天之外，根本沒有人見過龍曦月的廬山面目。

大雍七皇子薛道銘雙目直愣愣望著那張畫像，和眾人沉浸在龍曦月的美貌中不同，他的表情卻是失望之極，眼前的繡像和龍曦月的模樣全然不同，薛道銘早已到了曾經滄海難為水，除卻巫山不是雲的境地，他心中暗忖，為何這畫像上的映月公主和龍曦月全然不同？看來是我錯了！人死又豈能復生？

胡小天留意到慕容飛煙被一名鳳翎衛請了出去，那鳳翎衛神情慌張，胡小天心中暗忖，按照時間推算，楊隆景早就應該在天和殿接見眾人了，看來自己的計畫得逞，姬飛花十有八九已經得手了。

胡小天向赫爾丹道：「好像情況不太對啊，連榮統領都走了。」

赫爾丹也覺得不對，低聲道：「是不是他們在故意考驗咱們的耐性呢？」

徐慕白道：「我看還不至於，這種考驗方法真是聞所未聞。」兩人說話的時候，卻見胡小天向繡像前方走去，指著上官雲冲道：「你看我作甚？」

上官雲冲心中好不惱怒，剛剛就忍了這廝，以為今日在宮中可以息事寧人，卻想不到他又來挑釁，冷冷望著胡小天道：「你不看我，怎知我在看你？」

胡小天冷哼一聲：「一個乞丐也敢和我等平起平坐，簡直是對我的侮辱！」話音剛落，一個箭步竄了過去，向上官雲冲揮拳就打。

上官雲冲勃然大怒，他一直準備等到駙馬遴選結束之後再跟胡小天算帳，想不到這廝居然如此囂張，在天香國王宮內就敢向自己出手。上官雲冲一個弓步向前，也是一拳徑直迎向胡小天。

胡小天這一拳正是外公教給他的神魔滅世拳，他出手就用上了全力，面對號稱丐幫自創立千年來的第一奇才，胡小天也不敢托大，雖然他以虛空大法吸取了龐大內力，可是他直到今日都不能真正發揮出全部的力量。

兩人硬碰硬對了一拳，雙拳相撞，發出蓬的一聲巨響，強大的氣浪以他們的身體為中心向四面八方輻射而去，靠近他們武功不濟的幾個竟然立足不穩，被這股氣浪掀翻在地，周圍多半人都下意識瞇起眼睛，下意識向後退去。

胡小天看到上官雲冲在自己的全力一擊之下，身體竟然紋絲不動，心中不由得暗讚，此人果然名不虛傳。

上官雲冲也是打心底倒吸了一口冷氣，想不到胡小天的實力竟然如此強大，要知道自己蒙三名傳功長老傳給內力，即便是放眼當世，自己的內力之強也可躋身前列，胡小天比自己還要年輕，可他的內力比起自己卻絲毫不遜色。

胡小天和上官雲沖一交上手，黑胡八王子完顏天岳抄起椅子照著胡小天就砸過來了，這叫趁火打劫，他看胡小天不順眼也很久了，剛才那口氣至今沒有咽下。

完顏天岳手中的椅子扔出來，中途就被另外一把椅子撞上了，兩張椅子全速撞擊之下立時撞散了架，七零八落地掉了一地。卻是沙迦王子赫爾丹出手，和胡小天結盟還是赫爾丹提出來的，更何況胡小天此前也幫過他，現在必須要聯手對外，從這一點上來說，赫爾丹還是重諾守信之人。

完顏天岳從地上抄起一根椅腿，怒吼道：「好好好，早晚都要見個真章，本王現在就送你們回家！」

赫爾丹也不甘示弱拾起了一根椅子腿，大吼一聲衝了上去，兩人猶如兩頭暴怒的雄獅，乒乒乓乓戰在了一處。

這一百人名最終的入選者多半都抱著彼此敵對的態度，本來在這裡等得焦躁，看到有人動手，馬上就有人跟上，正所謂有冤的伸冤，有仇的報仇，這幫人都有身分，多半都是天不怕地不怕的驕縱角色，一旦爆發事態迅速擴大，還有人沒有加入戰團，也趁機跟著掀桌子砸板凳，借機宣洩對天香國王室的不滿。

一時間整個宮殿內亂成一團，處處都是混戰。

雖然宮殿內有十多名負責伺候的宮人，還有近二十名鳳翎衛，可是他們看到眼前的一幕根本不敢向前，偏偏這當口兒，副統領榮飛燕又去了別處。

別看裡面演變成了一場群戰，可胡小天和上官雲冲身邊卻沒有其他人，誰都明白這兩人武功高強，誰也不想跟著倒楣，所以都知趣地閃到了一旁。

「住手！全都住手！」慕容飛煙聞訊趕來，看到眼前情景自然是大吃一驚。滿場混亂，一片狼藉。

聽到慕容飛煙的聲音，胡小天居然第一個跳出戰圈之外，站在慕容飛煙身邊，大聲道：「榮統領的話你們沒聽到？住手！全都給我住手！」他的內力要比慕容飛煙渾厚數倍，這一嗓子震得眾人耳邊嗡嗡作響。

慕容飛煙極為不滿地看了胡小天一眼，事情就是他挑起來的，他這會兒居然裝模作樣。

胡小天笑道：「這些人太沒素質，居然在王宮裡打起來，我怎麼勸都不聽！」

慕容飛煙看著眼前的場面真是哭笑不得，她當然清楚鬧成這個樣子全都拜胡小天所賜，她歎了口氣道：「諸位都是天香國的貴賓，弄成這個樣子，你們情何以堪呢？難道不怕給自己的國度和家族臉上抹黑嗎？」

赫爾丹氣喘吁吁地回到胡小天身邊，他和完顏天岳誰都沒有占到便宜，赫爾丹的左眼變成了熊貓眼，完顏天岳被他揍得鼻血長流。赫爾丹粗聲粗氣道：「什麼情何以堪？貴國大王到現在不見我們，他情何以堪？算了，我們不見什麼國王，我們要見公主！」反正事情都已經鬧起來了，不怕鬧得更大。

赫爾丹的這句話激起了眾人的共鳴，眾人同聲大吼道：「我們要見公主！」

慕容飛煙秀眉微顰，她歉然道：「諸位貴客還請多些耐心，宮中剛剛發生了一些事情，正在處理，馬上就會有結果了。」

黑胡八王子完顏天岳一手捂著流血的鼻子，一邊大叫道：「天香國把我們請到這裡來選駙馬，我們不遠萬里過來了，等到了這裡連公主的面都見不到，你們天香國是不是故意在耍弄我們？」

「說！」眾人的情緒已經徹底被點燃，一個個向慕容飛煙圍攏過去，面目猙獰恨不能將她撕碎。

胡小天張開雙臂護住慕容飛煙道：「各位！大家靜一靜，且聽我一言，讓咱們在這裡等著的是天香國王，這位榮將軍只是奉命行事，咱們何必為難一位姑娘，你們說是不是？」

人群中一個聲音道：「他胳膊肘向外拐，跟咱們根本就不是一條心！」卻是上官雲沖趁機挑唆。黑胡八王子完顏天岳義憤填膺道：「揍他！」這下一呼百應，一群人向胡小天衝了上去。

胡小天剛才只顧著保護慕容飛煙，不小心惹了眾怒，不過惹了他也不怕，聽到完顏天岳喊出揍他這句話，身體已騰空躍起，一腳就乾脆俐落地踹在完顏天岳的面門上，這一腳落下，血花四濺，完顏天岳直挺挺就躺倒在了地上，摔得這個重啊！想揍人也是要講實力的，完顏天岳的下場馬上就將眾人給震住了，狂熱的頭腦瞬間回歸清醒！

慕容飛煙一聲令下，從門外衝入數十名鳳翎衛，慕容飛煙鳳目圓睜，怒喝道：「諸位都是天香國貴賓，我朝對諸位以禮相待，爾等卻擾亂王宮，驚擾聖駕，如果再敢繼續胡作非為，休怪末將無禮了！」

大雍七皇子薛道銘呵呵笑道：「這位榮將軍真是威風煞氣，究竟是誰胡作非為？你現在就將貴國大王叫過來，我們當面跟他理論。」

胡小天向慕容飛煙道：「這話倒是在理，榮將軍，不如你去把你們的大王請過來，實在不行，太后來也行。」

慕容飛煙望著胡小天，心中對他是又恨又愛，這個壞蛋，肚子裡怎麼就那麼多的壞主意，他似乎猜到了什麼？今天他根本是故意挑起這場動亂。

天香國王楊隆景本應在一個時辰之前就出現在天和殿，代表天香國王室接見眾人，可是直到現在他仍未出現。太后龍宣嬌已經讓人去避暑山莊催了三次，前兩次得到的消息是楊隆景尚未起床，可是第三次傳來的消息卻讓所有人感到震驚，楊隆景從避暑山莊的寢宮之中莫名其妙地失蹤了，那幫侍衛竟然毫無察覺，寢宮內的宮人、嬪妃全都被制住了穴道。由此已經能夠斷定，皇上被人劫走了。

第四章

失蹤的一國之君

楊隆越聽聞楊隆景失蹤的消息，內心之中喜憂參半，
喜的是楊隆景落在了胡小天的控制中，
憂的是，胡小天雖然讓自己配合，
但是擄走楊隆景他並未當面承認，
看來胡小天在這件事上還另有打算，
自己究竟能從中得到多少利益還很難說。

這消息對龍宣嬌來說不啻是一個天大的噩耗，她向來注重對兒子的保護，在楊隆景的身邊無時無刻都有高手護衛，卻想不到如此嚴密的防範之下仍然讓人鑽了空子。此事的發生也讓整個王宮陷入前所未有的慌亂之中。

楊隆越乃是一國之君，他被人從寢宮劫走，還有什麼事情比這更加嚴重，與之相比，今日的遴選駙馬也要放在一邊。

龍宣嬌面色蒼白，她已經徹底失去了鎮定，雖然在天香國她素以強權著稱，可畢竟她是一個母親，聽聞自己的兒子被擄，她已經亂了方寸，相國袁志生正在指揮安排，包括應天虹在內的鳳翎衛也已經出動，就算將飄香城掀個底兒朝天，也必須要將楊隆景找到，國不可一日無君，若是楊隆景出事，天香國必然大亂。

袁志生安排妥當之後，來到龍宣嬌面前回稟：「太后放心，已經派人封閉內港，不許任何船隻出入，各大城門也已封閉，暫時不許任何人隨便出城。」切斷出城道路乃是必要的對策，這樣就可以保證劫匪無法離開飄香城。

龍宣嬌搖了搖頭道：「哀家要你們儘快將王上找回，給你三個時辰！務必要將王上平平安安地帶回來！」

袁志生面露難色，三個時辰也太少了一些，飄香城這麼大，對方想將一個人藏起來容易，可是找起來實在太難。

此時福王楊隆越到了，徑直來到龍宣嬌的面前，抱拳施禮道：「母后，孩兒聽說王上之事，已經動員王府所有人力，在山莊附近展開搜索，母后不必擔心，王兄宅心仁厚，愛國恤民，吉人必有天相。」

龍宣嬌一句話都聽不進去，皺了皺眉頭道：「算你有心，你們圍在這裡做什麼？還不快去找？都出去，全都出去，哀家要靜一靜！」

大太監周德勝慌忙將眾人請了出去，悄悄回到龍宣嬌身邊，看到她的情緒稍有平復的時候，方才低聲道：「太后，東殿那幫貴客鬧起來了！」

龍宣嬌揑著眉頭道：「誰敢鬧事就把誰抓起來！」

周德勝面露難色，龍宣嬌顯然是氣昏了頭，那幫人全都是有頭有臉的人物，其中不乏列國王子在內，又有哪個是能輕易得罪的。剛好這會兒胡不為前來探望太后，周德勝識趣離開，龍宣嬌看到胡不為到來，一把將他的手握住，顫聲道：「不為……隆景被人擄走了……」話未說完，眼淚已經流了下來。

胡不為點了點頭低聲道：「太后還請冷靜！您乃一國之母，您若是亂了方寸，誰來統領群臣？」

龍宣嬌經他提醒，方才意識到這裡是在王宮之中，隨時都會有人過來，放開胡不為的大手，抹去眼角的淚水道：「不知是誰如此陰狠歹毒，竟然抓走了隆景。」

胡不為道：「當務之急不是刨根問底，而是要找到王上。」

龍宣嬌點了點頭道：「已經動員全城了，只是茫茫人海，想要找到一個人又談何容易！」

胡不為道：「劫匪必然籌謀已久，劫走王上應該另有目的，未達目的之前，他應該不會傷害王上。」他表現得非常鎮定，或許男人天生就比女人的心理素質要強大許多，同是兒子失蹤，可他的表現就比龍宣嬌沉穩得多。

龍宣嬌正想說話，卻聽外面周德勝朗聲道：「蘇天師到！」

蘇天師就是蘇玉瑾，龍宣嬌尊她為天師，換成別人過來，周德勝也不敢打擾龍宣嬌他們說話，蘇玉瑾不同，蘇玉瑾和胡不為兩人是龍宣嬌最為信任的兩個，在龍宣嬌心中的地位幾乎相同。

蘇玉瑾進入宮中，看到胡不為在並沒有感到詫異，向龍宣嬌施禮道：「太后，我也是剛剛聽說王上的事情，還請太后務必要冷靜對待。」

龍宣嬌道：「隆景對哀家比性命還重要，他可千萬不能出事。」

蘇玉瑾道：「我剛才前往避暑山莊，伺候皇上的幾名宮人全都被特殊的點穴手法制住，從手法來看，並不屬於中原的武功。」

龍宣嬌微微一怔，可她並不明白這一細節有什麼特殊的意義。

胡不為道：「今日剛好是遴選駙馬之日，難道擄劫皇上和遴選駙馬有著某種不為人知的關聯？」

龍宣嬌怒道：「若是他們之中有人敢利用這種方法脅迫朝廷，選他為駙馬，哀家必然將他碎屍萬段方解心頭之恨。」

蘇玉瑾道：「那些人身分背景都非同凡響，沒有證據之前，絕不能貿然行動，公開向天下遴選駙馬，將那麼多人齊聚飄香城，人心叵測，誰知道他們究竟抱著什麼目的？」說這句話的時候她冷冷望著胡不為，顯然是有感而發。

胡不為道：「蘇天師說得對，此事必須要妥善處理，今日原本是選定駙馬之日，卻因為王上突然失蹤，而打亂了計畫。」

龍宣嬌道：「哀家現在哪還有心思去選駙馬？此事押後再說！讓他們各自散去就是！」

胡不為道：「太后出事不可如此草率，誠如蘇天師所言，這些人的身分全都非同尋常，他們此次前來不僅僅是代表個人，更是代表各自的國度門閥，若是不經解釋就將他們遣散，恐怕會引起他們的不滿。甚至會影響到天香國未來的邦交。」

蘇玉瑾道：「我看事情的始作俑者或許就在這百人之中，只要將他們一個個盤問，不愁找不到王上。」

胡不為道：「不可打草驚蛇，我們要的是王上平安回來，至於追責的事情以後再說，我有一計，想要穩住他們又可幫忙找到王上，乾脆就將此事挑明，若是這百人之中誰有能力將王上平安找回來，那麼誰就是未來的天香國駙馬。」

蘇玉瑾道：「那豈不是要將王上失蹤之事公佈出去，此事不妥，肯定會引起舉國恐慌。」

胡不為淡然道：「你以為我們不說此事就不會洩露出去？劫匪豈肯保守秘密，他必然會將此事洩露，以此來給我方壓力。」

龍宣嬌點了點頭道：「也罷！就依藍先生所言！」

胡小天對這個結果早有預料，楊隆景都失蹤了，今天的遴選駙馬必然成為泡影，眾人聽到駙馬遴選暫時押後的消息，一個個氣憤填膺，黑胡八王子完顏天岳率先叫道：「捉弄我們嗎？出爾反爾，什麼遴選駙馬，本王不在乎，既然天香國全無誠意，我們何必繼續留在這裡。」

眾人紛紛響應。

前來宣佈此事的乃是鴻臚寺卿汪且直，看到群情激奮，他不停雙手下壓示意眾人肅靜，可是這幫王公貴族誰又能把他放在眼裡。眼看局面又要失控，汪且直終於忍不住大叫道：「諸君靜一靜，且聽我一言，不是我朝有意怠慢，而是……而是我國王上今晨突然失蹤了……」

聽到這個消息之後，全場頓時靜了下來，今天上午發生的事情已經有了一個合理的解釋。連國王都丟了，天香國自然顧不上遴選駙馬，將此事押後也實屬正常。

胡小天心中暗讚，天香國在危機處理方面還算清醒，並沒有刻意隱瞞楊隆景失蹤之事，應該是明白他們單方面瞞不住的道理。現在能夠肯定，姬飛花已經圓滿完成了任務，接下來該是他採取第二步行動的時候了。

汪且直當眾宣佈道：「太后有命，還請諸君先返回住處靜待結果，稍安勿躁，若是諸君之中有人可以找到我家大王，並將大王平安送回，那麼他就是天香國未來的駙馬。」

赫爾丹道：「你們都找不到，我們這些外人哪裡去找？」

大雍七皇子薛道銘道：「莫非找不到你們王上，我們就不能離開飄香城嗎？」

一旁始終沒有說話的慕容飛煙道：「諸位請見諒，在確認王上平安之前，任何人不得擅自離境。」

胡小天故意道：「榮統領這話是什麼意思？難道是懷疑貴國王上的失蹤跟我們這些人有關嗎？」

慕容飛煙看了他一眼，意味深長道：「事情沒有查明之前，任何人都無法撇清嫌疑。」

這些人都不是普通人物，得知天香國王失蹤的消息之後，頓時肅靜了許多，他們都懂得審時度勢，在天香國風聲鶴唳的非常時刻鬧事絕不是明智之舉。

胡小天離去的時候，被慕容飛煙叫住，胡小天停下腳步笑瞇瞇望著慕容飛煙道：「榮統領現在認得我了？」

慕容飛煙道：「只是想提醒胡公子，這兩日儘量不要外出，我等隨時都會檢查您的住處！」

胡小天道：「只管查！我敞開大門恭候！」

當天下午，慕容飛煙率隊來到了翠園，此次是例行公事，搜查翠園，其實在同一時刻，針對其餘入選者的搜查也全面展開，胡小天全程都表現得非常配合。

趁著眾人四處搜查之際，胡小天向慕容飛煙道：「大王失蹤之事可曾有了眉目？」

慕容飛煙沒好氣道：「若是有了眉目，又何須來你這裡搜查！」

胡小天道：「榮統領此言差矣，凡事都要有動機，我身上有何疑點？我為何要害你家大王？這麼幹對我有什麼好處？」

慕容飛煙道：「或許有人自知成為駙馬無望，所以才想出這釜底抽薪的招數，破壞遴選駙馬的進行，又或者以王上為質脅迫朝廷答應將公主嫁給他。」

胡小天呵呵大笑道：「原來在你心中是這麼想我的？一個人的腦子要有多傻才會幹出這種蠢事？」

此時一名鳳翎衛來到慕容飛煙面前，向她稟報搜查結果，除了胡小天的書齋之外，其他地方全都已經搜過了，並沒有發現可疑的地方。

慕容飛煙道：「去書齋看看！」

胡小天道：「榮統領若是想搜，還需親力親為，胡某的書齋之中藏有太多私隱之物，不方便讓外人看到呢。」

慕容飛煙冷笑道：「好啊，那我就親自去搜一搜。」

兩人一前一後進了胡小天的書齋，不等慕容飛煙反應過來，胡小天已經餓虎撲食般撲了上去，一把就將慕容飛煙擁入懷中，低頭想要吻她，卻被慕容飛煙手中的匕首抵住了咽喉，慕容飛煙一雙明澈美眸冷冷望著他道：「你想死啊！」

胡小天根本無視她手中的匕首：「想死！想死我了！」他仍然低頭向慕容飛煙吻去，慕容飛煙沒料到他敢強來，手中匕首不由自主向後退了退，壓低聲音道：「我真戳了……」明明是威脅，可聲音卻透著骨子裡的虛弱無力。

胡小天道：「你想戳便戳！」慕容飛煙一橫心，匕首向前稍稍一遞，鋒芒已經刺破胡小天頸部的皮膚，一縷鮮血流了出來。可胡小天卻表現出輕傷不下火線的英勇氣魄，繼續逼近。

慕容飛煙看到他頸部流血，心中已經不忍。胡小天從她軟化的目光中已經讀懂了她的心意，不入虎穴焉得虎子，想要重新贏得伊人芳心，流點血算什麼？胡小天的勇往直前終於逼迫慕容飛煙放下了匕首，不過她隨即又揚起手來，照著胡小天的二皮臉上就是一記清脆的耳光。

巴掌雖然打得響亮，可櫻唇卻幾乎在同時失守。

慕容飛煙的力量無法跟胡小天相提並論，更何況被胡小天擁在懷中，原本的力量也大打折扣，好不容易才將嘴挪開，惡狠狠道：「你不怕我叫！」

胡小天道：「不怕，還很喜歡呢！你想叫就叫給我聽嘛！」

「不要臉！」慕容飛煙雖是罵他，可語氣明顯軟化了下來。

胡小天道：「我知道對不起你，所以也不想解釋，念在你我過去的情意，總得給我一個補償的機會。」

慕容飛煙道：「我才不要你補償，對你我早已失望透頂！放開我，如果我的手下看到我這麼久不出去，一定會疑心。」

胡小天笑道：「你想不想知道你們的大王身在何處？」

慕容飛煙心中一怔，美眸圓睜望著他道：「果然是你！」

胡小天附在她耳邊低聲道：「如果是我，你會不會向朝廷舉報？」

慕容飛煙眨了眨美眸，低聲道：「你莫不是想要利用我？才故意這麼說？」

胡小天道：「我對你一顆紅心，滿腔赤誠！就算我犧牲性命也不想你受到一絲一毫的傷害，又怎麼會利用你？」

慕容飛煙橫了他一眼道：「我沒聽錯吧，有些人好像在關心我呢。」

胡小天道：「其實有些人對你從未改變過。」

慕容飛煙瞪了他一眼道：「虛偽！」

外面傳來腳步聲，胡小天只能將她放開，慕容飛煙迅速整理了一下，就聽到外面傳來手下人的通報聲：「啟稟慕容統領，福王殿下來了，說是要搜查翠園。」

胡小天微微一笑，看來楊隆越也借著搜查的藉口過來找自己談話。

慕容飛煙向看了一眼，一語雙關道：「你最好還是老實一點。」

胡小天低聲道：「後天晚上戌時，我在流花河碧波橋等你。」

「我不會去！」

「我會等你！」

胡小天送慕容飛煙出門，在前院遇到了福王楊隆越，胡小天故意道：「慕容統領剛剛搜查完，福王殿下又來，莫非都將我列成了重點懷疑的對象？」

福王的唇角露出苦笑：「太后的命令，小王也只是例行公事！」

胡小天道：「那就讓手下人例行公事，咱們去花廳喝茶。」

兩人來到花廳，福王確信周圍無人，有些緊張道：「你將他藏到哪裡？」

胡小天端起茶盞，不慌不忙地飲了一口，輕聲道：「大哥的這句話，小弟有些不明白呢。」

福王楊隆越歎了口氣道：「你我兄弟何必拐彎抹角，避暑山莊的地圖和防守勢力分佈全都是我提供給你，他的失蹤必然是你一手所為，到現在你都不肯跟哥哥說實話嗎？」

楊隆越聽聞楊隆景失蹤的消息，內心之中喜憂參半，喜的是楊隆景落在了胡小天的控制中，憂的是，胡小天雖然讓自己配合，但是擄走楊隆景他並未當面承認，看來胡小天在這件事上還另有打算，自己究竟能從中得到多少利益還很難說。

胡小天道：「國不可一日無君，其實大哥根本沒必要考慮其他的事情，若是能夠把握住眼前的機會，對你來說才是正本。」福王的做法讓胡小天多少有些失望，這種時候他應該發動自身的力量抓緊時間給太后壓力，而不是跑到自己這裡來詢問楊隆景的下落。

楊隆越咬了咬嘴唇，壓低聲音道：「告訴我，他不會活著回來！」他的目光充滿期待，天下間最渴望楊隆景死去的那個人就是他，他只希望楊隆景此次失蹤成為永恆，再也不要回來。

胡小天微笑道：「我會盡力幫助大哥完成心願。」心中暗歎，皇室之中果然沒有任何的親情存在。

楊隆越從胡小天這裡並沒有得到想要的答案，他更希望聽到楊隆景的死訊。胡小天的這句話並不足以讓他安心，楊隆越道：「兄弟不要忘了，只要我登上王位，別說是映月公主，就算你想娶天香國任何一位女子，我都能幫你做到，而且我還可以幫你將藍先生的勢力從天香國徹底清除出去。」

胡小天歎了口氣道：「大哥的事情我會盡力而為。」雖然兩人私下聯手，但是胡小天卻不能完全按照楊隆越的想法行事，如果他現在就幹掉楊隆景，楊隆越必然會向太后逼宮，楊隆景對他同父異母的兄弟都想除之而後快，更何況對自己這個沒有任何血緣關係的結拜兄弟，胡小天見慣了人情冷暖，天香國這個人生地不熟的地方，他必須要將主動權牢牢掌握在自己的手中，只有在自己的事情完全處理好之後，才能考慮楊隆越的利益。

而且在見識到蘇玉瑾的力量之後，胡小天對楊隆越能否擊敗龍宣嬌產生了懷疑。龍宣嬌的背後有蘇玉瑾和胡不為，楊隆越的身後有誰？只不過是幾個老朽迂腐的臣子罷了。

楊隆越壓低聲音道：「至少你要告訴我，他被藏在哪裡？」

胡小天呵呵笑了起來，他忽然明白楊隆越今次前來搜查，其背後並非是源於太后龍宣嬌的指使，更不是找藉口跟自己見面，而是楊隆越迫不及待地要給自己壓力。形勢的變化明顯影響到了每個人的心理，胡小天站起身來，拍了拍楊隆越的肩頭，低聲道：「機不可失失不再來，大哥何必在我這裡浪費時間。」

已是黃昏，楊隆景至今仍然沒有任何的消息，太后龍宣嬌雖然內心中百般煎熬，可是頭腦卻漸漸冷靜了下來，大太監周德勝小心翼翼將最新的消息一一稟報給她，本以為龍宣嬌又會大發雷霆，可悄悄觀察她的神情，似乎並沒有發怒的跡象，看來太后已經接受了現實，內心趨於平靜。

龍宣嬌道：「周德勝，福王那邊有什麼動靜啊？」

周德勝道：「福王一整天都在為王上的事情奔波，親自率兵在城內搜查，對王上失蹤的事情非常關心。」

龍宣嬌冷哼了一聲道：「他心中不知有多開心！」她向周德勝勾了勾手指，周德勝貼近她的身邊，龍宣嬌道：「讓人給我盯緊了他，他去什麼地方，有什麼人跟他聯絡，一舉一動，事無鉅細，全都要稟報給我。」

「是！」

龍宣嬌擺了擺手道：「你去吧，對了，將藍先生請來！」

送走了楊隆越，胡小天將梁英豪叫到花廳。

胡小天道：「事情怎麼樣？」

梁英豪低聲道：「我在富貴堂的地庫中尋了一個隱秘的地方，除非他們掘地三尺，否則絕不會發現那人的下落。」

胡小天點了點頭，富貴堂乃是上官雲冲在飄香城的落腳處，也是丐幫的分舵所在，幾天前胡小天就著手準備，由梁英豪在富貴堂的地下神不知鬼不覺地挖掘一處藏身地，然後提供給姬飛花，讓她劫持楊隆景之後，就將人直接藏在那裡。

梁英豪道：「主公打算何時揭穿這個秘密？」

胡小天道：「我們的事已經做完，現在只需置身事外，作壁上觀。這兩日你只當什麼事沒發生過，一切如常就是。記住，此事除了我之外不得向任何人透露。」

梁英豪抱拳道：「主公放心，屬下知道應該怎麼做。」

此時趙武晟前來通報，卻是徐慕白來了。

胡小天讓趙武晟將徐慕白請進來，徐慕白看到翠園內也是一片狼藉，不由得歎了口氣道：「表弟，他們也來你這裡搜查了？」

胡小天點了點頭道：「可不是嘛，先是鳳翎衛，然後又是福王的親兵，將這翠園掀了個底兒朝天，真是氣煞我也，把我當成嫌疑人了嗎？早知如此，我絕不到天香國來，平白無故受了那麼多的鳥氣！」

徐慕白苦笑道：「表弟消消氣，我比你好不到哪裡去，余慶寶莊的庫房都被他們翻遍了，我徐氏在天香國經營這麼多年，還從未遭受過如此無禮的對待，天香國因為國王失蹤之事，整個朝野亂成了一鍋粥，禁衛軍沒頭蒼蠅一樣滿城亂竄。」

胡小天道：「看來大家的遭遇全都差不多，表哥消息靈通，他們的大王可曾找到了？」

徐慕白搖了搖頭道：「哪有那麼容易，我看這次十有八九是凶多吉少了。」說話的時候他悄然觀察著胡小天的表情。

胡小天表情如常，不見任何變化道：「現在風聲那麼緊，表哥過來找我，又有什麼急事？」

徐慕白壓低聲音道：「總管來了，她要見你。」

胡小天皺了皺眉頭，有些不解道：「這位總管又是誰？為什麼要見我？」

徐慕白道：「她是咱們徐氏的總管，還是我的小姑，這些年來，奶奶深居簡出，所有的號令都是通過她來對外宣佈。」

胡小天內心一怔，想不到金陵徐家還有這麼一位實權人物，徐慕白的小姑不就是自己的小姨，胡小天隱約記得有那麼一位小姨，她好像叫徐鳳眉，胡小天道：「何時見面？」

徐慕白道：「現在就過去，她已經在余慶寶莊等著了。」

來到余慶寶莊，果然如徐慕白所說，這裡也是一片狼藉，徐慕城正在指揮夥計收拾整理，看到兩人進來，徐慕城苦笑著迎了上去，歎道：「這些士兵簡直跟強盜無疑，野蠻無禮！幾乎把余慶寶莊給掀翻了。」

徐慕白道：「可曾損失了什麼東西？」

徐慕城道：「只是損壞了一些，他們還不敢明搶。」他向胡小天笑了笑道：「總管在後院呢！」

徐慕白帶著胡小天來到後院，卻見後院已經整理完畢，不過仍然可以看出這裡的變化，破損的花盆魚缸都已經被移走，整個後院顯得空曠了許多。

一位青袍女子靜靜坐在涼亭之中，此時夜幕已經降臨，因為她背身朝外的緣故，看不清她的本來樣貌。

來到亭前，徐慕白恭敬道：「姑姑，我將表弟請來了！」

那青袍女子緩緩轉過身來，當胡小天看清她的容貌，整個人如同被霹靂擊中一般，愣在那裡，這位總管長得幾乎跟自己的老娘徐鳳儀幾乎一模一樣，不過仔細一看，她的容貌要比老娘年輕許多，徐鳳眉向胡小天微微一笑，笑容慈祥溫柔，輕聲道：「你就是小天吧，我是你的小姨！」

胡小天抱拳施禮，初見徐鳳眉，讓他突然想起了自己的母親，不禁心亂如麻，母親臨終前所說，她是虛凌空和外人所生，可為何她和徐鳳眉長得如此相似，胡小天心中暗歎，只可惜老娘走得太早，一切都無從認證了，恭敬道：「小姨在上，請受小天一拜！」

不等胡小天跪下，徐鳳眉就抓住了他的手，將他拉了起來，微笑道：「我可受不起你的大禮，一直都想見你，直到今日方才有緣相見，小天啊，你可是咱們徐家的驕傲。」牽著胡小天的手仔細打量了一番，讚道：「果然是一表人才。」她向徐慕白掃了一眼。

徐慕白馬上會意，悄然退了出去。

徐鳳眉牽著胡小天的手讓他坐下，胡小天越看徐鳳眉越是覺得她和母親相像，畢竟是同胞姐妹，只是母親臨終前的那番話到底是為了什麼？她為何會相信那些無稽之談？可如果說老娘的確是徐氏後代，那麼胡不為又是誰？他因何會對那個藍色透明頭骨擁有如此興趣？

胡小天道：「小姨何時來的？」

徐鳳眉鬆開了胡小天的手臂，拿起茶壺給胡小天倒了一杯茶，遞了過去，胡小天恭敬接過，嗅了嗅茶香，淺嘗輒止，他對徐氏充滿戒備，中秋之時，徐慕白請他在得月樓相聚，就想在飯菜之中動手腳，雖然自己的身體近乎百毒不侵，可畢竟世事無絕對，若是遇到任天擎那樣的高手，自己也難免中招。

徐鳳眉道：「是不是覺得我和你娘長得很像？」

胡小天點了點頭道：「很像，不過你比我娘要年輕得多。」

徐鳳眉的唇角露出淡淡的笑意：「其實我們只相差三歲而已。」

胡小天道：「我娘這輩子過得實在太苦，為了胡家鞠躬盡瘁，死而後已。」

徐鳳眉點點頭，輕歎了口氣道：「姐姐實在太不容易了，她走得還安寧嗎？」

胡小天道：「我娘臨終之前，我爹不在身邊，徐家也無一人在她身邊。」

徐鳳眉道：「徐家的確欠姐姐太多，你生氣也是應當的，我今天來找你，也沒有奢望跟你重拾親情，我只是有些話想對你說。」

胡小天點了點頭：「請說！」

徐鳳眉道：「何不帶著你的人儘快離開？」

胡小天抬頭盯住徐鳳眉的雙目，凝視了好一會兒，他突然笑了起來：「這話我有些不明白啊！是威脅呢？還是忠告？」

徐鳳眉淡然笑道：「你是我的親外甥，我又怎會威脅你？我只是出於對你的關心，不想讓你繼續留在這裡冒險罷了。」

胡小天道：「現在就算我想走也沒有機會啊，天香國國王失蹤，太后有令，在找到國王之前，任何人不得擅自離境，我若是走了，豈不是成了最大的嫌疑人，更何況……」他停頓了一下道：「我外公被丐幫控制，您不會不知道這個消息吧？」

徐鳳眉輕聲道：「徐家的事情自然有徐家人處理，你就不必費心了。」言外之意顯然將胡小天當成了外人。

胡小天的笑容倏然收斂：「若是指望著徐家，只怕老爺子沒命活著逃離了。」

徐鳳眉道：「丐幫乃是天下第一大幫派，其勢力足以和任何一個王國抗衡，你與他們為敵，不會有什麼好處。」

胡小天道：「這您就不用擔心了，就算招惹丐幫也是我自己的事情，和徐家沒有任何關係！」

徐鳳眉道：「有些事並非是你說沒關係就沒有關係。」

胡小天呵呵大笑：「你說話好像前後矛盾呢。」

徐鳳眉道：「今日你在王宮之中刻意挑起爭端，處處針對丐幫上官雲冲，全都是有意而為吧？」

胡小天道：「那又如何？」

徐鳳眉道：「以你的智慧，想要對付丐幫應該不會採用這種低級的手段，恰恰在今天天香國王失蹤，這其中到底有怎樣的聯繫？」

胡小天道：「聽起來的確有些聯繫呢。」

徐鳳眉道：「我曾經聽說過一些未經證實的消息，說你在天香國還有一位同父異母的兄弟，當年你父親置你們母子的安危於不顧，選擇離開大康，你心中是不是始終無法解開這個結？」

胡小天鎮定如故，徐鳳眉果然不是尋常人物，她顯然懷疑自己劫走了楊隆景。

徐鳳眉道：「如果我是你，或許真會做出讓有些人後悔莫及的事情，若是有些人劫走了楊隆景，將之除去，然後再將這件事嫁禍給丐幫，豈不是一舉兩得？」

胡小天心中暗歎，徐鳳眉多智近妖，幾乎猜透了自己的每一個步驟，可惜她沒有證據，即便是她做出了最為合理的猜測。胡小天忽然伸出手去，在徐鳳眉光潔的額頭上摸了一下：「您沒發燒吧？怎麼說起胡話來了？」

徐鳳眉也沒有料到這小子會有如此大膽不驚的舉動，不過她的表情不見任何變化，依然風波不驚。

胡小天雖有不敬之嫌，可是他此舉卻有深意，徐鳳眉不閃不避，整個過程鎮定之極，甚至沒有正常人的避讓反應，可見徐鳳眉的心態之強大。

徐鳳眉道：「我不允許任何人破壞徐家的利益，即便是你也不例外。」

胡小天道：「如果你有證據，只管去向天香國指證，如果沒有證據拜託你千萬別胡說八道，不然就算是親戚關係，我也不會給你面子。」他站起身來，向徐鳳眉笑了笑道：「咱們以後還是別見面了，實在不想破壞我娘在我心中的形象。」

徐鳳眉望著胡小天的背影緩緩搖了搖頭，等到胡小天的身影消失於庭院之外，她也轉過身去，走入身後小樓。

蕭天穆靜靜坐在書齋內，聽到開門聲，他輕聲問候道：「師父來了？」

徐鳳眉道：「不必起來，你坐著就是！」

蕭天穆道：「他說什麼？」

徐鳳眉輕聲歎了口氣道：「他豈肯承認，不過我看他必然有鬼。」

蕭天穆道：「胡小天做事向來喜歡險中求勝，這段時間他一直處於被動，以他的性情必然會尋找扭轉乾坤的機會，這件事十有八九就是他做的。」

徐鳳眉道：「丐幫的消息是不是你義父透露給他的？」

蕭天穆點了點頭道：「他應該沒有料到胡小天會來一手釜底抽薪，居然敢動楊隆景。」

徐鳳眉不禁笑了起來：「你緣何就認定楊隆景的事情一定是胡小天做的？」

蕭天穆道：「我瞭解他！他表面雖然玩世不恭，可是對感情看得極重，他絕不會對老爺子的事情坐視不理。」說到這裡，他的內心中忽然感到一絲歉疚。

徐鳳眉道：「他要管的事情還真是不少，聽說宮裡已經放出話來，誰能將楊隆景平安解救出來，誰就是駙馬。」

蕭天穆淡然笑道：「誰也不會當這個出頭鳥，連天香國人都找不到，若是被外人找到，豈不是證明這件事就是他做的？」他停頓了一下道：「我有些擔心義父，不知他現在心情怎樣？」

胡不為正陪在龍宣嬌的身邊，從他平靜的表情來看，他的心情似乎並沒有受到太大的影響，他將手中的燕窩粥送到龍宣嬌的面前：「你多少也吃些東西，千萬別餓壞了身子。」

龍宣嬌道：「你不必勸我，我吃不下！」

胡不為只能放下，伸出手去握住她的柔荑，低聲寬慰道：「你且將心放寬，隆景吉人自有天相……」

龍宣嬌忽然甩開他的手道：「你不必跟我說這樣的話！什麼叫吉人自有天相？如果不是聽了你的話，大張旗鼓地搞什麼徵召駙馬，隆景豈會出事？天香國本來安居一隅，國泰民安，隆景好端端地當他的國王，有什麼不好？我還有什麼不滿足的？是你的野心害了他！」

胡不為默然無語，輕聲道：「我也是為了他著想，虎毒不食子……」

龍宣嬌怒道：「你可以不在乎胡小天的性命，一樣可以不在乎隆景！」

胡不為唇角的肌肉猛然抽搐了一下，他的目光變得陰鬱，深深吸了一口氣，臉上流露出痛苦而折磨的表情，低聲道：「你若是這樣想我，我也無話好說。」

龍宣嬌道：「我不管你怎麼想，我只要我的兒子，我要隆景平安回來！」她的情緒過於激動，忽然感覺到頭痛欲裂，右手握拳抵住眉心，表情痛苦不堪。

胡不為關切道：「你怎麼了？有沒有事？」

龍宣嬌搖了搖頭。

胡不為道：「我已經動員所有力量去找，相信很快就會有結果。」

龍宣嬌等到頭痛緩解之後方才道：「你有沒有想過，我花費了多少的心血才幫助隆景登上王位，又有多少人想要將我們母子除之而後快？若是隆景有了三長兩短，這天香國的王位什麼人來坐？他若是出了事，我也不能獨活了……」說著說著又落下淚來。

胡不為道：「你只管放心，隆景不會出事！」

龍宣嬌長歎了一口氣，似乎情緒終於有所平復：「我懷疑此事很可能是福王所為，若是隆景出事，他得到的利益最大。」

胡不為道：「我早就勸過你，要儘早將他除去，可你就是不聽。」

龍宣嬌道：「如果證明此事跟他有關，我絕不會放過他。」

胡不為道：「無論這件事是不是跟他有關，這都是一個除去他的機會。」

龍宣嬌並不明白胡不為的意思，低聲道：「你是說追究他的罪責？」

胡不為搖了搖頭道：「將罪名落在他的頭上未必能夠服眾，王上失蹤，若是福王在此時出事，誰也不會懷疑到您的頭上。」

龍宣嬌不得不佩服胡不為的心機，可是在同時她卻又從心底感到一種寒意，即便是在這種時候，胡不為仍然能夠保持如此清醒的頭腦，證明他的所作所為根本不受感情的影響，他的內心強大如斯。龍宣嬌自問無法做到像他一樣，有些痛苦地閉上雙目：「我只想隆景平安。」她甚至產生了一個想法，只要兒子能夠平安歸來，即便是將王位讓給楊隆越又有何妨？也許只有真正遇到這種考驗的時候，龍宣嬌方才能夠認清自己，她的野心和抱負遠不如兒子重要，可胡不為呢？她不知道，自從這件事發生之後，他在自己的心中變得有些陌生。

胡小天離開余慶寶莊的時候，看到展鵬和趙武晟已經在外面等著他，不由得笑了起來：「怎麼？對我放心不下啊！」

兩人也同時笑了起來：「不是不放心，是以防萬一，這兩天不會太平，一個好漢三個幫，我們的武功雖然比不上主公，可總不算累贅吧？」

胡小天笑著翻身上馬，行進在兩人中間。

趙武晟道：「剛才丐幫朱八過來了！」

胡小天點了點頭道：「還在嗎？」

趙武晟搖了搖頭道：「他讓我轉告主公一句話。」

「什麼話？」

「夜長夢多！」

胡小天呵呵笑了起來，算上朱八，今晚已經有兩個人勸自己離開了，看來丐幫和徐氏之間根本就有著說不清道不明的關係，可如果是這樣，丐幫因何會對付虛凌空？胡不為又為何挑唆自己將矛頭指向丐幫？看來兩者之間也出現了問題。自己劫走楊隆景的行為，應該打亂了所有人的計畫。

明天！明天將會是最為關鍵的一天，他要通過這件事重創丐幫，要讓丐幫在天香國陷入全面被動的局面。

胡小天突然勒住馬韁停止了前進，展鵬和趙武晟兩人也同時停下，兩人都望著胡小天，不知他為何停下？胡小天望著不遠處靜山小築的輪廓，低聲道：「前方就是靜山小築，我想順路去看看藍先生。」

胡小天來到靜山小築的時候，胡不為也從宮中剛剛返回，胡不為的心情並不好，在楊隆景失蹤之後，龍宣嬌的表現實在讓他失望，本以為足夠堅強的她，卻突然亂了方寸。胡不為意識到要儘快找到楊隆景，不然龍宣嬌早晚都會崩潰，而龍宣嬌和他未來的佈局息息相關，千萬不能讓她出事。

聽聞胡小天深夜來訪，胡不為讓人將他請了進來，直接將他引到靠近池塘的房間內。

燈火之下，胡不為獨自一人坐在桌旁小酌，緊鎖的眉頭已經將他此時鬱悶的心情顯露無遺。

胡小天留意到在他的對面已經擺上了一副碗筷，還未動過，應該是剛剛給自己準備的。

「坐！」胡不為的聲音頗為凝重。

看到胡不為此時的模樣，聽到他低沉的聲音，胡小天的心底深處生出一股報復的快意，昔日你不顧我們母子而去，害得我老娘含恨而終，如今終於嘗到了痛苦的滋味，失去親人的感覺不好受吧？

胡小天拿起酒壺自行斟滿，端起酒杯道：「我敬你一杯！」

胡不為望著胡小天，唇角泛起一絲感傷：「咱爺倆兒好像很久沒有這樣坐在一起了。」

胡小天心中早已不再當他是自己的父親，當然他也明白，胡不為也不會當自己是他的兒子。輕聲道：「人生就是如此，合則聚，不合則去，有些人雖然相隔遙遠，可是彼此心意相通，有些人近在咫尺，卻形同陌路，您比我經歷得多，這些道理您比我更加清楚。」

胡不為歎了口氣，將杯中酒一口飲盡，他將空杯放下，胡小天幫他將面前的那杯酒添滿，故意道：「您和天香國王有沒有像咱們這樣對飲的機會？」

胡不為搖了搖頭，聽得出胡小天在故意刺激自己，傷口上撒鹽，這小子有失厚道，不過這廝何時又厚道過？也許他心中正在得意吧。

胡小天道：「君臣有別，為王者大都要承擔孤家寡人的痛苦，或許他一輩子都沒有跟你對飲小酌的機會。」

胡不為道：「無論是誰擄走了他都是一招錯棋，很多人其實並不如大家想像中重要。」

胡小天微笑道：「對一個自私的人來說，任何人都比不上他自己更加重要。」

胡不為點了點頭：「你心中始終都在記恨著我。」

胡小天道：「談不上記恨，過了這麼久，什麼事情都忘了。」他停頓了一下道：「知不知道我剛剛去見了誰？」

胡不為搖了搖頭。

「徐鳳眉！金陵徐氏的總管，也許我還應該稱她一聲小姨呢。」

胡不為道：「她找你做什麼？」

胡小天道：「說了一些莫名其妙的話，總之讓我很不喜歡！徐家的人，果然是薄情寡義！」這句話把胡不為也算了進去，不過也不能以偏概全，至少母親徐鳳儀是個好人，她的慈祥和關愛讓胡小天永生銘記，難以忘懷。

胡不為笑了起來，他端起酒杯，抿了抿，卻未喝完：「她長得和你娘很像，可性情卻截然不同，在徐氏向來強勢慣了。」

胡小天故意道：「她甚至認為楊隆景失蹤的事情是我做的！」

胡不為哦了一聲，將未喝完的那杯酒重新放下：「誰會愚蠢到利用這樣的辦法來要脅天香國將映月公主許配給他呢？即便當時要脅成功，可事後又焉知天香國不會出爾反爾？事後招至加倍的報復呢？」

胡小天道：「可她仍然在懷疑我呢。」

胡不為道：「懷疑你什麼？懷疑你利用這件事報復我？」

胡小天呵呵笑了起來：「我為何要報復你？你跟楊隆景又有什麼關係？難道外面的傳言都是真的？」一個兒子能夠向老爹問出這樣的話，已經失去了對他最基本的尊重。

胡不為靜靜望著胡小天，他居然真的點了點頭，然後抓起酒壺主動給胡小天斟滿了酒，老子給兒子倒酒，這樣的放低姿態明顯是開始示弱，也證明他同樣將疑點鎖定在胡小天的身上。

胡不為道：「其實我們之間並沒有任何的衝突，就算你我父子情斷，可咱們應該還有合作的可能。」

胡小天道：「任何人都有合作的可能，只要條件足夠誘人，仇人都能變成朋友，更何況是曾經的父子。」他用上了曾經這兩個字，表明早已和胡不為恩斷義絕，斷絕了父子之情。

胡不為呵呵笑了起來，胡小天是個明白人，只是他以為真有和自己平起平坐談條件的資本嗎？胡不為低聲道：「你能不能幫我救出隆景？」明知胡小天是最大的嫌疑人，可仍然不能戳破這層紙，人性原本就是如此虛偽。

胡小天道：「既然他是我同父異母的兄弟，我自當竭盡全力。」胡小天不怕將事情點破，反正你老胡都不要臉了，我又何必給你留面子。

胡不為的表情稍顯尷尬：「只要能救出隆景，我會促成你和映月的親事。」

胡小天道：「好像這件事你已經答應過我了！」

胡不為道：「那你不妨提出別的條件。」

胡小天道：「我沒什麼條件，因為我和這件事從頭到尾沒有一文錢的關係，今晚我之所以前來，是念在你我昔日的情分上來看一看你，畢竟你現在的心情肯定不會好過，不過看起來你比我想像中要堅強得多！」他將杯中酒喝完，站起身來：「夜深了，我該走了！」

胡不為愕然望著他遠去的背影，本以為已經就快達成協議，可是胡小天卻突然離去，根本是在戲弄他，胡不為終於按捺不住內心的憤怒，抓起桌面將桌上的酒菜盡數掀翻在地。

對飄香城而言，今晚註定是個不眠之夜，就在滿城警戒搜尋楊隆景下落的時候，另一件意想不到的事情發生了，福王楊隆越在夜巡之時遇刺，為冷箭射中，一箭穿喉，此事朝野震動，先是國王失蹤，然後是福王遇害，短短的一個日夜之間，天香國竟然接連發生了兩件關乎國運的大事。

胡小天並沒有料到福王死得如此突然，一大早他就被展鵬喚醒，將福王遇刺的消息告訴了他。

胡小天第一反應就是龍宣嬌所為，楊隆景失蹤，在天香國眾多王子之中，最有希望接替王位的人就是福王楊隆越，所以龍宣嬌為了防止朝中生變，先下手為強除掉楊隆越。

胡小天心中暗歎，楊隆越籌畫了這麼久，終究還是功虧一簣，正所謂道高一尺魔高一丈，龍宣嬌防患於未然的做法雷厲風行，就連自己也未曾估計到。政治鬥爭比的就是誰更狠，誰的手段更加毒辣，誰下手更為果斷，楊隆越在這方面的猶豫導致他錯失了良機，今生再無翻盤的機會。

展鵬看胡小天好半天都沒說話，小聲提醒他道：「福王那邊主公還去不去？」

胡小天點了點頭道：「去，當然要去！」他和福王楊隆越畢竟是結拜兄弟，雖然出發點是源於彼此的利益，可終究還是相交一場，而且如果沒有楊隆越的幫助，自己也不可能如此順利地將楊隆景從避暑山莊中神不知鬼不覺地劫走，於情於理都應該去一趟。

來到福王府，前來弔唁的人並不多，福王活著的時候，誰都知道太后跟他不睦，在公開場合都儘量避免嫌疑，現在福王死了，誰也不想被朝廷當成福王的密友或同黨，畢竟飄香城內到處都是太后的眼線，誰也不想在這時候招惹麻煩。

為福王處理喪事的是靖王楊隆修，此人也是天香國王子中的一個，不過他與世無爭，又沒什麼本事，在皇室生存很多時候正應了一句話，無才便是德，除了皇上之外，越是無能庸碌之人越是能夠活得長久。

胡小天送上花圈，在靈堂上香跪拜之後，心中也感黯然，楊隆越也算是壯志未酬身先死，朝堂爭鬥，不但表現在對機會的把握上，更重要的是要擁有一顆冷酷無情的心臟，關鍵之時絕不猶豫，龍宣嬌正是準確把握了先機，在危機沒有爆發之前搶先將楊隆越剷除。

胡小天祭拜之後，提出再看一眼楊隆越的儀容，來到楊隆越的遺體前，慕容飛煙也在一側，她身邊還有一位提刑官，正在檢查楊隆越的遺體。

胡小天湊過去看了看，卻見楊隆越的頸部被人一箭射穿，這一箭的力量奇大，貫穿了他的咽喉，威力之強實屬罕見，胡小天第一個就想到了落櫻宮，讓胡小天驚奇的是，從這支羽箭的製作工藝來看，就是出自落櫻宮。

胡小天馬上想到，如果是落櫻宮，他們不會愚蠢到用本門工藝製作的弓箭。

胡小天並未說話，見完福王的最後一面，又來到他的家人面前問候，福王有四房妻妾，子女七人，看著他的家眷哭得泣不成聲，胡小天也感心中愴然，成者為王敗者為寇，若是無法掌控自己的命運，那麼自己的親人都將承受悲慘的命運。

福王妃聽聞是胡小天前來，她含淚將胡小天請到一旁，抹去淚痕，紅著眼睛道：「王爺生前曾經說過，若是有一天他遭遇不測，胡公子乃是可以託付之人。」

胡小天點了點頭道：「王妃娘娘有什麼事情只管對小弟明言。」

福王妃道：「早在我兒年幼之時，就將他寄養在外，本盼著有一日能夠將他接回，可現在看來只怕無望了。我已讓人將他送往東梁郡投奔公子，還望公子以後代為照顧，助他成人！」

福王生前就已為可能的失敗留下了後路，他將自己的長子從小就送出天香國，外出寄養，這是為了以防萬一。

胡小天道：「王妃娘娘放心，此事我必竭盡全力。」

從靈堂內出來，遇到慕容飛煙，胡小天道：「咱們又見面了，緣分這個東西不信都不行！」

慕容飛煙道：「人走茶涼，今日來弔唁的人沒有幾個。」

胡小天轉身向靈堂的方向看了一眼，歎了口氣道：「世態炎涼，人情冷暖，歷來都是如此，所以咱們才要珍惜現在，珍惜彼此，人生不過短短百年，何必因為賭氣而錯過一樁大好姻緣呢？」

慕容飛煙狠狠瞪了他一眼。

胡小天道：「你別瞪我，天下間沒有比我更瞭解你的人，你表面對我越凶，其實心裡就對我越愛，你已經發現，根本忘不掉我。」

慕容飛煙不屑哼了一聲，然後道：「說得好像天下間只剩你一個男人似的。」

「男人雖多，可適合你的男人不多，能讓你魂牽夢縈，欲生欲死，為之喜怒哀愁的男人更只有一個，那個人，遠在天邊，近在眼前！」

慕容飛煙呸了一聲，胡小天非但臉皮夠厚，而且自我感覺實在是太過良好了，不過慕容飛煙心底卻不得不承認他所說的就是事實，自己的確忘不了他。

胡小天道：「福王遇刺這件事你有什麼看法？」

慕容飛煙道：「說不定是劫持大王的那幫人幹的。」美眸望著胡小天，目光充滿了懷疑，似乎胡小天就是嫌疑犯。

胡小天呵呵笑道：「這世上任何事情都是有理由的，沒有無緣無故的愛，也沒有無緣無故的恨，更沒有無緣無故的仇殺，想要查出兇手，首先就要看他的死對什麼人的好處最大，別管表面的那些假像，考慮問題直接一些就不難發現真凶。」他壓低聲音道：「這事兒你最好交給別人去查。」

慕容飛煙美眸一亮，似乎明白了什麼，點了點頭，小聲叨咕了一句：「誰像你那麼狡猾！」

胡小天嘿嘿笑道：「我向來滑不溜手，要不要感受一下？」

慕容飛煙柳眉倒豎，一臉怒容道：「你最好自重一些。」

胡小天低聲道：「別忘了明晚咱們的邀約。」

慕容飛煙咬牙切齒道：「我不會去！」

第五章

暗殺福王的疑犯

事情變化實在太快，很多人接應不暇，
眾人搞不清楚為何汪且直要向這兩人下手，
看來只有他和上官雲冲的酒有問題，
胡小天此前就提醒過他，果然如此，
天香國居然將他當成了暗殺福王的疑犯，
唐驚羽做出了決定，決不能留在這裡束手被擒。

當晚最終入選的一百人，全都被鴻臚寺請去吃飯，鴻臚寺對外宣稱是代天香國表達歉意，另外當晚還會宣佈最終遴選駙馬之日，其實經過這番折騰，眾人大都對遴選駙馬失去了當初的興趣，現在所有人最關心的一件事就是天香國何時才能放他們自由離去。最終入選的這一百人在政治嗅覺方面都是極為敏銳，他們已經預感到一場風雨欲來，誰也不想捲入天香國的內亂之中。

眾人先後抵達鴻臚寺的時候，一場捲土重來的搜查行動再度展開，由王城禁衛軍、鳳翎衛聯合組成的搜查力量開始了一場有針對性的搜查行動。

鴻臚寺擺下這場酒宴的真正目的卻是要調虎離山，王室剛剛收到密報，有人透露王上可能被關押的位置，其實這已經不是第一次，可屢次得到消息，屢次撲空，但是依照太后的意思，只要有任何消息就必須徹查到底。

胡小天從一開始就猜到了晚宴的目的，按照他的計畫，此時天香國王室應該收到了消息，在酒宴進行的同時，針對楊隆景的解救行動同時啟動。

昨天這群人還發生了混戰群毆，可是今天所有人卻變得同仇敵愾，他們都感到目前的處境不妙，急於離開飄香城，擺脫目前的困境。酒宴開始之前就三五成群，竊竊私語。

沙迦國王子赫爾丹向胡小天道：「早知道這樣，我根本就不會過來，非但沒有見到公主，反而惹了一身的臊氣，娘的！他們國王失蹤了干我等何事？搜查我們的住處不算，還將咱們羈留於此，這哪是將咱們當成賓客，根本是當成疑犯！這天香國根本不懂待客之道！」

周圍幾人同時點頭，徐慕白歎了口氣道：「既來之則安之，相信事情總會有水落石出的一天，天香國也是法制治國，不會不講道理。」

黑胡八王子完顏天岳道：「他敢？一個南蠻小國罷了！若敢對本王無力，我黑胡鐵騎必揮師南下將之踏平！」他臉上的淤青仍在，這是被胡小天昨天一腳給踢出來的，還多虧了胡小天腳下留情，若是用盡全力，他的腦袋只怕要被踢爆。

大雍七皇子薛道銘冷笑道：「有些人說大話也不怕閃著舌頭！揮師南下？當我北方防線形同虛設嗎？」

完顏天岳目光一凜，正待發作，丐幫少幫主上官雲冲出聲勸道：「大家都在一條船上，我看此時正應當團結一致，共同對外，絕不可內部相殘。」

落櫻宮少主唐驚羽道：「上官公子說得對，咱們不可內訌，讓外人看笑話。」

胡小天卻歎了一口氣道：「說不定真凶就藏在咱們中間，說什麼團結一致，共同對外，難道要和兇手聯盟嗎？搞不好到最後落得一個幫兇的罪名。」

此時鴻臚寺卿汪且直走了進來，向眾人抱拳道：「諸位公子，恕罪恕罪，汪某來遲了，大家快請入座。」

眾人紛紛入座，唐驚羽原想離胡小天遠一些，卻想不到他偏偏來到自己身邊，和自己坐在了一起，唐驚羽走也不是，留也不是，心中鬱悶不由得皺起了眉頭。

胡小天咧嘴一笑道：「你不是說要團結一致，共同對外嗎？可看起來好像很不高興呢，唐兄，我得罪過你嗎？」

唐驚羽乾咳了一聲道：「胡公子此言差矣，咱們雖然算不上朋友，可也絕不是敵人。」

胡小天低聲道：「唐兄難道沒聽說福王遇刺的消息？」

唐驚羽不知他什麼意思，淡然道：「此事鬧得滿城風雨，誰又會不知道呢？」

「我今日前往福王府邸弔唁，順便瞻仰了一下遺容，福王原來是死於暗箭之下！」說到這裡，胡小天故意停頓了一下，眼睛盯住唐驚羽。

唐驚羽被他看得好不自在，在場用箭的高手首先就要數他，胡小天明擺著是懷疑自己，唐驚羽冷哼了一聲道：「我昨晚在住處始終都未出去過。」

胡小天道：「唐兄何必忙著解釋，我只是湊巧看到了那支箭。」他壓低聲音道：「我敢斷定那支箭來自於你們落櫻宮，雖然上面的標誌被人磨去，可製箭工藝一看即知。」

唐驚羽又驚又怒，胡小天根本在信口雌黃，福王遇刺跟自己半點關係都沒有，他怒視胡小天道：「你敢誣我清白。」

胡小天淡然道：「這些話我對外人可沒說過，既然我能夠看出，別人也一定能夠看出，就我個人而言肯定是不相信的，換成是我，就算有殺人的心思，也不會留下這麼明顯的線索。我相信那支箭和唐兄無關，可是天香國方面未必肯信。」

唐驚羽對胡小天的這番話將信將疑，心中暗忖這廝莫不是故意恐嚇自己？

胡小天道：「唐兄還需多加小心！」

此時酒菜送了上來，鴻臚寺卿汪且直舉杯道：「各位公子長途跋涉遠道而來，可不巧我朝遇到了一些麻煩，以至於慢怠了諸君，太后讓汪某在這裡代表她敬諸君三杯，以此來表達我方的歉意。」

眾人共飲了這三杯酒，大雍七皇子薛道銘道：「汪大人，貴國發生了這樣的事情，我們也不方便在此羈留，我等商量了一下，準備儘快離開飄香城各自返回國內，不知汪大人意下如何？」

汪且直笑道：「太后讓我今晚在鴻臚寺設宴就是為了回答各位公子的問題，為大家答疑解惑。太后說了，天香國乃是信義之邦，絕不會失信於各位公子，不然天香國以後有何顏面立足於天下？已經確定在三天之後遴選駙馬，各位公子請多些耐心，等到三日之後，我朝自會恭送各位公子出城。」

眾人聽到他的答覆心中稍安，雖然現在還不能離去，可畢竟有了確切的時間。

不是所有人都有耐心等下去，沙迦王子赫爾丹率先發難了，他呵呵笑道：「汪大人，天香國的事我們概不插手，你們有難處我等也清楚，可不能因為你們遇到了麻煩就將我們全都留下來，說句您汪大人不愛聽的話，我等誰都不是無所事事的閒人，在這裡多等一日，有可能就會耽擱我們的大事，我們的損失誰來補償？萬一若是出了什麼事情，誰來負責？」

汪且直呵呵笑道：「王子殿下不必心急，區區三日還不能等嗎？在飄香城期間諸位的安全自然由我朝負責。」

赫爾丹道：「別人願不願意等我且不管，我卻是不願再等了，無論這映月公主何等美貌，我也和她無緣，明日我便離開！」他的這番話正說中了不少人的心思，馬上就有不少人開始回應，場面瞬間又陷入混亂之中。

汪且直滿面難色，他苦笑道：「各位公子全都是我天香國的貴賓，諸位來往所需的盤纏由天香國負責。」

胡小天哈哈大笑道：「汪大人此言差矣，您當我們是沿街乞討的叫花子嗎？」上官雲冲面色一凜，他敢斷定胡小天這句話根本就是衝著自己來的，雙目盯住胡小天，幾欲噴出火來。

就在現場陷入混亂之時，有武士來到汪且直身邊，附在他耳旁低聲說了句什麼，汪且直點了點頭，他雙手下壓示意眾人肅靜，大聲道：「諸君且聽汪某一言，各位所說的事情，汪某會即刻向太后回稟，最遲明日就可給諸位一個滿意的答覆，還請諸君稍安勿躁，咱們喝酒！喝酒！」他示意兩旁隨從倒酒。

唐驚羽自從胡小天說完那番話之後始終心中忐忑，若是胡小天所說的一切屬實，他很可能會遇到麻煩。

唐驚羽正在神情恍惚之時，卻聽身邊侍者道：「公子請用酒！」

唐驚羽方才驚醒，看到一旁胡小天已經喝了，他端起酒杯，下意識地看了身邊侍者一眼，卻見那侍者明顯神情有些緊張，心中疑竇頓生，他的目光在酒水上掃了一眼，然後故意端起在鼻翼前嗅了嗅，再看那侍者神情大變，唐驚羽向他道：「我不勝酒力，這杯酒你幫我喝。」

那侍者笑道：「小人怎敢……」話未說完，已經被唐驚羽一把拖了過來，捏著鼻子灌了進去。

眾人都是微微一怔，不知素來冷靜的唐驚羽因何做出此等無禮之事，卻見那侍者搖搖晃晃站起身來，轉身向後方跑去，未走出兩步，已經咚的一聲躺倒在地。

突發狀況讓所有人都驚呆在那裡，胡小天卻對周邊的情況熟視無睹，不慌不忙喝下杯中酒，南越國六王子洪英泰好心提醒他道：「別喝，這酒有問題！」

胡小天微笑道：「沒事！」

其實多半人都已經喝下了這杯酒，眾人並無任何異常的反應，難道是只有唐驚羽的那杯酒才有問題？

汪且直的目光投向上官雲沖，他一直關注著上官雲沖有無將這杯酒飲下，看到上官雲沖喝下那杯酒，他明顯放下心來，大聲道：「來人，將上官雲沖和唐驚羽給我拿下！」

從大廳外衝入數十名武士，分成兩撥衝向兩人。

事情變化得實在太快，眾人都搞不清楚為何汪且直要向這兩人下手，唐驚羽心中暗歎，看來只有他和上官雲沖的酒中有問題，胡小天此前就提醒過他，果然如此，天香國居然將他當成了暗殺福王的疑犯，唐驚羽瞬間做出了一個決定，決不能留在這裡束手被擒。胡小天以傳音入密向他道：「此時不逃更待何時！」

唐驚羽將手中的兩隻竹筷飛擲而出，咻咻兩聲，已經插入衝向他的兩名武士的眼眶之中，身軀拔地而起，從眾武士的頭頂掠過，向大廳外衝去，以他的武功這幫尋常武士當然攔他不住。

汪且直大聲道：「諸君不要驚慌，此事和你等無關！」

上官雲沖雖然足智多謀，也搞不清楚為何汪且直要向自己下手，自己好像沒有做過得罪天香國的事情。

汪且直望著上官雲沖道：「上官雲沖，你還不束手就擒！」

上官雲沖眉頭微微一皺，卻見那群武士已經迫近他的身邊，他忽然深吸了一口氣，噗的一聲噴出一團酒霧，竟然用內力將此前飲下的酒全都噴了出來。

和唐驚羽的選擇不同，上官雲沖並未急著向外逃離，足尖一點，身軀猶如大鳥一般騰飛而起，向汪且直俯衝而去。

汪且直本來親眼看到上官雲冲將藥酒飲下，卻想不到他居然又倒逼出來，眼看著上官雲冲逼近，嚇得汪且直腦袋一縮向桌下鑽去。

上官雲冲怒道：「狗官！竟敢害我！」一掌向汪且直藏身的酒案劈去，一道罡風有如利刀，無形掌刀已經將酒案從中切斷，酒案向兩旁倒去，汪且直的身體重新暴露出來，嚇得他抱著腦袋高呼救命。

上官雲冲正準備抓住汪且直問個明白，卻感到身後一股拳風悄然而至，其勢威猛如山，上官雲冲不得不暫時放過汪且直，轉身一拳迎去，蓬的一聲巨響，雙拳交錯，交手的兩人彼此身軀都是一晃，在關鍵時刻為汪且直解圍的正是胡小天。

上官雲冲看到胡小天又站出來跟自己作對，冷哼一聲，雙拳猶如暴風驟雨般向胡小天攻去。胡小天沉穩應對，堅如磐石，見招拆招，封住上官雲冲的去路。

目睹眼前場景，眾人全都閃到了一旁，事不關己高高掛起，看到上官雲冲和胡小天這場棋逢對手的龍爭虎鬥，誰也不敢輕易上前。

上官雲冲看到武士越來越多，心中不由得焦躁起來，至今仍然搞不清楚為何天香國會針對自己，剛開始他是想控制住汪且直，一來想問清到底發生了什麼事，二來他想挾持汪且直逃離，可是他的計畫全因胡小天而破滅。偏偏胡小天和他在武功方面勢均力敵，而且不惜損耗內力相拚。

這種實打實的猛衝猛打正是最消耗內力的方式，上官雲沖你來我往對攻了三十餘招，內力也是急劇下降，胡小天卻猶如一個不知疲倦的鐵人，內力不見絲毫損耗，上官雲沖咬牙切齒威脅道：「胡小天，你不要虛凌空的性命了？」

胡小天似乎被他威脅住了，臉上的表情顯得遲疑，手上的動作也放緩了，上官雲沖把握住這難得的機會，從胡小天的封堵中閃身而出，向大廳外衝去。

那群武士看到上官雲沖想要逃走，慌忙圍攏上來，在上官雲沖眼中這幫人根本如同草芥，抬腳就將一名武士踢飛，然後身軀凌空飛掠過眾人頭頂，眼看就要逃出大廳，聽到利刃破空之聲，卻是鳳翎衛統領應天虹一刀向他迎面劈來。

上官雲沖單手拍擊在刀身之上，他選位極準，啪的一聲將對方刀身拍向一側，並沒有反擊，而是把握住機會從應天虹身邊飛掠而過，身後響起應天虹的怒喝之聲：「放箭！」

身後弓弦聲不絕於耳，數十名弓箭手瞄準上官雲沖開始發射，可是他們射箭的速度顯然沒有上官雲沖逃離得快，射出羽箭時，上官雲沖已逃出射程之外。

胡小天將顫抖如同篩糠的汪且直從地上扶了起來，汪且直顫聲道：「饒命……饒命……」這廝也是個膽小如鼠的慫貨，嚇得褲襠下濕了一片。

看到他的狼狽模樣胡小天不禁暗笑，窺一斑而知全豹，天香國的官員都像汪且直這個樣子還談什麼爭霸天下？難怪都說瘦死的駱駝比馬大，單從官員的能力上來看，無論是大雍還是大康比起偏居一隅的天香國都要強上太多，胡不為以此立足想要逐鹿天下只怕是癡人說夢了，不過最近發生的一些事讓胡小天改變了當初的看法，或許胡不為從未想過要逐鹿天下，他真正的目的和洪北漠相同。

眾人圍攏上來紛紛質問汪且直，所有人都搞不清楚狀況，為何天香國會向上官雲冲和唐驚羽出手？雖然並不是針對他們，他們也感到心驚，離開飄香城的願望越發迫切了。

汪且直仍然驚魂未定，現在根本沒能力解釋，幸虧應天虹走了過來，她向眾人道：「諸君不必猜疑，此事和大家無關，那上官雲冲實乃居心叵測的小人，竟敢劫持王上，唐驚羽則和福王遇刺之事有關。」

眾人聽完方才知道剛才因何會在晚宴上演了一齣全武行，驚歎之餘又都感到奇怪，不知這兩人和天香國究竟有什麼仇隙，才會下此毒手，不過好奇歸好奇，誰也不想多管這種閒事，所以當應天虹同意給眾人放行之時，他們紛紛離去，連一刻都不想在這裡多待。

汪且直讓人給上官雲冲和唐驚羽的酒水掉包之時，就已得到了消息，王上已經被救出，是在富貴堂的地庫內發現了他，而這一消息也是有人透露，得知王上被解救出來的消息，汪且直方才下手，他也考慮到上官雲冲和唐驚羽這兩人武功高強，所以想先將他們迷倒然後再動手，只是他仍然低估了這兩人的能力。

如果不是胡小天在關鍵時刻出手，只怕傷亡更重，甚至連汪且直的性命都無法保全。是以汪且直平靜下來所做的第一件事就是向胡小天表達謝意，胡小天對他是救命之恩，汪且直抱拳道：「胡公子的大恩大德，汪某沒齒難忘。」

胡小天淡然一笑道：「舉手之勞，汪大人又何須客氣，你我都是老朋友了，我豈能眼睜睜看著你陷入危險而不顧？」此時其他人已經開始陸續離去，胡小天也向汪且直告辭，剛剛離開鴻臚寺，就看到有一隊騎兵向這邊飛奔而來，為首一人卻是王宮大太監周德勝，他高聲叫道：「胡公子留步！胡公子留步啊！」

胡小天非但沒有留步，反而翻身上馬，向一直在外面等候他的展鵬和趙武晟兩人道：「走！」

兩人心領神會，縱馬向翠園的方向飛馳而去，他們這邊走，那邊周德勝在後面狂追不捨，終於在前方的街角，又有一隊人馬攔住他們的去路，周德勝氣喘吁吁地趕了上來：「胡公子！胡……公子……」

胡小天冷冷望著周德勝道：「周公公找我有什麼事情？」

周德勝向兩旁看了看，手下人知趣地閃到一邊，他翻身下馬道：「胡公子借步說話。」

胡小天也從馬背上下來，周德勝確信周圍人都已經走遠，這才壓低聲音向胡小天道：「請胡公子隨咱家入宮一趟。」

胡小天充滿警惕地看著周德勝：「周公公什麼意思？」

周德勝壓低聲音道：「王上受了傷，幾位太醫全都束手無策，所以才來請胡公子過去。」

胡小天心中也是一怔，看來自己醫名遠播，居然傳到天香國來了，此事應當和胡不為有關，低聲問道：「外傷還是中毒？」

周德勝一臉苦悶道：「兼而有之，情況不容樂觀。」

胡小天的心情也變得沉重起來，整件事情都是他一手策劃，在既定的計畫中楊隆景應該是中毒，然後由他出面解毒，趁機向太后龍宣嬌提出條件，可是外傷卻不在他的計畫之中，看來營救行動中發生了偏差。

「到底怎麼回事？」

周德勝歎了口氣，原來他們得到消息之後前往富貴堂解救，解救之時和丐幫的留守之人發生了爭鬥，天香國王楊隆景不慎被冷箭射中，被洞穿左胸。

胡小天暗歎，果然是人算不如天算，楊隆景受傷的確是他意料之外的事情，稍稍考慮了一下，當機立斷，他讓展鵬即刻返回翠園，將自己的手術器械送入王宮之中，自己則和周德勝一起前往王宮。

上官雲冲逃離鴻臚寺，他不敢走大道，盡可能挑選偏僻街巷，躲過官兵人馬搜捕，又不敢返回富貴堂，東躲西藏，好不容易才離開了城中心的繁華地帶，來到城西一座破敗的城隍廟內。

夜色陰沉，烏雲遍佈，上官雲冲有生以來從未如此狼狽過，直到現在他都未搞明白，因何天香國會突然針對自己？

就在上官雲冲百思不得其解的時候，忽然感覺前方有異，他抬起頭來，卻見城隍廟的大殿屋頂，一位藍衣人帶著銀色面具靜靜朝自己的方向望來。

上官雲冲內心中打了一個冷顫，他自問武功在年青一代中出類拔萃，可是在這麼近的距離下竟然沒有覺察到對方的到來。

藍衣人向他點了點頭，足尖在屋簷上輕輕一點，宛如鬼魅般向他輕輕飄來。

上官雲冲接連後退了三步，然後右腳的足跟在地上重重一頓，身軀陡然反彈而起，和對方的高度已在一個水平線上，然後一拳向對方擊落。

藍衣人的右手從袖中忽然探身出來，一道藍色光柱陡然迸射而出，光刃變幻以極其詭異的角度向上官雲冲的手臂劃去。

上官雲冲大吃一驚，他從未見過這樣的武器，手臂想要躲閃，那光刃卻在瞬間暴漲三尺，斬在他的右肩之上，一股焦灼的味道充斥在空氣中，上官雲冲踉蹌後退，卻見自己的右臂竟然被齊根切斷，內心中的惶恐難以形容，比起對方詭異莫測的劍法，更讓他恐怖的是對方手中的武器。

藍衣人卻並未繼續進攻，手中光刃倏然不見，冷冷望著上官雲沖，銀色的面具看不到一絲一毫的表情：「回去告訴你爹，給他七天時間辭去幫主之位！」

楊隆景的傷勢的確非常危險，一箭射中他的左胸，洞穿了左肺，鏃尖貼著升主動脈掠過，如果再偏一些，傷及升主動脈，恐怕就算神仙來了也難救。

胡小天在進行緊急止血處理之後，準備正式開始手術，楊隆景失血嚴重，聽聞胡不為就在宮中，胡小天讓人將他請進來。其實胡小天明白，讓周公公去請自己的人肯定是胡不為，在幾位太醫束手無策的時候，胡不為想起了自己，也只有他才瞭解自己的醫術。

胡小天請胡不為過來的目的卻是要讓他獻血，在胡小天看來胡不為是楊隆景的親爹，父子兩人血型相符的可能性極大，如今胡小天早已從秦雨瞳那裡學到了血液配型的方法，胡不為聽說胡小天要讓自己給楊隆景輸血，自然不會有什麼意見。

為了謹慎起見，胡小天還是先抽取了胡不為少量的血液進行配型，讓他詫異的是，胡不為竟然和楊隆景的血型全然不同，這讓胡小天吃驚不小，難道胡不為跟楊隆景也不是親生父子？胡小天並未點明這件事，馬上從宮內挑選了幾名血型符合的侍衛，為楊隆景輸血。胡不為應該在醫術方面所知不多，聽聞自己的血無法使用，也沒有產生懷疑。

胡小天看到胡不為一臉關切的樣子，心中暗歎，老胡啊老胡，兜了一個圈子，你終究還是被人給綠了，這楊隆景根本不是你親生的，可悲，可歎！

可還有更加讓胡小天驚歎的事，出於好奇，他把自己的血也跟胡不為的進行了一次配型，發現他和胡不為的血液不相容，兩人也不可能是親生父子，這一發現讓胡小天差點沒把舌頭給吞下去，有沒有搞錯，敢情兩個兒子都不是胡不為親生的？老奸巨猾如他竟然接連被人戴了兩頂綠帽子嗎？可轉念想想自己的娘親，徐鳳儀應該不是這種人。那自己的親爹究竟是誰？胡不為到底清不清楚這些事？他那麼精明，不可能接連被人蒙蔽？又或是他壓根就沒有生殖能力？胡不為難道早就清楚自己跟他沒有任何血緣關係？難怪對自己如此無情。

胡小天為楊隆景手術之時，將不相干的人全都請了出去。

太后龍宣嬌雖然關心自己的兒子，也不得不暫時離開，來到旁邊的宮室內坐下，想起兒子生死未卜，不禁默默流淚，胡不為悄然推門走了進來，也不說話，只是來到龍宣嬌的身邊，輕輕將雙手放在她的肩上。龍宣嬌無力靠在胡不為的懷抱之中，淚水簌簌而落，哽咽道：「若是隆景有個三長兩短，我也不活了。」

胡不為道：「不必擔心，胡小天醫術高超，應該可以將隆景救回來。」正是他在王宮太醫束手無策的情況下推薦了胡小天，對胡小天的醫術他再清楚不過，如果不是楊隆景生命瀕危，他也不會做出這樣的提議。

龍宣嬌點了點頭，卻沒有因為胡不為的這番話而感到安心，她顫聲道：「若是他能夠治好隆景，哀家就成全他和曦月。」此時她所說的話全都是肺腑之言，沒有半點虛假的成分在內。

胡不為抿了抿嘴唇，其實他心中也沒有十足的把握。冷靜下來想想這兩天發生的事情，總覺得這其中陰謀重重，表面上看和胡小天並無絲毫的聯繫，可是仔細想想就會發現矛頭的指向非常明確，一切都在向著對胡小天有利的方向發展。若是隆景沒事，整件事倒也稱得上一個極其圓滿的計畫。

假如一切果然是胡小天設計，此子的心機實在是深不可測。

楊隆景是失血過多，胡小天一連叫來六名侍衛輸血，楊隆景的脈相終於恢復了平穩，脈搏也從虛弱變得有力。可開始處理箭傷的時候卻發現他的心音低頓，胡小天迅速判斷出他的心包出現積液，馬上進行心包穿刺，抽出積液，然而在抽取積液的過程中凝血塊又堵塞了針頭。抽吸積液受阻，更麻煩的是，楊隆景開始出現心房纖顫，手術中的應變處理非常重要，胡小天果斷進行心包切開探察，在其心臟的後方找到一塊指甲大小的金屬碎片，這碎片卻是從鏃尖崩裂出去的。如果不是胡小天及時做出準確判斷並發現，恐怕楊隆景會死於心臟突發症狀之中。

也算楊隆景命大，如果不是胡小天為他醫治，唯有死路一條。

胡小天讓在一旁充當助手的展鵬拿起金屬碎片和箭鏃上缺損的部分對了對，確信完全符合，再無其他缺損的部分，這才開始接下來的手術。

真正處理箭傷胡小天並沒有花費太久的時間，不到半個時辰就已經完成了全部的手術，縫合包紮之後，胡小天將染血的手套除下，來到一旁早已準備好的水盆旁洗了洗手。

讓在身邊充當助手的展鵬注意觀察楊隆景的狀況，自己則推門走了出去，宮門外有十多名宮人在等待，胡小天剛一出門，就有人去通報了太后，龍宣嬌慌慌張張從隔壁宮室內出來，顧不上儀態，紅著眼睛噙著淚水向胡小天道：「怎樣？王上怎麼樣了？」

胡小天淡然一笑：「太后不必擔心，王上已脫離危險，很快就會醒來了。」

龍宣嬌聽到這句話，一顆心才算放了下來，兩行熱淚卻忍不住滾滾而落，顫聲道：「多謝胡公子了，多謝胡公子了……」眼前一黑卻天旋地轉般倒了下去，周德勝慌忙上前將她攙住，驚呼道：「太后！太后！」

胡不為在遠處望著雖然也非常關切，可是在人前並不便於靠近，他和龍宣嬌的關係畢竟要在公開場合避嫌。

一旁太醫圍了上去，又是捏人中又是揉太陽穴，過了一會兒龍宣嬌方才悠然醒來，長舒了一口氣道：「哀家沒事……胡公子……我現在可不可以去探望我兒？」

她的目光中充滿期待。

胡小天微笑點了點頭。

胡小天親自陪同龍宣嬌來到楊隆景的床邊，看到兒子，龍宣嬌的淚水又止不住地落了下來，此時她只是一個無助而彷徨的母親，再也不是高高在上的太后，人只有在經歷大起大落後才會重新認識生命的可貴，龍宣嬌握著兒子的手不停流淚。

胡小天提醒她道：「太后，還是讓大王好好靜養，我看最遲明日他就會甦醒。」無論楊隆景是不是胡不為親生的，肯定是龍宣嬌親生，這一點毫無疑問。

龍宣嬌點了點頭，依依不捨地放開楊隆景的右手，和胡小天一起離開。

來到外面看到這會兒功夫又有不少的臣子聞訊趕來，龍宣嬌讓周德勝將眾人請到外面，她不想任何人打擾兒子休息。

親眼看到兒子平安睡去，龍宣嬌的內心才算安穩了下來，周德勝向龍宣嬌道：「奴才剛剛讓御膳房給太后煲好了燕窩粥，您兩天未吃東西了，多少也吃一些。」

龍宣嬌點了點頭，她向胡小天看了一眼，目光中充滿了感激。

胡小天微笑道：「太后還是先去休息，有什麼話明天再說。」

龍宣嬌離去之後，胡小天原本準備回房，卻看到蘇玉瑾向自己走了過來，胡小天停下腳步，微笑望著蘇玉瑾道：「蘇天師，您好像來晚了。」

蘇玉瑾也是得到楊隆景受傷的消息趕來，不過她來到的時候，胡小天已經開始進行手術，所以蘇玉瑾並未打擾，聽聞楊隆景脫離危險，她也是從心底鬆了口氣，原本她還擔心胡小天會對楊隆景不利，現在看來自己的擔心是多餘的。

蘇玉瑾道：「想不到胡公子居然還有一手如此高超的醫術。」

「人不可貌相，海水不可斗量。看蘇天師柔弱的樣子也不像身懷武功之人，誰能想到您非但武功高強，而且手段繁多呢。」

蘇玉瑾正想反唇相譏的時候，卻見周德勝匆匆忙忙跑了出來，駭然道：「太醫……太醫……」他的聲音都變了，甚至比起楊隆景受傷之時顯得更加的恐懼。

胡小天心中暗奇，不知發生了什麼事情才讓他如此驚慌失措。

幾名太醫慌慌張張跟著周德勝跑了進去，蘇玉瑾也跟著過去，周德勝又似乎想起了什麼，向胡小天道：「胡公子，胡公子……您也過來……」

既然周德勝相邀，胡小天也卻之不恭，他跟著走了進去，心中隱然猜到應該是龍宣嬌出事了。

龍宣嬌直挺挺躺在地上，手足不斷抽搐，在一旁的地上還有一灘她嘔吐的東西，幾名太醫圍上去，又是老一套，按摩手足的，捏人中的，還有趴在耳邊叫喚的，可這些搶救措施根本起不到任何作用。

有人驚呼道：「沒有呼吸了，沒有呼吸了！」

胡小天大步向前：「你們全都閃開！」

幾名太醫聽到他的話呼啦一下就散開了，倒不是因為他們聽話，這幫太醫根本就沒有處理急症的本事，太后若是死了，他們全都難逃其責。

胡小天來到龍宣嬌面前，看到她臉色鐵青，已經沒了呼吸，摸了摸脈門，脈搏明顯增快，兩隻眼睛瞳孔也是一大一小，他大聲道：「周公公，讓展鵬將器械箱給我送來。」

「噯……」周德勝慌慌張張去了，展鵬隨之到來。

為了及時恢復龍宣嬌的呼吸，胡小天果斷行氣管切開術，進行插管。插管之後，立竿見影，龍宣嬌馬上恢復了自主呼吸，不過她很快就開始劇烈嘔吐起來，這是顱內壓升高的現象。

龍宣嬌此時意識已經開始模糊，竟然當眾說起了胡話：「不為……不為……」一直藏在心裡的秘密居然說了出來。

周德勝的臉色好不尷尬，他將閒雜人等請了出去，又將胡不為叫了進來，而龍宣嬌卻再度昏迷了過去。

胡不為此時心情變得異常沉重，如果楊隆景死了，至少龍宣嬌還在，只要龍宣嬌在，天香國就不會出大亂子，可現在龍宣嬌也突然變成了這個樣子，若是她有了三長兩短，天香國的局勢就會完全失控。胡不為前所未有的彷徨無助，心中所有的希望都寄託在胡小天身上。

「怎樣？」看到胡小天站起身來，他迫不及待問道。

胡小天道：「嘔吐是顱內壓增高引起的症狀，太后應該是出現了腦出血，必須在她的頭頂開孔將淤血放出來，然後打開頭顱，進行探查。」胡小天儘量將醫學專業術語說得簡單易懂，這些在他看來再尋常不過的手術處理方法，對其餘人來講卻讓他們心驚肉跳。

周德勝喃喃道：「若是將頭骨打開，那……那人還能活命嗎？」

蘇玉瑾道：「胡小天，你可要想清楚了，若是太后出了三長兩短，你擔得起這個責任嗎？」

胡小天道：「擔不起，所以我大可袖手旁觀，若是我不出手，太后必死無疑，我若出手，太后尚可有一線生機，何去何從，你們說了算。」他的目光向幾人掃了一眼道：「開顱之前，你們必須集合王族重臣為我作保，無論治療過程中太后出了什麼事情，都不得追究我的責任，否則還是另請高明吧。」

幾人被胡小天這這句話給震住，蘇玉瑾和周德勝來到胡不為面前，三人圍在一起商量了一下，很快就做出了決定，胡小天說得不錯，看太后如今的樣子如果他不出手，恐怕在劫難逃了，其實幾人也有盤算，先答應胡小天，他治好太后當然皆大歡喜，若是太后在他手上死了，就算他們不追究，天香國的臣民也不會放過他。

所以答應胡小天的要求也只是權宜之計，周德勝出門去準備胡小天要的文書。

這會兒功夫胡小天已經將工具準備好，讓蘇玉瑾幫忙制住龍宣嬌的穴道，之所以選擇蘇玉瑾幫忙，不僅僅是因為她武功高強，認穴準確，還擁有一手的冰鎮功夫，關鍵時刻可以幫忙冰鎮一下太后的腦袋，而且還等於是拉了個墊背的，若是手術中真有什麼意外，蘇玉瑾也難逃其責，不過從目前的情況來看，胡小天對龍宣嬌的病情還是有把握的。

用剃刀將龍宣嬌頭頂的青絲刮去，找到可能出血的部位，利用手搖顱骨鑽在她的顱骨上開孔行顱內減壓。

看到積血從顱骨孔洞中流了出來，胡小天暗自鬆了口氣。

蘇玉瑾雖然武功高強，見慣死傷，可是看到胡小天的手術過程，也是暗暗心驚，顱骨上被鑽出一個洞口還汩汩冒血，只怕龍宣嬌凶多吉少了。此時她方才意識到被胡小天拉下泥潭，若是太后死了，豈不是自己也要承擔責任。

再看胡小天依然不慌不忙利用工具將龍宣嬌的頭顱固定，然後坐在椅子上，開始為她進行開顱探查，打開顱骨，暴露出大腦，胡小天很快就發現了病根所在，原來龍宣嬌的頭部長了一個瘤，櫻桃般大小，不知是何原因，引起了瘤體破裂，繼發性出血迅速導致顱內壓升高，所以她方才出現了剛才的一系列症狀。從瘤體的色澤外形以及和周圍組織的關係來看，應該不是惡性，缺乏病理檢查只能憑藉肉眼做出大致判斷了。

蘇玉瑾站在一旁，關注著胡小天的一舉一動，看到他以嫻熟的刀法切除了龍宣嬌顱內的瘤體，然後進行止血，蘇玉瑾自問見多識廣，可是她也從未見過胡小天這樣的醫術，此子絕非凡人。今天總算有了仔細觀察胡小天的機會，潛入清玄觀的竊賊和他的體型應該完全不同，可是一個人的體型外貌可以改變，但有些事無法改變，慕容飛煙如果不是認出他是胡小天，又豈肯捨身相救。

胡小天為龍宣嬌進行手術的時候，隔壁宮室的楊隆景終於醒轉，他感到胸口劇痛，口乾舌燥，睜開雙目，卻見身邊一名男子他並不認識，以為自己仍然處於囚禁之中，驚慌道：「來人……救駕……」

那男子笑道：「大王不必驚慌，在下展鵬，奉胡公子之命守護陛下。」

楊隆景這才意識到自己身處在皇宮之中，一顆心稍稍安定了下來：「母后呢？朕要見母后……」

周德勝聽說王上醒來，慌忙來到床邊，看到楊隆景果然甦醒了，一時間喜極而泣，唏噓不已道：「王上醒了，太好了，太好了，天佑吾王，天佑吾王！」

楊隆景虛弱無力道：「母后呢？為何不見母后？」

周德勝不敢向他道出實情：「王上失蹤這兩天，太后兩天兩夜粒米未進，一刻都未曾合眼，老奴好不容易才勸太后去休息。」

楊隆景舒了口氣道：「那……就讓母后好好歇歇……別去打擾她了……」說了這會兒話，他又感到疲憊不堪，閉上雙目，沉沉睡去。

周德勝抹乾淚水，出門將這個喜訊告訴在外面守候的眾臣，讓眾人安心，聽聞大王無恙，這幫朝臣一個個高呼萬歲，也是將心放了下來。只要王上無恙，天香國就不會出現大的變動，至於太后的病情周德勝並未向外透露，除了少數人外，其他人都不知道太后也病了。

胡不為心中稍安，今晚或許是他有生以來最難熬的夜晚之一，楊隆景雖已甦醒，可是龍宣嬌仍然生死未卜，對他而言，後者更為重要一些。希望胡小天的手術進行順利，不然他在天香國刻苦經營的局面很可能毀於一旦。他本以為自己已掌控了局面，卻想不到胡小天的出現居然打亂了他的佈局，不得不承認這個兒子的確擁有非凡的實力，正是他幫助自己找回了頭骨，現在關乎自己前程和未來的兩條性命又掌握在他手中，胡不為忽然產生了一種胡小天才是操縱者的想法。

完成龍宣嬌的手術之後，外面已經是天光大亮，清晨已經到來，胡小天離開房間，在眾人目光的注視下，舒展了一下雙臂，瞇起雙目看了看東方天空中冉冉升起的朝陽，臉上蕩漾著懶洋洋的笑意。

周德勝來到胡小天面前恭敬道：「胡公子，太后……」

胡小天微笑道：「你去看她吧，手術很成功，危險已經渡過了，如果順利的話，或許今天就可以醒來。」

周德勝聞言欣喜萬分，向胡小天深深一揖，他向身邊的一名小太監道：「小忠子，你趕緊帶著胡公子去用早餐。」

胡小天道：「你不說我險些忘了，周公公，讓人準備熱水，我想洗個澡。」

周德勝連連點頭。

胡小天沐浴更衣，用完早餐，這邊展鵬也過來向他通報，太后龍宣嬌已經醒了，雖然在胡小天的預料之中，可是他也沒想到龍宣嬌的甦醒速度如此之快，看來預後應該沒什麼問題。

胡小天先去了龍宣嬌的房間，卻見周德勝和蘇玉瑾仍守在那裡，看到胡小天回來，周德勝趕緊迎了上去，低聲道：「太后醒是醒了，只是好像遇到一些問題。」

胡小天笑道：「是不是太后的記憶力有些問題？」

周德勝感歎道：「胡公子真乃神醫是也，太后忘了一些事。」

胡小天點了點頭，大腦術後難免會造成一些腦部損傷，產生部分記憶缺失也是正常現象。可是讓胡小天感到意外的是，龍宣嬌竟然把胡不為給忘了，剛才胡不為進來探望之時，她居然一臉茫然，彷彿從未見過這個人一樣，搞得胡不為好不尷尬，話都沒多說幾句就被龍宣嬌趕了出去。

對胡小天這位救命恩人，龍宣嬌卻未曾遺忘，她雙目望著胡小天，唇角露出一絲笑意：「胡公子，哀家不便起身，無法拜謝，只能等痊癒之後後補了……」

胡小天笑道：「太后何須客氣，只要您平安就好，已是小天最大的安慰了。」

女人天性愛美，龍宣嬌雖是不惑之年，仍對自己的容顏頗為在意，她讓周德勝將鏡子拿過來，卻見滿頭青絲都已被刮了個乾乾淨淨，頭上還包裹著白色紗布，有些失落地歎了口氣，她向來愛惜頭髮，想不到如今竟成了個禿子。

周德勝跟隨她身邊多年，自然懂得她的心意，低聲勸慰道：「太后，頭髮沒了還可以長出來的，重新生長之後肯定是更加的烏黑亮麗。」

龍宣嬌淡然道：「你不必勸我，哀家明白，和性命比起來頭髮又算得上什麼？」她向胡小天道：「胡公子，聽說你從我腦子裡取了一樣東西。」

胡小天點了點頭道：「一個瘤，我剛剛問過周公公，太后過去時常頭痛，應該就是這顆瘤在作怪。」他將放在一旁銅盆內的那顆瘤端到龍宣嬌的面前讓她看看。

龍宣嬌皺了皺眉頭，雖然是從自己腦子裡取出來的東西，可看著仍然感覺血腥噁心。胡小天將銅盆交給周德勝拿開。起身向龍宣嬌道：「太后好好休息，小天去看看大王的恢復情況。」

龍宣嬌道：「快去！」

第六章

失 憶

胡小天心中暗忖，女為悅己者容，
龍宣嬌如此在意自己的容貌卻不知為了什麼人？
難道她根本沒有失憶，根本是故意這樣說，
來表示對胡不為的不滿。
他旁敲側擊道：「太后仔細想想過去的事情，
是不是還有什麼遺忘的地方？」

來到天香國王楊隆景的床邊，看到楊隆景已經在宮人的攙扶下開始少量進食流質。胡小天為他檢查了一下傷口的情況，恢復的情況還算讓人滿意，其實這個時代人們普遍的身體素質都算得上優秀，很少發生術後併發症，胡小天歸納出一個結論，環境，環境，環境對人的身體影響是巨大的。

楊隆景也是知道感恩之人，望著胡小天道：「胡公子，此番多謝你了，你的恩情本王銘記在心。」

胡小天笑道：「大王不必客氣，我來到這裡為大王療傷，或許是冥冥之中註定的緣分，您請安心休息，相信很快就能夠完全恢復健康。」

楊隆景道：「等本王痊癒之後，一定陪胡公子開懷暢飲一番。」

胡小天笑著拍了拍他肩頭道：「大王不必心急，相信這一天很快就會到來。」

看到兩人的病情都已經穩定，胡小天提出返回翠園，王宮方面現在對胡小天已經恭敬備至，對於他的這個要求自然滿足，在胡小天臨行之前，周德勝將一塊碧玉雕龍牌遞給他道：「胡公子，這是太后讓咱家交給您的龍牌，憑藉此物，您可自由出入王宮。」給一個外人發通行令，也算是天香國王宮開天闢地第一次。

胡小天接過龍牌，周德勝又道：「還望公子這兩天時刻與我等保持聯絡，萬一太后和王上的病情有所反覆，我等也好請求公子相助。」

胡小天微笑道：「放心吧，他們的病情都已經穩定，不會有什麼變化，只是周公公最好加強防範，避免意外狀況發生。」

周德勝道：「胡公子放心，已加派人手佈防，蘇天師這兩天都會留在宮中。」

胡小天點了點頭，以蘇玉瑾的武功，她能夠留在這裡，應該可以控制住局面。

胡小天來到外面，卻見胡不為一個人站在前方漢白玉欄桿的一角呆呆出神。胡小天讓展鵬去前面等自己，緩步來到胡不為的身後，故意咳嗽了一聲。

胡不為並沒有回頭，已經是誰到來，輕聲道：「太后已經不記得我了！」

胡小天向前走了一步，來到胡不為的側方，觀察著他臉上的表情。

胡不為仍然沒有看他，低聲道：「你在她身上動了什麼手腳？」

胡小天聽他這麼說就氣不打一處來，胡不為果然是個陰謀家，他自己滿肚子陰謀詭計，就以為別人全都像他一樣。楊隆景的事情的確是胡小天一手策劃他承認，可是凡事都有意外，在解救過程中楊隆景受傷卻是計畫之外的事情。沒有人比胡小天更清楚自己剛才的心理，一旦他面對病患的時候，深藏在潛意識中救死扶傷不求回報的本能就會被喚醒，甚至沒有想過楊隆景的死活和自己的利益是否存在著衝突，當時他只想著將人救活，也許這就是醫者仁心。

對太后龍宣嬌也是如此，醫者仁心，原來早已融入他的血液之中。這樣的心理胡不為當然不會明白，天下也少有人能夠明白。胡小天道：「不要總將別人想得和你一樣，藍先生您多多保重！」

胡不為因他的這句藍先生而皺起了眉頭，這是要徹底和自己劃清界限的意思嗎？他目送胡小天遠去的背影，心中忽然生出一股莫名的煩躁，握緊拳頭狠狠捶打在護欄之上。

胡小天沒有忘記和慕容飛煙之約，當晚戌時準時來到了流花河碧波橋，可是等了大半個時辰，仍然不見慕容飛煙過來，看來這次她果然放了自己的鴿子。

在徹底喪失了希望之後，胡小天打道回府，來到翠園，問過趙武晟，得知宮裡並未來人，推斷出龍宣嬌母子應該病情穩定。

趙武晟陪著他向府內走去，將剛剛得到的最新消息通報給胡小天，剛剛接到王宮方面的消息，天香國方面已經同意各國來賓自由離去，如今港口和各個大門也重新恢復通行，只不過盤查比昔日嚴格了許多。

胡小天不屑笑道：「現在才開始嚴格，人家早已逃得不知去向了。」

梁英豪和夏長明兩人聞訊迎了出來，夏長明道：「主公，咱們什麼時候回去啊？」

胡小天打趣道：「我還以為你已經樂不思蜀了呢。」

夏長明臉都紅了，最近他和小柔的感情也是與日俱增，以為自己藏得隱秘，卻想不到早就讓胡小天看出來了，他有些難為情道：「主公不必取笑我了。」

胡小天把幾人全都叫到自己的書房內，展鵬第一個趕來。

梁英豪道：「主公，我聽說您救了天香國國王和太后，他們欠了你這麼大一個人情，肯定要把映月公主嫁給您了。」

胡小天笑道：「此事還沒說。」

趙武晟道：「主公為何不提出條件，料想他們不可能拒絕。」

胡小天道：「兩人都躺在床上，我總不能現在就提條件吧。」

梁英豪道：「跟他們客氣什麼？主公難道不怕他們傷癒之後出爾反爾？」

胡小天搖了搖頭道：「他們好像沒這個必要，而且事情搞到這種地步，公主對他們已經沒有了當初的利用價值，而且他們說過誰救了楊隆景，誰就是天香國的駙馬，天香國雖然不大，可朝廷宣佈過的事總不能輕易變卦，否則如何能夠服眾？」

展鵬也跟著點了點頭道：「我看太后和他們的國君對主公都感激得很，應該不會出爾反爾。」

趙武晟笑道：「如此說來，我們要提前恭賀主公了！」

夏長明道：「咱們是不是要提前作出準備，等到天香國宣佈駙馬之事就可帶著公主一起離開？」

胡小天卻搖了搖頭道：「暫時還不能走，就算走，也不會選擇從原路回去。」

幾人同時望向胡小天，不明白他是什麼意思。

胡小天道：「我還有一件重要的事情未辦，必須等做完之後才可離開。」他所說的重要事情就是解救外公，目前並未對幾人透露詳情，按照胡小天的計畫，營救虛凌空之事凶險重重，必須深入丐幫重地。他不可能讓這些忠誠的手下隨同自己冒險，更不可讓龍曦月陪同自己出生入死，最理想的辦法就是兵分兩路，在成為天香國駙馬之後，由幾名手下護送龍曦月乘船沿著水路返回東梁郡。自己則和姬飛花一起前往洗劍山莊營救外公，憑藉他和姬飛花兩人的武功，就算是龍潭虎穴也能夠全身而退。至於慕容飛煙，此番相見始終沒有跟她坦誠心意的機會，她個性素來獨立，能否願意隨同自己北歸，還是未知之數。

胡小天回到房間內，關上房門，房間的燭火閃動了一下，卻突然熄滅。

胡小天心中一怔，馬上意識到房間內有人，能夠在如此接近的距離內騙過他感知的人並不多見，胡小天已經猜到了對方是誰，微笑道：「辛苦你了！」

他的目光迅速適應了黑暗，看到一個熟悉的身影就依靠在窗前，不是姬飛花還有哪個？

姬飛花淡然道：「算不上辛苦，這一趟還有些意外的收穫呢。」

胡小天道：「非要在黑暗中說話？」

姬飛花伸出手臂，拉開了窗子，月光從窗外無聲無息流淌進來，瞬間已經充滿了整個房間，姬飛花的周身籠罩上了一層美麗的光暈，這讓她整個人顯得越發神秘，讓胡小天產生了一種亦真亦幻的迷惘。

胡小天由衷歎道：「你真好看！」

姬飛花呵呵笑道：「見仁見智，對於你的眼光我不予置評！」她的目光投向窗外：「這麼好的月色把自己鎖在房間內，豈不是一種遺憾？」

胡小天明白了她的意思：「你想去哪裡？我陪你去！」

姬飛花道：「無論哪裡？」

胡小天點了點頭道：「無論哪裡！」

姬飛花輕聲道：「雖然是謊話，可是我信了！」話音剛落，身軀已投向窗外。

胡小天想不到她說走就走，胡小天也跟在她的身後飛躍出去，兩人的身影一前一後，猶如兩隻鳥兒比翼雙飛在月光之下。

胡小天跟行了一段，發現姬飛花應該是朝著余慶寶莊去了，來到余慶寶莊後院外的一棵大樹上，胡小天以傳音入密向她道：「來這裡做什麼？」

姬飛花向他做了個噤聲的手勢，方才發現胡小天的臉上已經蒙上了一隻口罩，這貨果然是做事周密，不過也證明他做賊心虛，明明擁有改頭換面的功夫還要多此一舉。

兩人藏身在樹冠內，誰都沒有說話，約莫等了半個時辰，姬飛花輕輕在他肩頭拍了一記，然後率先向余慶寶樓騰空掠去，足尖在圍牆之上輕輕一點，身軀飛升而起，落腳之處已經到了後院的三層小樓頂部。

胡小天的身法雖然不如姬飛花輕盈曼妙，可是他落下之時也沒有發出一絲一毫的聲息。

小樓內並未亮燈，卻有人聲傳出，胡小天將耳朵貼在屋簷之上，傾耳聽去，隱約聽到裡面有一男一女在說話。那男子的聲音似乎有些熟悉，仔細一想，心中不由得一震，好像是他的結拜二哥蕭天穆的聲音，胡小天下意識地握緊了雙拳，被蕭天穆和周默兩位結拜兄長聯手出賣可謂是他這一生中最為痛苦的經歷，至今他仍然耿耿於懷。

此時房內歸於沉寂，沒過多久就聽到有人走下樓梯的聲音，隨後響起開門的輕響，一個女子從中走了出來，胡小天借著月光辨認出此人正是自己的小姨徐鳳眉。

徐鳳眉的身影剛剛出現在院落之中，就有兩人從院門處走了進來，兩人來到徐鳳眉面前抱拳行禮，其中那年長者恭敬道：「總管，按照您的吩咐已經將他安然送出城外了。」

另外一人將頭頂的斗篷揭開，胡小天瞪大了雙眼，他幾乎不能相信自己的眼睛，那人竟然是朱八。

徐鳳眉道：「老爺子開口沒有？」

朱八道：「啟稟總管，他脾氣倔得很，什麼話都不肯說。」

徐鳳眉冷冷道：「是人都會有弱點，他也不例外！」

胡小天隱約猜到，徐鳳眉口中的老爺子應該就是虛凌空，看來虛凌空的失蹤不僅僅是丐幫所為，和徐氏也有著相當的關係，難怪胡不為會知道他被關押的地方，這讓胡小天心中越發感到迷惑，徐家和丐幫究竟是什麼關係？

徐鳳眉道：「富貴堂的事情到底是什麼人做的？」

朱八道：「我等也沒有查明白，我敢保證王上失蹤之事和少幫主無關。」

徐鳳眉道：「有人在利用這件事將矛頭指向丐幫，經此事之後，朝廷必然會大力清剿丐幫，我看你們有的麻煩了。」

朱八道：「若是查出誰在背後對付我們，一定不會輕饒了他。」

徐鳳眉道：「還是先考慮一下你們未來應當何去何從吧，老爺子那邊要加強防範，千萬不要出什麼差池！」

「是！」

徐鳳眉等到兩人走後，又轉身回到小樓之中。

胡小天和姬飛花兩人靜靜伏在屋簷之上，聽著裡面的動靜。

蕭天穆聽到徐鳳眉進來，輕聲道：「師父，情況如何？」

徐鳳眉輕聲歎了口氣道：「上官雲冲被斬斷了一條手臂。」

蕭天穆道：「是胡小天做的！」

徐鳳眉道：「無法確定，那個時間他應該身在王宮。」

蕭天穆道：「義父應該已經將老爺子的事情透露給了他。」

徐鳳眉沉默了一會兒方才道：「上官天火雖然狂妄了一些，但是他對咱們徐家始終還算忠誠，為何你義父要除之而後快？」

蕭天穆道：「徒兒也不甚清楚。」

徐鳳眉道：「我現在越來越看不懂他了，他會不會只是在利用徐家？」

蕭天穆道：「義父有很多事都藏在心裡，他似乎對逐鹿天下的興趣並不大。」

徐鳳眉道：「你將我見丐幫的事情透露給他，看看他有何反應。」

胡小天和姬飛花兩人在徐鳳眉再度離開小樓之後，也悄然離開。遠離余慶寶莊，姬飛花來到一座白牆青瓦的院落，熟門熟路地越牆而入。

胡小天跟著她來到院落之中，卻見姬飛花打開門鎖，走了進去，原來這是她在飄香城臨時落腳的地方。

走入房間內，姬飛花點燃窗台上的燭火，胡小天借著燈光望去，卻見房間內空蕩蕩，只有地上的一個蒲團。他不禁笑了起來：「你住這兒？晚上睡什麼地方？」

姬飛花指了指蒲團。

胡小天道：「客人來了，連個坐的地方都沒有。」

姬飛花笑了起來，她從牆角拿起一個朱紅色的酒葫蘆，拔下木塞，自己喝了一口，然後將酒葫蘆扔給了胡小天。

胡小天一把接過，也灌了一大口，砸了砸嘴巴道：「好酒！總算還有酒喝！」

姬飛花道：「我斬斷了上官雲沖的右臂，又跟蹤他，發現他居然找到了徐家人，是徐家安排他離開了飄香城。」

胡小天由衷歎道：「還是你武功厲害，我跟他打了三十多個回合都沒有分出勝負。」

姬飛花將那柄光劍拋向他：「還不是仰仗了光劍之利，再說你此前跟他交手，已經消耗了他不少內力，不然的話我也不會那麼輕易得手。」

胡小天道：「真是想不到，丐幫和徐氏居然暗中來往，蕭天穆既是胡不為的義子又是徐鳳眉的徒弟，看來他跟徐鳳眉的關係更加親密一些，居然玩無間道！」

姬飛花道：「胡不為跟徐家有合作，徐家跟丐幫有合作，而胡不為和丐幫之間又有矛盾，所以他才會提供線索，想利用你去對付丐幫，這其中的關係還真是錯綜複雜。只是他沒想到你會想出釜底抽薪的一招，居然膽大妄為綁架楊隆景，以此嫁禍給上官雲沖。」

胡小天笑眯眯道：「還不是多虧了你幫忙，如果沒有你幫我，我一個人怎麼能做得成這件大事。」

姬飛花歎了口氣道：「咱家可想不出這麼陰損的主意！」不經意中又習慣性的

說出了咱家兩個字。

胡小天和她目光相對，兩人同時笑了起來。

胡小天道：「雖然最終的結果並未發生太大的偏差，可是其中的意外倒也不少，首先就是福王楊隆越，他遇刺身亡並不在我的計算之中。」

姬飛花道：「楊隆景失蹤已經讓天香國王室做好了最壞的打算，就算楊隆景無法安全救回，龍宣嬌也不可能讓福王登上王位，她一直都想除掉楊隆越，只是顧忌國內的那幫老臣子，這次剛好有了一個合適的機會，多半人都會以為楊隆景的失蹤和楊隆越的遇刺都是同一陣營所為。」

胡小天點了點頭，朝堂之爭就是如此，來不得半點猶豫和仁慈。

姬飛花感慨道：「人算不如天算，真是料不到楊隆景會意外受傷，不過陰差陽錯，你卻因此而救了他們母子二人的性命，現在你已經成了整個天香國的恩人。」

胡小天笑道：「說不定很多人巴不得他們死掉，我把他們治好，不知讓多少人大失所望呢。」

姬飛花道：「此番最大的受益者或許是胡不為。」

胡小天卻搖了搖頭道：「龍宣嬌失去了一些記憶，恰恰將胡不為給忘記了。」

姬飛花眨了眨雙眸，總覺得這件事匪夷所思，思量片刻方才道：「不可能吧！或許是她裝的。」

胡小天道：「無論是真是假，都證明龍宣嬌對胡不為已經產生了戒備，通過這件事或許看清了他的本來面目，為了達到他自己的目的，這世上沒有什麼人是不可以犧牲的。」他來到唯一的蒲團前盤膝坐了下去，臉上蕩漾著怡然自得的表情：「胡不為現在的心情肯定不好，他最初拋出洗劍山莊的事情，挑起我和丐幫的矛盾，其用意只是讓我對付上官天火父子，或許根本就沒有針對整個丐幫的意思，可現在丐幫已經成了天香國的公敵。連龍宣嬌也忘了他，現在開始，他的日子只怕不會好過。」

姬飛花道：「不要小瞧了他，現在天香國最精銳的水師掌握在他的手裡，他的心腹早已滲透到了天香國的各個權力階層。」

胡小天道：「我總覺得他的志向並不是謀奪天下，也許他跟洪北漠一樣，最渴望得到的東西只是那個頭骨。」他將光劍的劍柄旋動，一道藍色的光刃出現在眼前，將他堅毅的面龐照亮。

姬飛花道：「你有什麼打算？」

胡小天重新將光劍關閉：「等這邊的事情結束，我會經由紅木川進入西川境內，然後沿著這條路線返回東梁郡。」

姬飛花道：「捨近求遠，看來你對天香國的這份嫁妝志在必得！」

胡小天道：「可惜我孤掌難鳴，飛花……」

姬飛花淡然道：「你好像賴上我了，連家事也要我幫忙出手嗎？」

胡小天點了點頭道：「咱們這麼密切的關係，何必見外？」

姬飛花道：「想要關係長久，就必須要互利互惠，可最近好像都是你在利用我，而我似乎沒得到什麼好處。」

胡小天笑道：「一輩子說長不長說短不短，這次你幫我，我用剩下的日子來償還你夠不夠？」換成別人他還不知要說出怎樣厚顏無恥的話，可是面對姬飛花他終究還是有所顧忌的，在心底深處對姬飛花還是有那麼點怕，不！應該是尊重。

姬飛花呵呵笑了起來：「這樣的話還是對女人去說吧！咱家不愛聽，也沒興趣。」雖然被胡小天看破真身，她仍然不承認自己是女兒之身。停頓了一下又道：「不過我對當年的事情很感興趣，見見虛老爺子倒也無妨。」

翌日清晨，胡小天一大早就來到王宮，有了太后欽賜的龍牌，果然出入王宮暢通無阻，沒有任何人敢盤問。

來到後宮，例行為龍宣嬌母子換藥，兩人傷勢恢復理想，龍宣嬌關心兒子的安危，一早就讓宮人抬著自己去楊隆景的床邊探望，楊隆景這才知道母親也生了病，看到母親臥病在床都不忘關心自己，感動得熱淚都下來了。

胡小天為龍宣嬌換藥之後，重新為她將頭包紮好。

龍宣嬌道：「哀家感覺好多了呢，看來用不了幾天哀家就能夠行走自如了。」

胡小天道：「太后洪福齊天。」

龍宣嬌道：「別說什麼洪福齊天，哀家能有今天也全都是拜你所賜，胡公子，哀家傷癒之後，頭頂會不會留下疤痕？」

胡小天搖了搖頭道：「不會，我在太后的傷口之上用上了墨玉生肌膏，即便是留下些許疤痕也不會太明顯。」

龍宣嬌點了點頭道：「那哀家就放心了。」

胡小天心中暗忖，女為悅己者容，龍宣嬌如此在意自己的容貌卻不知為了什麼人？難道她根本沒有失憶，根本是故意這樣說，來表示對胡不為的不滿。他旁敲側擊道：「太后仔細想想過去的事情，是不是還有什麼遺忘的地方？」

龍宣嬌歎了口氣道：「懶得去想了，經過這場病哀家突然想通了，其實人何必要活得那麼累，知道自己是誰，能夠安安穩穩過日子就足夠了，何必奢望太多。」

胡小天道：「太后英明，這道理雖然樸素，可卻是多數人都做不到的。」

龍宣嬌道：「胡公子，哀家曾經答應過，誰救了大王，哀家就將映月公主許配給誰。」

胡小天聽到她終於提起了這件事，內心不禁一陣暗喜。

龍宣嬌道：「你不但救了大王，還救了哀家的性命，本來現在就應該宣佈將映月公主嫁給你的事情。」

胡小天聽到這裡感覺她的話音不對，看來這件事還有反覆，若是龍宣嬌膽敢出爾反爾，那就別怪自己不客氣了。

龍宣嬌道：「直接宣佈這件事，肯定會讓其他人心生不滿，所以哀家思來想去，還是打算走個形式，映月公主究竟是誰，你我心知肚明，所以讓她去選，你從中勝出必然毫無懸念，這樣一來哀家也好向其他人交代，不知胡公子能否體諒哀家的難處？」

胡小天心中暗忖，龍宣嬌所說的也的確有些道理，畢竟這麼多人奔著選駙馬的事情過來的，總不能對人家沒個交代，哪怕是敷衍一下也好，如果龍宣嬌沒搞什麼花樣，倒也不算什麼大事，配合他們走走過場也行，曦月要選也只能選自己，胡小天對此擁有著絕對的信心。他當下點了點頭道：「太后，在下有一事相求，遴選之前，我想先見見映月公主。」

龍宣嬌道：「小事一樁，回頭讓周公公給你安排就是。」

胡小天聽她答應得如此痛快，料想此事不會有詐，心中漸漸放下心來。

龍宣嬌又道：「多謝胡公子體諒哀家的難處，哀家已經決定將紅木川贈予公子，略表寸心，至於以後的嫁妝，哀家會另外準備。」她能夠掌控天香國的權位也絕非偶然，識大體，懂進退，這紅木川對天香國而言本來就是個雞肋地帶，索性送個人情給胡小天，其實送給胡小天紅木川的背後，龍宣嬌還有另外一層意思。

胡小天正想著紅木川的事情，沒想到人家就主動送上門來了，這下總算有了光明正大改變路線的藉口，他欣喜道：「多謝太后。」

龍宣嬌輕歎了口氣道：「你也無須客氣，過不了多久，咱們就是一家人了。」

胡小天知道她說的也是實情，且不說龍曦月是她的乾女兒，即便是衝著親戚的份上，龍宣嬌也是龍曦月的正牌姑母。

龍宣嬌猶豫了一會兒，終於問道：「小天，你能不能告訴我，你有沒有去過清玄觀？」

胡小天也是一怔，沒想到龍宣嬌會直接了當地問出來，看來她的記憶根本沒有喪失，而是對胡不為的動機產生了懷疑。

胡小天道：「小天不明白太后的意思。」

龍宣嬌道：「胡小天，你不用擔心我會有什麼想法，哀家經歷這次的事情之後早已將一切看淡，只是想搞明白一些事情。哀家也不瞞你，此前清玄觀丟失了一些東西，蘇天師懷疑你和這件事有關。」

胡小天笑道：「做賊拿贓，捕風捉影的事情最好不要相信，我跟這位蘇天師也不熟，不知她為何要誣陷於我？」說得一臉無辜，這貨現在的演技早已爐火純青。

龍宣嬌歎了口氣道：「你既不願說，哀家也不勉強，不過哀家還想問你一句，在你心中還有沒有當他是你的父親？」她的這句話等於徹底表明所謂的記憶喪失只不過是她的謊話罷了。

胡小天凝望著龍宣嬌充滿質詢的眼睛，果斷搖了搖頭道：「一個害死了我娘，棄我於不顧的人，我又怎能當他是我的父親！」

龍宣嬌雙目中流露出淡淡失落：「看來他的所作所為一定讓你相當痛心。」

胡小天道：「過去的事小天不想再提，太后還是安心養病，這些事還是等到病癒之後再解決吧。」

龍宣嬌點了點頭，胡小天所說的也很有道理，她的記憶力絕對沒有受到任何的影響。從這番對話中胡小天可以推斷出，龍宣嬌對胡不為的動機已經產生了懷疑，這對胡小天而言卻是一件好事。

周德勝親自帶著胡小天去了綠影閣，可是來到那裡卻發現綠影閣負責守衛之責的居然是慕容飛煙，嬉皮笑臉地湊上去打招呼，卻遭遇慕容飛煙的冷臉，理都沒理他就徑直走了。

胡小天真是有些哭笑不得，明明昨晚是她放了自己的鴿子，怎麼搞得跟自己欠了她似的，女人的心思還真是難以揣測。

周德勝前去說明來意，可沒多久就苦著臉走了回來，向胡小天稟報道：「啟稟胡公子，榮統領說了，為了映月公主的安全起見，今明兩日謝絕任何人拜訪。」說完又壓低聲音道：「蘇天師也在綠影閣，要不再回去請太后下旨。」

胡小天朝慕容飛煙看了一眼，發現慕容飛煙也冷冷望著自己，心中明白即便是有龍宣嬌的懿旨，自己也未必能夠進得去，眼前的一切按理說不會是龍宣嬌安排，反正後天就是正式遴選之日，自己也不必急於一時。

胡小天笑道：「算了，謝謝周公公，我跟榮統領說句話就走。」

胡小天再度向慕容飛煙走去，慕容飛煙這次沒有迴避，擺了擺手示意手下人散到一邊，一臉輕蔑地望著胡小天道：「難道周公公說得還不夠明白嗎？」

胡小天笑道：「明白，我只是過來問問。」他的聲音突然低了下去：「昨晚你因何未去？」

慕容飛煙卻揚聲道：「胡公子連一天都等不及嗎？」

眾人齊齊向他們望去，胡小天心中忽然明白，慕容飛煙一定是去了，不過應該是在自己離開之後，自己昨晚巴巴地在碧波橋頭等了一個時辰才走，早知如此就應該多等一些時候了。

胡小天回到翠園，卻見沙迦國王子赫爾丹已經在裡面等著了，原來他今日就走，所以特地來向胡小天辭行。

胡小天愕然道：「兄弟為何走得如此著急？難道你沒有收到王宮的消息，後天就是遴選駙馬之日。」

赫爾丹呵呵笑道：「什麼遴選駙馬，只不過是掩人耳目走走形式罷了，大哥，我們都已經聽說了，你救了太后和天香國王，這天香國駙馬非你莫屬，本來留下來湊個熱鬧給大哥捧個人場也沒什麼，可是剛剛收到消息，父汗讓我儘快返回，所以就等不及湊這個熱鬧了，特地來向大哥辭行。」

赫爾丹雖然跟他的立場不同，不過此人倒也不失為一個豪爽俐落的漢子，胡小天道：「那兄弟不妨吃了中飯再走，讓愚兄略備薄酒，為你踐行。」

赫爾丹笑道：「不必了，我這就得走，手下人都在等著我呢。」

胡小天聽他這樣說自然也不好強留，當下叫上趙武晟一起送赫爾丹出城，一直送到西門的十里長亭，赫爾丹抱拳道：「大哥的此番厚意我心領了，送君千里終須一別，不如你我兄弟就此別過，他日自有機會相見。」

胡小天讓手下人將酒拿了過來，和赫爾丹同乾了三碗。

趙武晟的目光在人群中搜索，終於找到蒙婭，蒙婭也在向他看來，目光中充滿不捨之意，兩人雖然互生好感，可畢竟誰也沒有說破心意，趙武晟向蒙婭微微一笑，素來爽朗的蒙婭有些矜持地垂下頭去。

趙武晟終於鼓足勇氣向蒙婭走了過去，蒙婭雖然心中盼著他過來，可是看到他真正走來的時候反倒忸怩起來，螓首低垂盯著自己的足尖，這對她而言可不多見。

趙武晟將此前委託飄香城名匠打造的一把彎刀雙手奉送給蒙婭道；「公主殿

下，此前趙某不慎損壞了您的寶刀，心中不勝歉疚，在飄香城閒逛之時剛巧遇到一把彎刀，於是買下來贈予公主，雖然和公主那把無法相提並論，還是希望公主能夠收下。」

蒙婭伸手將彎刀接過，卻見刀鞘刀柄裝飾精美，一看就知不是凡品，拔出半寸刀鋒，已經感到刀身上的凜冽寒意，看來趙武晟為了找這把刀一定花費了不少的功夫，她的心中不由得有些感動，點了點頭將彎刀收下，輕聲道：「你的心意我領了，他日若有機會將軍來到沙迦，蒙婭必盡地主之誼。」

趙武晟精明過人，一聽就知道人家是主動向自己提出邀約了，趁著眾人不備，他低聲道：「後年春日，我必抽身前往沙迦王都拜會公主。」

蒙婭聽他大膽定下相見之期，俏臉羞得通紅，同時又欣賞趙武晟敢作敢當的性子，小聲道：「那我就當真了。」轉身離去時，悄然將手上的珠串遺失在了地上。

趙武晟會意並沒有提醒她。

蒙婭翻身上馬，忽然想起此番分離，距離趙武晟約定之期還有一年半之久，芳心中不禁惆悵起來，她擔心別人看到自己的失落模樣，猛然揚起馬鞭，呼喝一聲，駿馬率先絕塵而去。

赫爾丹等人也紛紛上馬離去。

等到眾人遠走之後，趙武晟方才躬下身去，悄悄撿起蒙婭留下的天珠手串，手串仍然帶著蒙婭的餘溫，趙武晟將手串握在掌心，望著蒙婭在遠方天際漸行漸遠的倩影，心中不由得惆悵起來。

耳邊忽然響起胡小天的聲音：「若是捨不得人家，何不追上去表白心跡？」

趙武晟有些不好意思地笑了笑，悄悄將手串藏了起來，歎了口氣道：「人家是公主，又豈會看得上我。」

胡小天拍了拍他的肩膀道：「長他人志氣，滅自己威風，公主又怎樣？公主不是女人嗎？武晟兄，再烈的駿馬也會被騎手馴服，我看好你哦，你有當一個好騎手的潛質。」

趙武晟居然被胡小天說紅了臉。

胡不為身處靜山小築地下的密室內，盤膝靜坐，頭上戴著那顆藍色的透明頭骨，頭骨開始泛起光芒，胡不為似乎看到了一個黑洞，他想要進入其中，可是幾經努力卻始終被排斥於黑洞之外，他終於放棄了努力，睜開雙目，將頭骨取了下來，仔細端詳著頭骨，可以肯定這顆頭骨是真的，可是為何自己跟它無法建立聯繫？

胡不為小心翼翼地將頭骨放下，離開了密室，走入院落之中，外面秋色正好，陽光明媚，碧空如洗，在這樣的天氣裡，人的心情往往會變得愉悅和放鬆，可胡不為卻沒有感到一絲一毫的輕鬆，他有種被束縛的感覺，作繭自縛！他本想利用胡小天去對付上官天火父子，卻想不到被這廝倒打一耙，自己反倒變得被動起來。

一切都從楊隆景被擄開始，事情漸漸脫離了自己的控制，而胡不為無論如何都不會想到龍宣嬌居然會突然發病，胡小天又陰差陽錯地救了她的性命，憑藉著他一手出神入化的醫術化險為夷，現在搖身一變成了龍宣嬌母子的恩人。

龍宣嬌甦醒之後居然把自己給忘了，胡不為當時第一個想法就是胡小天在她的身上動了手腳，可事後一想又不太可能，這世上應該沒有誰的醫術強大到可以隨心所欲地抹去他人記憶，而且還有所選擇，最大的可能就是龍宣嬌故意偽裝。這就證明在最近一系列事情的處理上，龍宣嬌對自己產生了警惕，他們之間的關係產生了裂痕，這才是胡不為最為擔心的，他的目光投向花園中。

院落中正在修剪樹枝的花匠停下了動作，他約有五十餘歲，兩鬢斑白，微微有些駝背，慢慢來到胡不為的身邊，輕聲道：「有什麼吩咐？」

胡不為道：「我想抓一個人！」

花匠道：「殺了豈不是更簡單！」

胡不為道：「總得給別人一個選擇！」

花匠歎了口氣道：「你真是宅心仁厚，要知道世上的人多半是沒有選擇的。」

蘇玉瑾在黃昏時分入宮探望龍宣嬌，看到太后漸漸恢復，她也感到心中安慰。

龍宣嬌使了個眼色，周德勝退了出去，她讓蘇玉瑾在自己的身邊坐下，歎了口氣道：「姐姐，經此一劫，我好像什麼都想開了。」

蘇玉瑾道：「其實太后心中早就明白，只是放不下罷了。」

龍宣嬌神情黯然：「他心中自始至終都只有自己，對我母子二人根本沒有放在心上。」天下間蘇玉瑾才是她最信任的一個。

蘇玉瑾伸出手去握住龍宣嬌有些冰冷的右手，輕聲道：「此次遴選駙馬對天香國根本沒有任何的好處，只要想一想就會明白，有人想要利用這次機會製造矛盾，雖然矛頭指向大康，可是天香國難免會受到連累。太后一直都是理智之人，可是自從他來到天香國之後，我卻眼睜睜看著你做了許多不理智的事情。」

龍宣嬌道：「隆景此次的劫難讓我突然明白，這世上對我最重要的只有他，沒有人可以取代隆景在我心中的位置。」她停頓了一下又道：「他心中若是看重隆景，就不該拿隆景的未來冒險，為了自己的野心而賭上隆景的未來。」

蘇玉瑾道：「女人往往容易被感情欺騙，以為自己當真是對方最重要的人，以為對方可以為自己犧牲性命在所不惜，可信得越深，傷得越重！」

龍宣嬌的目光和她對視，兩人都有著幾乎同樣的傷心往事，一種同病相憐的感覺油然而生。

龍宣嬌道：「一個人若是真正在乎你，絕不會讓你等上那麼多年，他走的時候一句話不說，來的時候又一句話都不解釋，女人為何這麼傻！」

蘇玉瑾道：「或許那顆水晶頭骨才是對他最為重要的東西。」

提到藍色頭骨，龍宣嬌忽然覺得有些頭疼，手指輕輕觸了觸頭部，疼痛感稍縱即逝，她低聲道：「那頭骨到底有什麼秘密？」

蘇玉瑾歎了口氣道：「我也不清楚，可是總覺得其中有古怪，好像有一個聲音在呼喚我，我想要進入其中，卻始終不得其門而入。太后，有句話我從未問過你，這頭骨你究竟是從何處得來？」

龍宣嬌的目光變得迷惘，過了好一會兒她方才道：「還是在他教我學琴的時候，當時我住在宜蘭宮，偶然發現宜蘭宮內居然有一廢棄的密室，我後來方才知道那密室其實是七寶琉璃塔的地宮，頭骨就是在那裡發現。」此時她隱約意識到，或許從胡不為教自己學琴開始，他就動機不純。這種想法讓龍宣嬌內心痛苦不已，如果她的猜測正確，那麼胡不為對自己從來就沒有動過真情。

龍宣嬌道：「後來我遠嫁天香國，他讓我幫他將頭骨帶出天香國並代為保存，後來的事情你都知道了。」

蘇玉瑾點了點頭道：「從我第一次見到那顆頭骨就感覺非常奇怪，你讓我拿去研究，又讓工匠用藍色水晶做了一顆足可亂真的仿品。」

龍宣嬌道：「雖然看上去一模一樣，可重量是不同的。」

蘇玉瑾道：「那顆頭骨似乎有種神秘的生命力……」說到這裡她的目光突然變得狂熱起來，她意識到自己心跳開始加速，慌忙調息。以她的武功修為仍然免不了受到那顆頭骨的影響，藍色透明頭骨似乎有著某種不為人知的魔力，自從在清玄觀被人奪走那顆頭骨之後，蘇玉瑾內心中的失落難以形容，甚至折磨得她輾轉反側，難以安眠，這其中的痛苦和糾結外人是不可能知道的。

龍宣嬌道：「你不是說那顆頭骨是人工雕琢而成的嗎？」

蘇玉瑾笑道：「自然是，你何嘗見過有誰長著這麼大一顆腦袋，而且頭骨還是透明藍色的？」即便是最親密的朋友，有些時候也不能說實話。

龍宣嬌點了點頭，對此深信不疑，她輕聲道：「丟了就丟了，只是我擔心他還會找我索要，真不明白，他為何會如此珍視此物？」

蘇玉瑾道：「那顆頭骨十有八九已經落在了他的手裡。」

龍宣嬌道：「一顆頭骨罷了，即便全都是藍水晶也沒什麼好珍貴的，對了，我記得他好像說過，這樣的頭骨不止一顆。」

蘇玉瑾雙眸一亮。

龍宣嬌卻在此時停下了這個話題，搖了搖頭道：「累了，不說了！管他怎樣，總之我再不會拿著隆景的前途和天香國的國運作為賭注了。」

蘇玉瑾笑道：「太后好好休息。」

第七章

遴選駙馬之日

慕容飛煙目送胡小天遠去，雖然她面無表情，
可是心中卻說不出的難受，暗暗提醒自己，
他此番前來是為了龍曦月，跟自己毫無關係，
即便是他說有，也都是假話。
心胸再寬廣的女人看到自己心愛的男人去參加招親，
心裡也不會好過。

天香國遴選駙馬之日終於到來，最終入選名單的百人如今剩下的卻只有二十餘人，其餘人大都抱著沙迦王子赫爾丹同樣的心理，明明知道這次選不上，誰也不肯繼續留下來浪費時間。除了胡小天之外最有實力的要數大雍七皇子薛道銘，他留下的原因卻只是為了要親眼見見映月公主，如果映月公主當真不是龍曦月，他也算了卻了一樁心願。

因為太后和國王都在病中，所以這次的遴選駙馬交給相國袁志生和蘇玉瑾共同主持，鴻臚寺卿汪且直具體管事。地點也定在了綠影閣，而不是選在王宮。

想到今日終於可以和龍曦月相見，胡小天也抑制不住激動，早早起來好好打扮了一下，雖然結果並無太多的懸念，可他心中還是有些忐忑，畢竟這麼久都沒有來解救龍曦月離開牢籠，不知伊人心中是不是責怪自己？

胡小天在展鵬、趙武晟、梁英豪、夏長明四人的陪同下向綠影閣而去，四人也知道今天是重要的日子，特地換上嶄新的衣服，跟在胡小天的身後，頗有些伴郎的意思。

趙武晟道：「我聽說多半人都已經走了。」

梁英豪笑道：「這叫知難而退，明明知道公主是我們主公的，他們過來也只是跟著陪襯，何必為他人作嫁衣裳。」

幾人同時笑了起來。

梁英豪道：「可總有不開眼的，明知必敗無疑還是不到黃河不死心！不見棺材不落淚！」

夏長明呸了一聲道：「大吉大利，你可別胡說。」

梁英豪這才意識到自己口不擇言說錯了話，今天大家是去見公主，自己怎麼說出這種混帳話來，反手抽了自己一個嘴巴子：「大吉大利，大吉大利，我胡說八道，主公千萬別跟我一般見識。」

胡小天笑道：「哪有那麼迷信，打個比方罷了！」前方路口處一隊人馬也朝綠影閣的方向而去，剛好在路口和胡小天幾人相遇。對方乃是大雍的車隊，跟人家的場面相比，胡小天一方就顯得寒酸了。

薛道銘掀開車簾，從裡面露出陰鬱的面孔，冷冷望著胡小天。

展鵬本想搶在對方車隊前方先行，對方隊伍中也衝出一人惡狠狠和展鵬對視，兩人在路口相持不下。

胡小天笑道：「展鵬，讓人家先走！」

展鵬這才退了回來。

梁英豪怪笑道：「娘的！趕著去投胎嗎？」

胡小天抬起手來制止他繼續挑釁，現在發生衝突根本毫無意義，而且自己成為駙馬十拿九穩，別看薛道銘陣仗浩大，可註定他要成為失敗者，今天老子才是瓷器，懶得跟瓦片相碰。

眾人來到綠影閣前，方才知道，除了入選者之外，其餘人全都被請到隔壁的紅楓苑去休息等待，也就是說無論帶來多少手下都沒用，閒雜人等連進入綠影閣的資格都沒有。

胡小天對此早有了心理準備，他向趙武晟道：「你們幾個就在紅楓苑等著，務必要記住，咱們今天是為何而來，沒必要跟他們發生衝突。」

趙武晟笑道：「主公放心，我們幾個不會給您招惹麻煩。」

胡小天獨自一人來到綠蔭閣大門前，鴻臚寺卿汪且直看到他過來，頓時將其餘賓客扔到了一邊，滿臉堆笑地迎了上來，抱拳作揖道：「胡公子來了！」他對胡小天另眼相看不僅僅因為胡小天曾經救過他的性命，而且還因為胡小天成為天香國駙馬已經是默認的事實，今天的這場選拔無非是走走過場罷了。

胡小天笑道：「汪大人不必如此客氣，袁相國和蘇天師到了嗎？」

汪且直道：「很快就到了，半個時辰之後就開始遴選，目前只有二十三人確定出席。」

胡小天點點頭，汪且直將實際情況透露給自己等同是向他示好。在汪且直的陪同下進入綠影閣，來到前院，看到慕容飛煙和應天虹各自帶了一支隊伍負責警戒。

胡小天跟應天虹打了個招呼，感覺眾人對他都客氣了許多，這種情緒上的變化多半因為他救了龍宣嬌母子，已經將胡小天當成了天香國的恩人看待。

胡小天來到慕容飛煙面前，輕輕咳嗽了一聲，提醒她注意。

慕容飛煙道：「你總算得償所願了！」

胡小天道：「只是實現了一半，我此次前來天香就下定決心，一定要將兩人都帶回去。」兩個人一個是龍曦月，另外一個自然就是慕容飛煙。

慕容飛煙搖了搖頭道：「只怕你無法如願了。」

胡小天道：「就算是搶也要搶回去。」

慕容飛煙看到四下無人，忽然問道：「若是兩個人都落入水中，你會救誰？」

胡小天想都不想就回答道：「救你！」

慕容飛煙咬了咬櫻唇，對胡小天的這句話是壓根不相信：「為什麼？」

「她水性比你好！」

「滾！」如果不是周圍還有人在，慕容飛煙一定一拳砸在這廝可惡的面孔上。

胡小天其實是老老實實地回答問題，他的答案也的確是心中所想，兩位心愛的女人落在水中，當然要先救水性不好的那個。

此時汪且直已經招呼眾人，將眾人引入內苑。

慕容飛煙目送胡小天遠去，雖然她面無表情，可是心中卻說不出的難受，暗暗提醒自己，他此番前來是為了龍曦月，跟自己毫無關係，即便是他說有，也都是假話。心胸再寬廣的女人看到自己心愛的男人去參加招親心裡也不會好過。

眾人在汪且直的親自引領下來到花廳，天香國相國袁志生和天師蘇玉瑾已經在花廳等待，兩人低聲交談了幾句，由袁志生道：「老夫首先代表吾皇因為遴選駙馬耽擱之事向諸位致歉，今日老夫和蘇天師受了王上和太后的委託而來，負責遴選駙馬，今日之事一定會公平公正，一視同仁，請各位只管放心。」

有人不耐煩道：「相國請公主出來見見我們就是。」經過一連串的反覆，眾人已經沒有了當初的期待，而且結果也沒有太多懸念，現在每個人心中最大的願望就是親眼見見這位映月公主，至少也不算白跑一趟。

袁志生笑道：「我家公主琴棋書畫無所不通，尤善丹青，這第一道題就是她親自設計，那天大家在王宮的時候應該都見過公主的繡像了吧？」

眾人竊竊私語，不知天香國又要搞什麼花樣。

袁志生道：「我們給大家提供紙筆，諸君現場作畫，誰畫中的公主最為神似，誰從中勝出！」

眾人聽到這樣的題目，馬上就有人抗議道：「我們都沒見過公主本人，如何畫得神似？不如讓公主出來跟我們見上一面。」

袁志生微微一笑，示意手下人送上紙筆。

紙筆拿上來，眾人又是吃了一驚，根本不是毛筆，而是一根木炭棒，這東西如何畫畫？看到這繪畫工具，胡小天心中無限溫暖，果然是龍曦月出的題目，她這樣設置就是要讓自己成為唯一，如此偏袒，自己的前途一片光明。

胡小天撚起木炭棒，在白紙上刷刷畫了起來。

眾人一番抗議之後也意識到抗議沒什麼作用，於是也一個個埋頭畫了起來。

袁志生和蘇玉瑾交遞了一個只可意會不可言傳的眼神。

鴻臚寺卿汪且直來回走動觀察這二十多位入圍者的進程，預先定下的時間是半個時辰，所有人都要在規定時間內完成畫作。胡小天可謂是得心應手，第一個畫完，汪且直將他畫好的畫像拿起交給兩位主考官。

袁志生和蘇玉瑾舉目望去，卻見白紙之上已經多了一個神采飛揚的少女肖像，正是映月公主，人物栩栩如生躍然紙上。袁志生乃是天香國書畫名家，以他的見識都未曾見過這樣形神兼備的畫法，表情明顯有些激動，撫鬚讚道：「好！好！」

主考官都公然叫起好來了，其餘入圍者自然感到喪氣，不是每個人都有繪畫的本事，有三人乾脆連筆都未動。

胡小天心中暗笑，想不到今天贏得如此容易，到底是曦月善解人意，對我如此厚愛，我胡小天何德何能，能讓美人如此垂憐，想出用炭筆素描來淘汰他人的辦法，曦月也是用心良苦。

半個時辰很快就過去，眾人都交了卷，袁志生從中挑選了十幅還算過得去的讓宮女送去映月公主那裡，由她定奪，其餘沒被選中的人自然成為了首批淘汰者。

結果很快就回饋了回來，十幅畫中又淘汰了五幅，現在只剩下五人了，胡小天當然入選其中，不過薛道銘此輪也未被淘汰。

袁志生當場公佈最終入選的五幅畫，胡小天其實占了畫法熟悉的便宜，最終入選的五人若是論到畫技，誰也不次於他，可論到誰畫得最像，當然非胡小天莫屬。他是這五人之中唯一見過真人的，其他幾個見的只是繡像，而且都是第一次用炭筆作畫，所以胡小天占盡了便宜。

胡小天特地留意了薛道銘那幅畫，薛道銘畫的根本就不是龍曦月，明明是紫鵑，不過紫鵑的眉眼還是和龍曦月有三分相似，看來薛道銘被夕顏害得夠慘，至今心中仍然記掛著紫鵑的樣子，用情還真是很深呢。

不過這一輪比畫之後並沒有選出最終的勝利者，而是由這五人進入下一輪。

這一輪卻是對對子了，由袁志生出上聯，最終入圍的五人搶答，袁志生習慣性地摸了摸鬍子道：「各位公子請聽好了，我這上聯是——天上月圓，人間月半，月月月圓逢月半。」

胡小天心中一陣激蕩，這根本就是他和龍曦月一起失足落下陷空谷的時候，龍曦月考校他對聯的第一題，他正要出聲，卻聽一旁已經有人對上了：「今宵年尾，明日年頭，年年年尾接年頭！」

胡小天惡狠狠向那人望去，靠啊！居然搶我的彩頭。

袁志生笑道：「妙啊！好啊！好啊！」

那人得意洋洋，先占頭籌，等於比別人機會大了一些，好勝之心人皆有之，就算知道結局也想在場面上勝過胡小天。

袁志生又道：「一夜五更，半夜五更之半！」

這次是薛道銘搶先說了：「三秋八月，中秋八月之中！」

胡小天發現對聯方面高手還真不少，而且這幫傢伙嘴快，自己雖然也張嘴了，可終究比薛道銘慢上了一步。外人並不清楚這其中的奧妙，只有胡小天清楚龍曦月的用意，這位溫柔可人的公主正在跟自己調情呢，想起他們被困陷空谷的那個晚上還真是讓人難忘呢。

胡小天搜腸刮肚，記得下一個對聯應該是——日在東，月在西，天上生成明字。子居右，女居左，世間配定好人！他姥姥的，這次我讓你們知道什麼叫搶答！胡小天接連兩個都沒有搶到，心頭自然憋足了勁，這一次無論如何都要搶答成功。

袁志生道：「對聯只是讓大家放鬆一下心情，接下來這個問題才是關鍵，這問題說複雜不複雜，可說簡單也不簡單，誰能答對這個問題基本上就能夠勝出了。」

胡小天愕然道：「對聯不比了？」

袁志生道：「總共兩道對聯題，都答完了啊！」

胡小天這個鬱悶，敢情就兩題，該不會直接把自己淘汰出局吧？大意，實在是太大意了。

還好這一輪沒有什麼淘汰之說，袁志生微笑道：「想要娶到公主，必須要懂得我們公主的心意，你們知道公主最大的心願是過上怎樣的生活嗎？」

又是剛才第一個搶答的那小子道：「我若娶到公主，就會照顧她呵護她，給她最美麗的衣服，最豪華的宅院，最奢華的車馬，讓她成為這世上最幸福的女人。」

胡小天聽到這個問題反倒不著急了。

袁志生又將目光投向薛道銘。

薛道銘道：「我若娶到公主，她就是大雍王妃，我擁有的權勢和地位，光輝和榮耀都會與她共用。」

胡小天嗤之以鼻，薛道銘現在在大雍早已不復昔日之風光，皇位被他大哥薛道洪繼承，薛道洪恨不能將他置於死地而後快，這貨還有臉說權勢地位，在大雍根本就是夾著尾巴做人才對。

袁志生最後一個才問到胡小天：「胡公子，你認為公主最大的心願是什麼？」

胡小天微微一笑，他的回答讓滿堂皆驚：「她想成為一隻猴子！」

寂靜之後，滿堂哄笑，薛道銘都忍不住笑了起來，心中暗自鄙夷，這廝莫不是興奮過頭了，哪有女人想成為猴子？這種話若是讓映月公主聽到，會選他才怪。

蘇玉瑾拿出一個信封，拆開看了看裡面的內容，然後遞給了袁志生。

袁志生的唇角露出會心的笑意，他向眾人點了點頭道：「除了胡公子以外，其他人請回吧，公主已經有了答案。」

這答案並非現在才有，也不是胡小天所說的猴子，因為信的內容上只有三個字——胡小天。

除了胡小天之外龍曦月不會選擇其他人，對她來說結果有兩個，一是選擇胡小天，一是選擇死。

眾人聽到這個結果也不意外，只是有些不甘心，白跑了一趟仍然沒有見到映月公主，此番競選居然敗得糊裡糊塗，映月公主好好的公主不當，卻想當一隻猴子，真是讓人想不通。然而答案既然揭曉，其他人也沒有繼續留下的必要。

薛道銘仍然有些不甘心，他向袁志生問道：「映月公主到底什麼樣子？」

袁志生指了指胡小天所畫的那幅畫像道：「幾乎一模一樣。」

蘇玉瑾向胡小天招了招手，引著他向後苑走去，離開花廳，走入幽靜的長廊，雖是中秋，可是這綠影閣的園林內仍然是百花吐蕊，芬芳四溢，花色五彩繽紛，葉色也是異彩紛呈，整個園林美不勝收，行走在長廊內聞著花香，滿眼都是繽紛的顏色，想起即將要見到的龍曦月，胡小天感覺似乎走入了夢中。

蘇玉瑾道：「太后讓我轉告你，一定要善待映月公主。」

胡小天連連點頭，甚至覺得蘇玉瑾也變得可愛了許多。

蘇玉瑾道：「你雖然不肯承認，但是我知道那天潛入清玄觀的就是你！」

胡小天歎了口氣道：「蘇天師對我好像很有偏見呢。」

蘇玉瑾道：「若要人不知除非己莫為，別以為你救了太后和王上，就可以搖身一變成為聖人。」

胡小天道：「我若是成了天香國的駙馬，蘇天師似乎應該對我客氣一些，你所說的事情我一概不知，若是有證據，你只管拿出來讓我認罪，若是沒有證據，捕風捉影的事情還是最好別提，我這個人脾氣不好。」

蘇玉瑾冷笑道：「威脅我嗎？」

「不敢！不敢！」

此時兩人已經來到長廊盡頭，卻見那裡站著一個身穿綠色長裙的宮女，她笑盈盈向胡小天道了個萬福，柔聲道：「胡公子，我家公主在裡面等您呢。」

胡小天微笑點頭，蘇玉瑾止步不前，臉上的表情不苟言笑，胡小天有句話並沒有說錯，她雖然懷疑，可是並沒有確實的證據，現在胡小天有恩於天香國，更成了天香國駙馬，想要對他用強顯然是不可能的了，此事還需另想辦法。

胡小天跟著那宮女進入宮室之中，看到珠簾後有個身影，胡小天抑制不住心中的激動，那宮女微微一笑，轉身離去，胡小天深吸了一口氣，平復了一下內心的情緒方才道：「是你嗎？」

屏風後傳來龍曦月熟悉的聲音，她嗯了一聲。

「曦月！」胡小天準備掀開珠簾走進去。

卻聽到龍曦月道：「你不許過來！」

胡小天只好止步不前，輕聲道：「你是不是生我氣？怪我這麼久沒來找你？」

珠簾後龍曦月沉默以對。

胡小天歎了口氣，頗為自責道：「我知道你一定不開心，換成我也一樣會生氣，剛開始的時候我被周默所騙，甚至懷疑過你，你對我那麼好，不惜拋棄身分地位，不惜拋棄榮華富貴，甘心粗茶淡飯，布衣荊釵陪著我做一隻滿山跑的猴子，我又豈可對你有一絲一毫的懷疑。」

龍曦月道：「這怪不得你，畢竟他是你的好兄弟好大哥，連我也未曾想過他會背叛你。」她所說的人是周默，當初正是周默利用了胡小天對他的信任，方才導致了他們兩人分離那麼久，天涯相隔。

胡小天道：「後來我知道了真相，知道你被困在天香國，可是我卻沒有及時過來將你解救出去，讓你在牢籠中煎熬了這麼久，是我的不對。」

龍曦月柔聲道：「我知道你一定有難處，當時你的處境不妙，若是情況允許你一定會過來救我，你身上肩負著這麼多的擔子，一舉一動關係到那麼多人的性命和安危，做事自然應以大局為重，豈可隨心所欲，任性而為，我又怎會怪你。」

她越是溫柔體貼，越是善解人意，胡小天心中越是歉疚，相比較而言還不如慕容飛煙那樣冷臉以對，甚至罵自己幾句才好。

胡小天道：「曦月！」他伸手挑開珠簾，龍曦月卻驚呼道：「你不可進來！」

胡小天心中不解，既然她說並不怪自己，為何不願和自己相見，他低聲道：「曦月，我只想當面跟你說句話好不好？」

龍曦月道：「相見不如不見，能夠再次聽到你的聲音，我已經心滿意足了。」

胡小天感覺到她的這番話非常奇怪，笑道：「曦月，你為何這樣說，我們好不容易才重新走到一起，現在再也沒有人可以阻止我們在一起，我可以光明正大地娶你，可以堂堂正正地帶你走。」

龍曦月幽然歎了口氣道：「再也回不去了。」

胡小天內心一驚：「曦月，到底發生了什麼事情？你告訴我！」他掀開珠簾走了進去，卻看到龍曦月還在屏風後面。

胡小天道：「曦月，無論發生了什麼事情，咱們一起面對好不好？」

龍曦月黯然歎了一口氣道：「你走吧，至少在你心中我永遠是過去的樣子。」

胡小天道：「曦月！我不走，無論你變成什麼樣子，我對你都不會改變！」他內心激動了起來，一個箭步就竄到了屏風後，卻見一位蒙面少女靜靜坐在輪椅上，一雙明澈的美眸蕩漾著淚水。

看到胡小天的身影出現在自己的面前，龍曦月眼中的熱淚再也控制不住汩汩落了下去。

胡小天道：「你的腿……」

龍曦月抬起手，緩緩揭下面紗，卻見昔日美麗絕倫沒有半點瑕疵的俏臉之上密密麻麻佈滿了刀疤，她含淚道：「相見不如不見，我還以為今生再也見不到你，聽說你的名字被劃掉之後，我……我就劃破面孔從小樓上跳下……你見到我了，心滿意足了……走吧！」

胡小天向她走去，可走了一步，龍曦月就伸手制止他前行：「別過來，給我保留一絲自尊好嗎？就讓我自生自滅，我不想淪為你的累贅，更不想讓你感到厭惡……」

胡小天搖了搖頭，望著龍曦月的目光無比溫柔：「曦月，你給我聽好了，在我心中無論過去、現在還是將來，你始終都是最美的那個，你在我心中從未有過一絲一毫的改變，我要娶你，我要一輩子對你好！」

龍曦月搖了搖頭道：「我相信，可是我已經配不上你！」

胡小天道：「是我配不上你才對，你那麼純潔，那麼善良，那麼美麗。」他深情款款，眼圈都紅了，龍曦月會變成這個樣子全都是自己的緣故。

龍曦月道：「可是我……我再也不能陪你滿山跑了……」

胡小天來到她的面前，蹲了下去，一手放在她的膝上，一手撫摸她的面龐，深情道：「不管你去哪裡，我都陪著你。」

龍曦月的淚水無可抑制地落了下來，胡小天忽然發現手上的感覺有些不對，龍曦月的肌膚明顯不對啊，他馬上判斷出龍曦月戴了面具，百分百帶了面具，天吶！善良純潔的龍曦月居然會騙自己，胡小天這次居然真的被她騙過。

胡小天呵呵笑了起來。

龍曦月還不知他為何發笑，就被他一把從輪椅上抱了起來，然後極其霸道地給了她一個熱吻，吻得她就快透不過氣來，吻得她下意識地綳直了雙腿，腳尖兒挺得筆直，直到她就快透不過氣來了，粉拳捶打著胡小天的肩頭，芳心中滿滿的全都是喜悅，胡小天卻突然一把將她的面具揭下，花容月貌盡數展現在他的眼前。

龍曦月俏臉緋紅，閉月羞花，因為被胡小天發現了自己的秘密而羞得無地自容，俏臉藏入他的懷抱中，嬌嗔道：「壞人，原來你早就知道。」

胡小天笑道：「明明是你在騙我，居然還說我是壞人，看我如何懲罰你。」

龍曦月卻不怕他懲罰，天各一方，苦思冥想了這麼多日子，終於和情郎相聚，剛才又聽到他情深義重的那番話語，即便是心中還有那麼一些的委屈，如今也早已拋到了九霄雲外，她摟住胡小天的脖子，螓首抵在他的肩頭上，小聲道：「曦月才不怕你呢。」

胡小天一臉壞笑道：「當真不怕？」龍曦月紅著俏臉咬著櫻唇，這會兒內心有些緊張了，小聲道：「你放人家下來再說。」

胡小天道：「好不容易才找到，讓我放手沒那麼容易，我要把你變成一隻母猴子，還要讓你幫我生一群小猴子。」

龍曦月羞得連脖子都紅了。

此時外面突然傳來驚慌失措的聲音：「公主殿下！」

這聲呼喊讓正處於濃情蜜意中的兩人清醒了過來，龍曦月示意胡小天將她放下，得到應允之後，鳳翎衛統領應天虹率領數名鳳翎衛走了進來，她看到龍曦月無恙，這才放下心來，抱拳道：「啟稟公主殿下，剛剛有不速之客闖入綠影閣，我等擔心公主殿下安危，所以才打擾公主，萬望恕罪。」

胡小天聽到這個消息不覺一怔，什麼人這麼大的膽子，居然敢闖入綠影閣？

龍曦月下意識地握住胡小天的大手，感受到他掌心的力度和熱力，龍曦月的心中格外踏實，再無一絲一毫恐懼，輕聲道：「你們去外面幫忙吧，這裡有胡公子保護我。」話語中充滿了對胡小天的倚重和信任，女人的信賴對男人來說也是一種隱形春藥，胡小天聽到她的這番話，恨不能將她這就擁入懷中，恣意愛憐一番。

應天虹道：「蘇天師讓我們守護公主。」

胡小天忽然想到了慕容飛煙，心中不禁擔心起來，外面似乎平復了下來，胡小天和龍曦月一起來到外面查探情況，卻見袁志生和汪且直兩人慌慌張張過來詢問公主的狀況，得知映月公主平安，他們都放心了下來，可他們回饋的消息卻讓胡小天內心劇震，剛才有人強闖綠影閣，本以為是衝著映月公主來的，所有人前往保護公主之時，卻想不到那怪人聲東擊西，竟然將慕容飛煙抓走了。

胡小天確認這一消息後，臉色都變了，龍曦月對他和慕容飛煙的事早已知情，悄悄牽了牽他的手，兩人來到一旁僻靜之處，龍曦月道：「你快去找飛煙姐姐。」

胡小天點了點頭，又擔心有人會向龍曦月下手：「你怎麼辦？」

龍曦月道：「放心吧，這裡有那麼多人保護我，不會有事。」

胡小天道：「你跟他們說一聲，我讓展鵬他們幾個過來幫忙警戒。」

龍曦月點了點頭：「飛煙姐一直都很關心你，她對你的好絕不比我要少上半分，你此次無論如何都要將她救出來。」

胡小天讓展鵬幾人前來綠影閣幫忙保護龍曦月，雖然他現在迫切想去尋找慕容飛煙的下落，可是卻不知如何著手。

胡小天剛剛走出綠影閣的大門，迎面遇到臉色陰鬱的蘇玉瑾，他知道蘇玉瑾和慕容飛煙的關係，關切道：「蘇天師，可曾找到榮副統領的下落？」

蘇玉瑾搖了搖頭道：「我得到消息的時候已經晚了，對方根本就是聲東擊西，飛燕才是他要劫持的對象。」

胡小天越發擔心起來：「怎會如此？有沒有留下什麼線索？」

蘇玉瑾搖了搖頭道：「什麼線索都沒有。」

「飛煙在天香國有沒有什麼仇人？」

蘇玉瑾皺了皺眉頭，她望向胡小天，胡小天同時也看著她，兩人都想到了同樣一件事，如果慕容飛煙沒有仇人，那麼這次的劫持會不會因為他們而起？

蘇玉瑾心中暗忖，我沒什麼仇人，如果硬要說有，胡不為算得上一個，可現在那頭骨十有八九落在了他的手裡，他為何還要報復我？難道是因為胡小天？畢竟胡不為對胡小天和慕容飛煙的關係是清楚的。

胡小天道：「蘇天師，咱們一起想想辦法。」

蘇玉瑾道：「我去王宮面見太后，讓她動員禁軍幫忙尋找。」她的武功雖然高強，可是也不可能單憑一個人的力量在短時間內搜查整座飄香城，必須要借助於朝廷的力量。她停頓了一下又向胡小天道：「你想想看，在天香國有什麼仇家？」蘇玉瑾的這句話等於是在懷疑，慕容飛煙此次被擄和胡小天有著一定的關係。

胡小天道：「咱們分頭行動，如有消息馬上聯絡。」

慕容飛煙對他們兩人來說都極其重要，共同的危機讓兩個彼此敵對的人暫時放下心中的對立情緒，選擇合作。其實胡小天甚至懷疑過這或許是蘇玉瑾一手導演出來的，可從目前來看，蘇玉瑾的緊張應該不是偽裝。

胡小天雖然來天香國的時間不長，可是樹敵不少，更不用說他剛剛被選為駙馬，得以成為映月公主入幕之賓，木秀於林風必摧之，想害他的人多了去，可這其中少有人知道他和慕容飛煙的關係，就算是下手也應該找龍曦月而不是慕容飛煙。如果確定這件事因他而起，那麼做這件事的人必然瞭解他和慕容飛煙之間的關係。

想到這一層，值得懷疑的範圍馬上就縮小了許多，最可疑的人就是胡不為和金陵徐家，只有他們才對自己如此瞭解。

胡小天當然明白此時正確的處置方法應該以靜制動，如果對方想要利用慕容飛煙要脅自己，那麼用不了太久時間他們就會找上門來，可他無法等下去，已經虧欠慕容飛煙這麼多，又怎能讓她在恐慌中等待下去？必須要竭盡全力將她解救出來。

來到靜山小築的時候，發現胡不為正在收拾行裝準備遠行。

似乎已經預料到胡小天的到來，胡不為微笑道：「你來得正好，聽說你已經成為最終的勝利者，我還沒顧得上恭喜你呢。」

胡小天道：「就算是好事多磨吧，我來到這裡就是為了給你報個喜訊。」

胡不為拿出早已準備好的一個首飾盒，放在胡小天的面前：「這套首飾是我特地準備的賀禮，你迎娶映月公主之時，我估計無法出席了，這些就算是我的一片心意了。」

胡小天道：「我來找你，還想你給我幫個忙。」

胡不為平靜道：「什麼忙？」

「幫我查查慕容飛煙的下落。」說話的時候胡小天留意胡不為的表情變化。

胡不為並沒有什麼異常的表現：「慕容飛煙？我跟她可沒什麼聯繫，她現在是蘇玉瑾的徒弟，就算是找人幫忙，你也不應該找我。」

胡小天道：「剛才我在綠影閣應試時，有人闖入綠影閣，劫走了慕容飛煙。」

胡不為哦了一聲，臉上呈現出有些不悅的表情：「所以你就懷疑我？」

胡小天道：「我可沒有懷疑你，只是覺得你手下耳目眾多，消息靈通，或許能夠幫我打聽到一些消息。」

胡不為呵呵笑了起來，他來到椅子上坐下，笑瞇瞇望著胡小天道：「幫你？你能給我什麼好處？」

他的話讓胡小天越發感到可疑，胡不為明顯在暗示什麼。

胡小天道：「你想得到什麼？」

胡不為道：「你是不是在太后的這裡動了手腳？」他用手指了指自己的腦袋，雖然他也知道這種可能微乎其微，應該是龍宣嬌因為這次的劫難而受到了刺激，甚至開始質疑自己對她的感情。

胡小天搖了搖頭：「你拋棄我們母子來到天香國，和舊情人鴛夢重溫，一家團圓，換成誰都應該滿足，可你卻偏偏還要製造事端，真是讓人費解啊，難道一個天香國還滿足不了你，當真要雄霸天下不成？」

胡不為微笑道：「人活在世上總得有點追求，你不是也不滿足於東梁郡一隅，這些年來不斷在擴張自己的勢力嗎？」

胡小天意味深長道：「我看你想要的可不僅僅是天下那麼簡單，只怕還想飛到天上，連星星都一起控制呢。」

胡不為臉上的笑容突然凝結了，目光變得陰沉可怕：「人要是太聰明，往往會不長命。」

胡小天道：「人要是害怕別人威脅，時刻都戰戰兢兢，小心翼翼那麼活著也沒有什麼意思。」

胡不為道：「不要以為你成了天香國的駙馬，就有了跟我平起平坐的資格，王上的事情根本就是你一手策劃。」

胡小天寸步不讓道：「對付上官雲沖也是你的意思，你告訴我外公被關的地點，還不是想要利用我除去上官天火父子？」

胡不為怒道：「你終於肯承認這件事跟你有關了？」

胡小天攤開雙手一臉無辜道：「我什麼都沒說。」

胡不為冷冷道：「好，我幫你救出慕容飛煙，你拿上官天火父子的人頭來換！」唯有殺掉上官天火父子，才能儘快清除這件事對丐幫的影響。

胡小天道：「你也終於肯承認飛煙的事情跟你有關了？」

胡不為瞇起雙目望著他道：「我跟她無怨無仇，因何會去做這件事，只不過我知道是誰在對付她。你不必這樣看著我，想救人，就按照我說的去做。」

胡小天卻搖了搖頭：「我給你一個選擇，三個時辰內，將慕容飛煙放出來，不然你一定會後悔。」

胡不為冷笑道：「我因何會後悔？」他自認為局面盡在自己的掌控之中，有恃無恐地望著胡小天。

胡小天不慌不忙道：「如果太后知道你根本和楊隆景沒有任何關係，你猜她會作何反應？」

胡不為的表情猶如冰凍般凝固在那裡。

胡小天道：「有件事我百思而不得其解，人非草木孰能無情，一日夫妻百日恩，縱然你心中不愛我娘，可是畢竟一起生活了那麼多年，為何你會如此絕情？就算你發現我有所不對，就算你不當我是你的兒子，也不應該如此對她。過去我一直以為你心中另有所愛，可來到這裡之後發現，你對龍宣嬌也只不過是利用罷了，至於楊隆景，你好像並不關心他的死活。」

胡不為已經沉不住氣了：「你胡說！」

胡小天道：「以我娘的人品，她絕不會背叛你，太后雖然傲慢可也是清高守禮之人，更何況你那麼陰險，什麼事能夠瞞過你的眼睛？」

胡不為有些緊張地抓緊了座椅的扶手，低聲道：「你究竟想說什麼？」

胡小天道：「楊隆景跟我一樣和你都沒有任何的血緣關係，你記不記得我讓你幫忙輸血，你的血型和楊隆景完全不符，我方才發現你跟楊隆景根本就不是父子，出於好奇，我也把咱們兩人的血型比照了一下。」

胡不為呵呵冷笑，此時也唯有利用笑聲來掩飾心中的不安。

胡小天道：「你沒有後代！或許你是個天閹，或許你根本就沒有繁衍後代的能力，所以你才採用見不得光的辦法讓這兩個可憐的女人誤以為懷上了你的骨肉，進而將她們牢牢掌控在你的手中。」

胡小天的目光咄咄逼人，犀利如刀死盯住胡不為的雙目，試圖看破他的內心。

胡不為此時卻突然平靜了下去。

胡小天道：「你不用擔心，我對你的事本就沒什麼興趣，但你不該招惹我。」

胡不為道：「異想天開這四個字用在你身上真是再確切不過，你以為你胡謅的這些事會有人相信嗎？」

胡小天道：「不信邪的話，咱們不妨試試！」

胡不為再度沉默了下去。

胡小天道：「我知道你想要什麼，你我之間本不應該發展到如今的地步，你的事情我不會管，但是你也不要危害我的利益，更不要動我的人。」

胡不為道：「僅此而已？」

胡小天道：「僅此而已！」

胡不為的目光落在桌上的首飾盒上，輕聲道：「把首飾盒帶走，相信你要找的人吉人自有天相！」

慕容飛煙的出現和失蹤一樣突然，她根本沒有看清襲擊自己的人是誰，眼前一黑就暈了過去，等她清醒過來已經身處在清玄觀的大門外，一幫同門師姐圍著自己，對於此間的經歷慕容飛煙一點都不記得了，問過同門方才知道自己失蹤了近三個時辰。

胡小天得知慕容飛煙回歸之後終於放下心來，只要慕容飛煙毫髮無損，其他的都不重要，這件事可以斷定是胡不為所為，原本胡不為想要利用慕容飛煙要脅自己，可自己爆出的秘密卻讓胡不為不得不重新考慮他的做法，最終選擇屈服。

胡小天幾乎能夠斷定母親被胡不為蒙蔽，她也不是什麼虛凌空的私生女，和胡不為更不是什麼同父異母的兄妹，胡不為很可能是通過娶她而達到接近徐家的目的，徐鳳儀其實是他的跳板。

龍宣嬌同樣被胡不為利用，胡不為利用她的感情，為他將藍色透明頭骨帶出大康，一直保存至今，還不惜傾一國之力來幫助胡不為實現他的野心。

只可惜人算不如天算，精明如胡不為也無法掌控一切，而且胡小天絕不是一個甘心被他擺佈之人，從楊隆景失蹤開始，胡小天就展開了一場全面反擊戰，胡不為在占盡優勢的前提下節節敗退，甚至想出以彼之道還施彼身的方法，同樣用挾持胡小天心中所愛慕容飛煙來脅迫他，卻想不到胡小天竟然見招拆招，拆穿了胡不為深藏在心中的秘密，逼迫他不得不選擇妥協。

妥協的結果換回了慕容飛煙的平安歸來。

胡小天和映月公主一起前往王宮，一是為了拜謝太后龍宣嬌賜婚之恩，二是順便看一下她和楊隆景的恢復狀況。

龍宣嬌今日已經可以下床，胡小天為她檢查之後確信一切如常，微笑道：「恭喜太后，明天就可拆線，等您的頭髮長出來就和昔日容顏無異了。」

龍宣嬌笑了笑：「還叫哀家太后啊？哀家把寶貝女兒都給了你，還換不來你改口嗎？」自從經歷這次的事情之後，她在不知不覺中對胡小天開始改觀，甚至產生了不少的好感。

胡小天向龍曦月看了一眼，卻見龍曦月紅著俏臉含羞點了點頭，雖然在事實上她們是姑侄關係，可龍曦月的真正身分終究是見不得光的，龍宣嬌對外宣稱龍曦月是她的義女，給了她一個映月公主的身分，對龍曦月是好事，正因為此，龍曦月才有了可以堂堂正正嫁給胡小天的可能。

胡小天也是爽朗之人，他和龍宣嬌之間其實並沒有什麼仇恨，兩人此前的矛盾也是因為龍曦月，現在既然龍曦月無恙，他也不介意跟龍宣嬌化敵為友，當下深深一揖道：「小天參見母后！」

龍宣嬌笑了起來，伸出手去，一手牽著胡小天，一手牽著龍曦月，望著兩人，當真是郎才女貌，的確是天造地設的一對，這次的風波之後，她的心態竟然發生了天翻地覆的變化，倒不是她懂得知恩圖報，而是她忽然意識到自己原不該為了胡不為賭上國家的命運和兒子的未來，回頭想想，遴選駙馬根本就是一場損人不利己的鬧劇，如果按照胡不為的想法行事，還不知要將天香國引向何方。

龍宣嬌道：「胡小天，你以後一定要善待曦月，若是讓她受了委屈，哀家絕饒不了你。」

胡小天笑道：「母后儘管放心，以後只有她欺負我的份兒。」

龍曦月小聲道：「我才不會呢。」俏臉泛起淺淺梨渦，幸福之情溢於言表。

龍宣嬌看到她幸福的樣子，心中暗自羨慕，其實女人還是活得簡單一點好，死心塌地地愛一個人也不是什麼壞事，對愛人百分百相信也是一種幸福，龍曦月擁有的，自己都沒有。

龍宣嬌道：「等哀家好了，親自送你出嫁。」

胡小天卻道：「母后，只怕小天無法在此待那麼久的時間了。」

龍宣嬌詫異道：「你要走？」

胡小天點了點頭道：「是！東梁郡那邊還有很多事情等著我回去處理，我和曦月商量過了，我們三年後方才成婚。」

龍宣嬌心中越發奇怪，胡小天長途跋涉翻山涉水，還不是為了迎娶龍曦月回去，現在他如願以償地成為了駙馬，自己也將龍曦月嫁給了他，卻為何又不急於成親？這兩人到底在搞什麼花樣？

龍曦月向胡小天道：「小天，你去看看王上，我和母后單獨說幾句話。」她分明是故意支開胡小天。

胡小天笑了笑轉身去了，留給她們姑侄兩人一個單獨說話的機會。

等到胡小天離去之後，龍曦月道：「姑姑，這兩年多虧了您的照顧！」

龍宣嬌抿了抿嘴唇，龍曦月稱她為姑姑，顯然是在告訴自己，在她的心中從未當自己是她的母親，事實上這兩年龍曦月也從未以母后稱呼過自己，龍宣嬌道：「你這麼一說哀家心中反倒有些歉疚了，只希望你不要記恨哀家才好。」

龍曦月搖了搖頭，輕輕握住她的手道：「在這世上曦月已經沒什麼親人了，姑姑是我的長輩，曦月永遠也不會記恨您。」

龍宣嬌心中一暖，其實親情始終都在，只不過她一直選擇忽略罷了。

龍曦月道：「三年以後再成親是我的意思，其實我不在乎什麼婚姻，也不在乎什麼名份，只要能夠和小天相守一生就已經足夠。」

龍宣嬌點了點頭，她能夠明白龍曦月這番話代表的意義，曾幾何時，自己也抱著和她一樣的想法，願意為心愛的人拋棄榮華富貴，甘心隱姓埋名，甘心付出所有，可是最終還是不得不向現實低頭，其實選擇向現實低頭的不是自己，而是胡不為，那時的他根本就沒有帶著自己衝破枷鎖遠走高飛的勇氣。數十年後他們終於走到一起，就算胡不為找回了勇氣，可是自己卻要在責任和名譽面前低頭，天意弄人！當年的胡不為究竟有沒有愛過自己？

龍曦月並沒有向龍宣嬌透露真正的內情，這三年卻是她的守孝之期，胡小天已經告訴她父皇的死訊，雖然父皇待她無情，可是龍曦月卻不可無義。

龍宣嬌道：「三年就三年，其實時間原本就沒有什麼特殊的意義。」

這句話多少有些口是心非，時間可以改變一切，可以讓一個人的容顏從年輕到蒼老，可以讓激情冷卻，可以讓愛情變淡，甚至可以讓她重新看清一個人。

楊隆景靜靜坐在窗前，守望著晨光，他從未感覺到生命如此美好，聽聞胡小天前來，他本想起身相迎。

胡小天卻笑道：「大王坐著就是，你我之間用不著客氣。」

楊隆景點了點頭道：「是啊！都是一家人了，用不著客氣。」說這番話的時候心中隱隱感到失落，自從見到龍曦月之後，他就對龍曦月念念不忘，甚至想過為了伊人他可以拋棄江山犧牲性命，可真正經歷了生死之劫之後，他方才意識到這世上其實沒有比生命更加珍貴的，瀕死之時他心中不停在想，若是可以度過難關，他寧願聽從母親的安排，安安靜靜做一個她希望的王。

許多人只有在面臨死亡的時候才會考慮人生的意義，才會反思已經揮霍的年華，才會明白什麼重要，什麼可以放棄，才會懂得自己真正應該去做的事情。

楊隆景久久打量著胡小天，雖然他對胡小天並不瞭解，可是從直覺上意識到眼前的胡小天跟自己是兩種全然不同的類型，自己安於現狀與世無爭，缺乏冒險的精神，而胡小天恰恰相反，他健壯而睿智，外向而熱情，更重要的是，他可以為了龍曦月不遠萬里冒險而來，換成自己應該是做不到的。

胡小天在楊隆景的打量下開始有些不自在了，咳嗽了一聲道：「大王有什麼話對我說？」

楊隆景這才醒悟過來，不好意思地笑了笑道：「朕就是想跟你說一聲，以後對我王妹要好一些。」

胡小天點了點頭：「大王放心。」

楊隆景道：「還有……謝謝你救了我們母子二人的性命。」

胡小天笑了起來：「大王不必客氣了。」

楊隆景將一份簽好的聖旨遞給了他：「朕已經正式下旨將紅木川送給你和王妹作為嫁妝，憑著朕的這張聖旨，你隨時都可前去交接。」

胡小天雙手接過，恭敬謝恩。

楊隆景道：「其實你也不必謝我，這紅木川雖然在天香國的名下，可當地族人並不友善，最近十年內我們派去的官員已經死了七個，事實上紅木川處於無人管轄的範圍內。」

胡小天對紅木川的混亂也有所耳聞，畢竟紅木川地理位置特殊，剛好夾在天香國和南越國之間，向北不遠就是西川，再加上當地民族眾多，相互之間爭鬥不停，多股勢力為了各自利益挑唆爭鬥，百餘年來紅木川就沒有肅靜的時候，現在雖然名義上屬於天香國，可是實際上天香國在當地只有一個形式上的衙門，一度也曾經派過官員士兵，可一旦進駐紅木川就會遭遇暗殺，搞到最後，天香國也只能對此地放任自流了。從楊隆景剛才的這番話來看，這位天香國王倒是一個坦誠之人。

胡小天道：「多謝大王提醒。」

楊隆景道：「也算不上什麼提醒，其實將紅木川送給你們也是母后的意思，只希望你們不要嫌棄就好。」他反倒顯得有些過意不去。

胡小天笑道：「如此厚禮，我感激都來不及，又怎會嫌棄。」

楊隆景道：「我聽說過你的本事，非常的佩服，也很羨慕。」羨慕的確是真的，能夠讓龍曦月傾心於他，想必是個不同凡響的奇男子。

胡小天謙虛道：「大王再這麼說，小天要無地自容了。」

楊隆景道：「以後你就是朕的妹婿，咱們就是一家人了，我有個想法，朕願代表天香國和你永結同盟，互不侵犯，守望相助，不知妹婿意下如何？」

胡小天聞言一怔，在他的印象中天香國王楊隆景是個只懂得風花雪月，舞文弄墨的小文青，對國家大事從不關注，一直朝政都是太后龍宣嬌在背後代為處理，卻想不到他居然要跟自己結盟，也是有著一定的政治眼光和手腕的嘛！看來外界傳言不可信，他又怎知道這場生死大劫之後，楊隆景的人生觀已經有了根本性的變化，他開始懂得積極面對人生，開始關心起國家和政事。

楊隆景的提議對胡小天而言當然求之不得，多一個盟友總要比多一個敵人好，更何況他和天香國之間隔著大康遼闊的疆域，在邊界上八竿子打不著，當然紅木川交給自己之後一切就有了變化，成為同盟，互不侵犯對自己只有好處，至少紅木川這塊地方有了後援，至少在表面上天香國還是紅木川的後盾。

胡小天和龍曦月攜手離開之後，楊隆景讓人推著他來到隔壁母親房間內探望，母子二人劫後重生，都感覺到對方才是自己在這個世界上最親近的人，最信賴的依靠，龍宣嬌也聽說了楊隆景和胡小天結盟之事，心中頗為感慨，想不到兒子終於懂得關心國事了，如果這次的事情能讓他洗心革面，也算得上是因禍得福了。

楊隆景道：「母后，孩兒此前做了太多讓您傷心失望的事情，從現在起，孩兒一定修心養性，勵精圖治，好好治理國家，盡力讓天香國國泰民安。」他的這番話卻是龍宣嬌多年以來最大的心願，聽聞兒子終於懂事，龍宣嬌不由得潸然淚下，她緊緊握住兒子的雙手道：「兒啊，娘知道你的心思，娘對不住你……」

楊隆景笑道：「母后，經過了這場生死大劫，孩兒什麼都明白了，什麼也都想通了，對我而言沒有什麼比天香國更加的重要，更何況她心中根本沒有我，就算孩兒勉強得到，又有什麼幸福可言？」

龍宣嬌連連點頭，淚水滾滾而落，這幾日因為胡不為而產生的失落瞬間得到了補償，無論胡不為怎樣，終究自己還有兒子，擁有眼前的一切，自己還有什麼不滿足的？

此時大探監周德勝前來稟報，卻是胡不為到了，龍宣嬌想了想道：「這個藍先生哀家真是想不起他究竟是誰，你幫我回了他，就說哀家不想見生人。」

「是！」

第八章

洗劍山莊

前往洗劍山莊營救外公勢在必行，
很難說是不是胡不為故意設下的險境，
可是無論龍潭虎穴自己都有必要親往一趟，
只要找到外公，或許就能夠揭穿胡不為的動機，
或許就能夠搞清楚徐家的秘密。

龍曦月已經在積極準備，想起自己明日就可以隨同胡小天一起離開飄香城，她快樂得就像一隻小鳥，少有興奮地哼起了歌兒。

胡小天從身後將她的嬌軀擁入懷中，龍曦月轉過俏臉，在他唇上輕吻了一記，柔聲道：「別鬧，等我整理好行裝，再好好陪你。」

胡小天道：「曦月，有件事我想跟你商量。」

龍曦月道：「說吧！」

胡小天放開她，牽著她的手來到桌前坐下：「此番返回東梁郡，我想兵分兩路，由趙武晟展鵬他們護送你從水路出發，我還有一些事，需要經由陸路返回。」

龍曦月聽他說完，臉上的笑容瞬間收斂，一雙美眸蒙上了一層憂傷。

她的反應早就在胡小天的預料之內，胡小天道：「你不用擔心安全的問題，他們足可以保證你的安全。」

龍曦月搖了搖頭道：「我不答應，你去哪裡，我就去哪，我不要跟你分開！」

胡小天苦笑道：「我不瞞你，我外公如今落在丐幫的手上，我要去救人，你跟著我，我豈不是還要分心。」

龍曦月道：「那就是嫌我累贅啊？我不需要你為我分心，我可以自己照顧自己，這些年沒有你在我身邊，我不是一樣將自己照顧得好好的？胡小天，我給你一個選擇，要麼我就留在天香國永遠也不離開，要麼你帶我一起走。」

胡小天想不到素來溫順的龍曦月在這件事上居然表現得如此倔強，看來龍曦月已經因為此前的分離而產生了心理陰影。

胡小天抓起她的柔荑，輕輕將她拉到自己的身邊，讓她坐在自己的雙膝之上，輕聲道：「我這麼色，難道你不怕這一路之上我對你……」大手已經探入她的衣襟之中開始不老實了。

龍曦月咬著櫻唇，羞得俏臉通紅，抓住他可惡的大手：「不怕，正因為如此，人家才要好好看著你，不許你再胡作非為。」

胡小天呵呵笑道：「好好的公主不做，非要跟我做個滿山跑的野猴子，你啊你，真是個傻丫頭。」他充滿愛意地捏了捏龍曦月的鼻子。

龍曦月道：「跟在你的身邊，就算是做猴子也比做公主快樂得多。」

胡小天心中不由得感動起來，擁住龍曦月又想吻她，龍曦月卻掩住他的嘴巴道：「我還有件事要跟你商量呢。」

胡小天道：「什麼事？」

「飛煙那邊你打算怎麼辦？」

提起慕容飛煙，胡小天不由得歎了口氣：「還能怎麼辦，她堅持不走，我又有什麼辦法？」

龍曦月道：「我再去勸勸她，看看她心中到底是怎樣的想法。」

胡小天點了點頭：「也好！」

胡小天卻知道眼前的平靜只是暫時現象，離開飄香城之後也許危險就會接踵而來，前往洗劍山莊營救外公勢在必行，而丐幫現任幫主上官天火絕不會咽下這口氣，他會想盡辦法為兒子報一箭之仇。

至於洗劍山莊，很難說是不是胡不為故意設下的險境，可是無論龍潭虎穴自己都有必要親往一趟，只要找到外公，或許就能夠揭穿胡不為的動機，或許就能夠搞清楚徐家的秘密。

原本胡小天只打算和姬飛花兩人強闖洗劍山莊，可是龍曦月的堅持讓他不得不改變最初的方案，攜她同行也不算什麼大事，只需途中多加小心，以他們目前的實力應該不會擔心什麼危機，既然計畫改變，索性對外宣稱先去接管紅木川，因為天香國方面已經將之作為嫁妝送給了自己，這趟行程也就變得理所當然了。

胡小天和趙武晟等人密謀計畫，準備離開飄香城的時候，胡不為也已經準備離開，院中老花匠仍然在嫻熟地修剪著花枝。

胡不為望著腳下盛開的金菊，輕聲道：「待到秋來九月八，我花開後百花殺！今年的菊花開得格外嬌豔呢。」

老花匠道：「南國的菊花終究和大康無法相比，這裡的肥料也比不上宮裡。」

胡不為道：「有什麼不同？」

老花匠將花剪合攏了插在腰間皮套裡，然後順勢又抽出一支旱煙袋，點燃煙鍋子，對著玉石嘴兒用力地抽吸了兩口，仰天吐出一團煙霧，雙眼因為享受而瞇成了一條細縫：「宮裡死人多！」

胡不為聽到這個答案也不禁啞然失笑：「看來你對大康宮裡的日子還非常的惦念呢。」

老花匠道：「外面的日子雖然安逸，可畢竟不如宮裡的日子過得有滋有味，現在想起來還真是有些懷念呢。」

胡不為道：「真是要拜你所賜，那小子方才修煉成了一個如此妖孽的人物。」

老花匠桀桀笑了起來：「你讓我抓了慕容飛煙，然後卻又放了她，是不是被胡小天識破了你的動機？又或是抓住你的把柄來要脅你？所以你才就範？」

胡不為臉上的表情顯得有些尷尬，他淡然笑道：「要脅我？他還不夠資格！」

老花匠頗為感歎道：「這小子實在是一個不可多得的人才，當年他初入宮中，咱家就知道他絕非池中之物，看來咱家並沒有看錯。」

胡不為道：「只可惜你離開得太早，太多事情沒有來得及去做。」

老花匠道：「我若是不走，就要在姬飛花的眼前暴露。」

胡不為道：「說起來那姬飛花也是不可多得的厲害人物，只可惜還不是洪北漠的對手。」

老花匠道：「姬飛花的武功絕不在咱家之下，洪北漠一個人又怎能將他制住，若非集合李雲聰、慕容展之力，恐怕死的那個應該是洪北漠才對。」

一陣秋風吹過，胡不為面前的菊花散落開來，在他的腳下留下滿地金黃，胡不為感歎於花期之短，剛剛還在眼前嬌豔怒放，轉瞬之間已經殘敗，他低聲道：「如無意外，胡小天會前往洗劍山莊救人，你應當知道怎麼做？」

老花匠道：「鷸蚌相爭，漁翁得利。」深邃的雙目中閃過一絲冷酷的殺機。

胡不為道：「太后自從此事之後對我已經產生戒備之心，我準備離開一段時間，讓她好好冷靜一下。」

老花匠冷哼了一聲道：「咱家早就告訴過你，女人是這世上最不可信的動物，你偏偏不聽，現在你明白了吧？」

胡不為道：「你做好自己份內的事情就是，其他的事情與你無關。」

老花匠道：「這世上多半的事情不需要靠陰謀來解決，簡單粗暴才來得爽快，所以你始終比我活得要累。」

胡不為淡然回敬道：「至少我還活著，你在別人的眼裡早已成為一個死人！」

龍曦月的造訪讓慕容飛煙有些意外，不過她也猜到了龍曦月此次前來的目的。

龍曦月道：「我此次前來是特地向姐姐辭行的。」

慕容飛煙微笑道：「恭喜公主終於達成了心願，也祝你和胡公子白頭偕老，百年好合。」雖然說得輕鬆，可心中卻是有些酸澀。

龍曦月道：「你我之間又何必說這些話，這些年如果沒有你的照顧，我也不知應當如何熬過來。」

慕容飛煙道：「公主殿下好人自有好報，我可沒幫上什麼忙。」

龍曦月道：「不瞞你說，是小天讓我過來的，他擔心你不肯見他，所以讓我來幫他轉告一件事。」

慕容飛煙沒有說話，其實龍曦月想說什麼她明白，胡小天的心意她又怎能不知道？在她的心底深處又何嘗真正怪過胡小天？

龍曦月伸出纖手握住慕容飛煙的柔荑道：「姐姐跟我們一起回去吧，這天香國終究不是咱們的家。在小天心中絕沒有任何偏頗，你我在他心中同樣重要。」

慕容飛煙咬了咬櫻唇道：「公主心中難道沒有絲毫的嫉妒？」

龍曦月溫婉笑道：「我因何要嫉妒？喜歡一個人未必要將他完全佔有，從我認識他的時候就知道他是個放蕩不羈的性子，既然選擇了他就要接受他的全部，更何況你和他相識還在我之前，我從他那裡聽到姐姐曾經為他做過的那些事，心中很是感動呢，若是他有負於你，我都不會放過他。」

慕容飛煙望著溫柔善良的龍曦月心中一陣感動，她握緊了龍曦月的手道：「公主如此溫柔善良，如果我是男人，我也會選擇公主。」

龍曦月俏臉緋紅，有些不好意思地垂下螓首，小聲道：「飛煙姐姐，你的心思我能夠明白，你就答應跟我們一起回去好不好？別生他的氣了，他這麼久沒來營救我們，也有不得已的苦衷，你原諒他好不好，再不行我讓他親自過來向你賠罪。」

慕容飛煙搖了搖頭，她笑了起來：「公主，其實我並未怪過他，就算是生氣我也只是生自己的氣，不是我不肯隨你們走，而是我還有事情要辦，無法離開。」

龍曦月有些不解道：「什麼事情？」

慕容飛煙道：「自己的私事，請恕我不便明言。」

她既然將話說到了這個份上，龍曦月也不好繼續詳詢。

慕容飛煙將一封早已寫好的信遞給龍曦月道：「勞煩公主幫我將這封信轉交給他，他看過之後自然明白。」

翌日清晨，胡小天一行悄然離開了飄香城，一路向西而去。在看過慕容飛煙給他的那封信後，他終於明白，並非慕容飛煙不想隨他離去，而是慕容飛煙心有羈絆，在天香國仍有牽掛，這份牽掛正是蘇玉瑾，雖然慕容飛煙並未言明，可是在信中的意思已經表達得很清楚，沒有人阻止她，如果她想走隨時都可以離開，過去如此，現在仍然是如此。

龍曦月今日改穿了男裝，內穿烏蠶甲，和胡小天並轡而行，終於得以逃脫牢籠，和心愛之人同歸故里，伊人心中的喜悅難以形容，只是她仍然記掛著選擇留在飄香城的慕容飛煙，出城之後終忍不住問道：「小天，她在信裡說什麼？」

胡小天道：「沒說什麼，就是說腿是她自己的，她想何時走就何時走。」

龍曦月眨了眨眼睛，將信將疑。

胡小天道：「不必擔心，我相信她一定可以照顧好自己。」他下意識地轉身望去，飄香城西門城樓已在視野中模糊，他彷彿看到慕容飛煙就站在城樓守望。

胡小天並沒有看錯，慕容飛煙此時就站在西門城樓之上，望著在天際間已成為黑點的背影，她的美眸中泛起晶瑩的淚光。她還不能走，因為還有娘親讓她陪伴。

身後響起蘇玉瑾不夾雜感情的聲音：「我就猜到你在這裡。」

慕容飛煙點了點頭：「每個人都說站得高看得遠，我想看清我自己。」

蘇玉瑾道：「當局者迷旁觀者清，許多人一輩子都看不清自己。」她的目光變得迷惘，這句話並非是針對慕容飛煙，而是說的她自己。

慕容飛煙道：「其實現在挺好的，至少沒有那麼多的煩心事。」

蘇玉瑾道：「人最難勘破的就是情字，世上不知有多少人被這個字欺騙。」

慕容飛煙道：「他當年是不是傷得你很重？」

蘇玉瑾的面色一沉，冷冷道：「這和你又有什麼關係？」

慕容飛煙歎了口氣道：「我時常會想，如果你們相見那該會是怎樣的場景。」

蘇玉瑾道：「只要活著，難免會有見面的機會。」她伸出手去輕輕拍了拍慕容飛煙的肩頭：「不必胡思亂想了，他走了對你未嘗不是一件好事，你被人劫持必然因他而起。」

慕容飛煙秀眉微顰，一雙美眸充滿了迷惑，不明白她因何如此斷定。

蘇玉瑾道：「你被釋放乃是他去找胡不為之後的事情，我看這件事十有八九就是胡不為所為。」

慕容飛煙咬了咬櫻唇道：「我不明白，天下間為何會有如此狠毒的父親。」

蘇玉瑾冷哼一聲道：「你爹還不是一樣？」

大康皇宮。

權德安小心翼翼來到七七面前，七七將手中奏摺輕輕放下，抬起頭來，鳳目在權德安的臉上掃了一眼，她的目光修煉得越發犀利，即便修為如權德安也有種被她一眼看穿的錯覺，頭顱不由得向下又低了一些，恭敬道：「老奴見過公主殿下。」

七七道：「有消息了？」

權德安嗯了一聲，臉上的表情顯得有些為難。

七七站起身來，緩步向大門外走去，權德安亦步亦趨跟在她的身後。

外面已是烏雲密佈，秋風蕭瑟，一場暴風驟雨就要來臨。權德安將一件白狐外氅為她披在肩頭，七七緊了緊領口，剪水雙眸中浮現出一抹陰雲：「說吧！」

權德安道：「剛剛收到的消息，胡小天已經成為了天香國駙馬。」一口氣說完，他用眼角的餘光觀察著七七此時的表情。

七七卻已背過身去，抬頭望著陰沉的天空道：「本宮是問你紅木川的歸屬。」

權德安道：「天香國王將紅木川當成嫁妝送給了胡小天，還有，胡小天和天香國已經簽訂了攻守同盟。」

七七道：「想不到這麼短的時間內，他就已經和天香國方面達成了共識。」

權德安道：「聽說他救了天香國太后和國王的性命。」

七七道：「他本來就很有本事，再加上他的運氣要比多數人都要好。」她向前走了幾步，目光再度投向天空，喃喃道：「這天好像又要下雨了，還好今年的收成不錯。」

權德安道：「殿下洪福齊天，德耀神州，以後自然是風調雨順，國泰民安。」

七七淡淡笑了笑道：「公公的吉利話越說越好了。」

權德安笑道：「奴才說的都是事實。」

七七道：「最近周丞相和文太師那裡有什麼動向？」

權德安恭敬道：「他們也都算得上是盡職盡責……」停頓了一下又道：「沒有人再提起皇上的事情。」

七七一直對外宣稱龍宣恩病重，並沒有將他的死訊正式宣佈，雖然民間傳言不少，可是沒有皇室的昭告，這些傳言也無法證實。

此時一名小太監走了過來，躬身稟告道：「啟稟公主千歲，天機局的洪先生到了。」

七七點了點頭道：「讓他進來。」目光向權德安看了一眼，權德安馬上會意，躬身行禮退了下去。

洪北漠最近都在皇陵工地，沒在皇城露面，更談不上面見七七，此番如果不是七七專門讓人去請，他仍然不會主動回來。

來到七七面前，恭敬行禮道：「微臣參見公主殿下。」

七七道：「洪先生最近很忙啊，都不見你回京，天機局你也打算放手了嗎？」

洪北漠笑道：「公主定是在埋怨微臣了。」

七七道：「倒也不是埋怨，你終日神龍見首不見尾，此前的三個月已經支了十萬兩黃金給你，可你又說要追加十五萬兩，以為大康的國庫當真是取之不竭，用之不盡嗎？」

洪北漠道：「公主殿下應該明白微臣的苦衷，皇陵已經修建到了關鍵時刻，自然也到了考驗物力財力的時候。」

七七道：「本宮一直都是聽你在說，還未曾親眼見過呢。」

洪北漠道：「公主殿下無論什麼時候想見都可以，只是此事需要掩人耳目，千萬不可引起他人的懷疑。」

七七呵呵笑了一聲：「一座皇陵你修了幾十年，皇上這麼好的性子都等不及了，你該不會讓本宮也像他一樣等到白髮蒼蒼？」

洪北漠道：「公主殿下放心，臣會盡力而為，只要一切順利，絕不會超過兩年。」

七七道：「一切順其自然才好，本宮雖然未曾親眼見到什麼輪迴塔，可是我也知道你在做什麼。」美眸的光芒倏然變得犀利起來。

洪北漠在她的注視下都不由得感到心中一顫，這小妮子好生厲害，她的武功稀疏平常，可是因何會讓自己感覺到此等威壓？

七七將親筆書寫的一個小冊子遞給了他，洪北漠雙手接過，展開一看，內心狂喜，然後又合上那本小冊子，小心翼翼收藏在懷中，然後道：「多謝公主恩賜。」

七七道：「最近本宮總是噩夢不停，腦子裡無時無刻不在閃現著這些古怪的文字，我從未學過，可是我卻明白其中的意思，看來果然被你說中了。」

洪北漠道：「公主殿下乃是天之驕女，天命所在，遠非我等凡人能及。」

七七道：「當年有兩人死在了那場戰事之中，為何宮中只找到一顆頭骨？」

洪北漠道：「啟稟公主殿下，微臣並不清楚這方面的事情。」

七七道：「你不知道也不奇怪，有件事只怕你還不知道。」

洪北漠洗耳恭聽。

「若是沒有這兩顆頭骨，你即便是建成了皇陵，也派不上任何用場。」

洪北漠微微一怔，心中暗忖七七已經得到了一顆頭骨，難道這頭骨才是他能否成功的關鍵所在？既然她這樣說應該不會有錯。

七七道：「你能否找回另外一顆頭骨？」

洪北漠道：「微臣必然盡力而為！」

七七道：「本宮讓人查過，另外一顆頭骨原本應該埋在七寶琉璃塔的下面。」

洪北漠愕然道：「那七寶琉璃塔早就倒掉了！」

七七點了點頭道：「七寶琉璃塔的原址之上建起了宜蘭宮，洪先生對那座宮殿想必不會陌生吧？」

洪北漠皺了皺眉頭，想了一會兒方才道：「宜蘭宮？莫不是昔日長公主龍宣嬌的住處？」

七七道：「正是！」

洪北漠道：「公主殿下難道懷疑那頭骨被她帶走了？」

七七道：「她出嫁的時候本宮還沒有出生，不過自從她嫁入天香國之後就再也沒有回過大康探親，似乎對大康心生怨恨呢。」

洪北漠道：「此時微臣倒未曾聽說過。」

七七道：「最近天香國面向天下徵召駙馬的事情，你不會不知道吧？」

洪北漠道：「微臣知道。」

「既然知道因何不向本宮稟報？身為天機局的統領，你是不是沒有盡到應盡的責任？」七七的語氣陡然變得嚴厲起來。

這個問題讓洪北漠有些為難，他總不能說因為胡小天，因為看出你對胡小天餘情未了，若是將他當選天香國駙馬之事告訴你會影響你的心情，到時候你又會覺得我是故意說給你聽，給你添堵。這樣的事情很快就會傳遍天下，我不說你不是也一樣知道了？洪北漠斟酌了一下方才道：「微臣覺得這算不上什麼大事，而且公主殿下已經跟胡小天劃清界限，以為公主不想聽到這個人的事情。」

七七暗罵洪北漠老奸巨猾，總是有他的道理，不過自己若是在此事上糾纏不放，豈不是讓人覺得自己仍然在乎胡小天？她淡然道：「本宮聽到外界有個傳言，說胡不為曾經教過龍宣嬌撫琴，胡不為趁著前往羅宋開拓糧道的機會趁機逃往天香國，就證明他們兩人之間有私情，你說會不會是他們聯手將那顆頭骨盜走？」

洪北漠道：「殿下英明，此事很有可能。」

七七道：「洪先生。」

「臣在！」

「天機局的勢力遍及天下，你馬上安排人手將此事查清。」

「是！」

七七沉吟了一下又道：「胡小天曾經深入過龍靈勝境，他對其中的秘密瞭解不少，所以你可以考慮兵分兩路。」

「臣明白！」

七七點了點頭，最後道：「皇陵所需的十五萬兩，目前只能撥給你五萬，大康好不容易才迎來一個豐收之年，本宮決不允許因為皇陵的進度而拖累整個國家的事情發生，哪怕是多等一些時間也不怕，本宮有的是時間，等得及。」

洪北漠心中暗歎，這小妮子要比龍宣恩厲害得多，自己在她的面前始終居於被動，卻不敢有所不敬，畢竟想要實現夢想根本無法離開她的幫助，唯有恭敬領命。

胡小天從隨行武士之中挑選了二十名精銳武士隨同他一起向西朝著紅木川進發，其餘武士則跟隨趙武晟一起經由水路返回東梁郡，讓趙武晟回去也是出於戰略上的考慮，畢竟經由陸路折返西川返回要比預計返回的時間大大推後，趙武晟乃是庸江水師的主心骨，他回去可以穩定軍心。

此番前往紅木川，他們多了一個嚮導，乃是胡小天從南津島銷金窟救下的小柔，小柔的家鄉就是紅木川，對紅木川瞭解頗深，一路之上給他們講解了不少紅木川的風土人情，地理風貌。龍曦月多了她作伴凡事也方便許多，兩人相處融洽，很快就以姐妹相稱。

出東梁郡三日，距離洗劍山莊已經不遠，當日黃昏，他們在距離洗劍山莊以北二十里的一間名為雅客居的客棧落腳，客棧所處的小鎮名為月兒灣，皆因小鎮伴水而居，在小鎮的東南有一面形似月牙的小湖，因此而得名。

入住之後，梁英豪首先觀察了一下這位客棧的位置結構，確信毫無異樣方才放心入住，他乃是沙盜出身，對這一行的門道自然熟悉。展鵬和夏長明兩人也在周圍巡視佈防，確保萬無一失，畢竟他們在明處，胡小天在天香國又得罪了丐幫，不排除丐幫尋找機會對他下手的可能。

那掌櫃笑瞇瞇來到眾人面前，恭敬道：「哪位是胡大爺？」

胡小天迎了上去：「掌櫃的找我有什麼事情？」

掌櫃將手中的一個紙條兒遞給他道：「有人托我將這件東西送給胡爺。」

胡小天展開一看，卻見上面沒有字跡，只是畫了一條小船，空中有一個月牙。

胡小天馬上明白，是姬飛花已趕到了，約自己今晚天黑月出之時前往月牙灣相會。

胡小天默不作聲地將紙條兒收好，微笑道：「勞煩掌櫃的了。」他悄然來到龍曦月的房間內，龍曦月和小柔正在說話，見到胡小天到來，小柔慌忙起身告辭。

胡小天笑道：「我也沒什麼要緊事。」

自從南津島的事情之後，小柔就已經將胡小天當成了救命恩人，打心底尊敬他，她豈敢打擾胡小天和龍曦月的談話，笑了笑，及時離去。

胡小天將房門掩上，輕聲道：「曦月，今晚我要出去一趟。」對於此番要去洗劍山莊的事情胡小天並沒有隱瞞。

龍曦月道：「自己去嗎？」

胡小天當然不能告訴他要和姬飛花同行，在龍曦月心中始終將姬飛花視為一個顛覆大康陰謀篡位的奸賊來看待，家國之仇可不是那麼容易化解的。胡小天道：「論到輕功，他們沒有一個比得上我，我今晚只是去查看情況，而不是救人，所以還是一個人方便些。」

龍曦月點了點頭，雖然擔心，但是她也明白胡小天前往洗劍山莊救人勢在必行，此前胡小天想讓她從水路返回東梁郡，也是為了她的安全考慮，雖然最後終於讓步，攜她同路而行，可畢竟這種出生入死的事情還不放心讓她同去，自己若是跟著也會成他的累贅，龍曦月柔聲道：「那你一定要多加小心。」

胡小天笑道：「放心吧，我教給你的天羅迷蹤步一定要好好練習，只要你熟悉了那套步法，以後足可自保。」

龍曦月嫣然笑道：「知道了，不過有你保護我，我才不擔心呢。」

胡小天伸出手去輕輕撫摸她吹彈得破的俏臉，龍曦月將俏臉貼在他的掌心，小聲道：「你記住，無論遇到什麼危險，都要記得，一定要平安回來。」

胡小天微笑道：「一定！」

月上柳梢頭，宛如銀鉤斜掛夜空之上，銀色的月光宛如仙人織就的傾灑，從天空中悄然籠罩下來，月光中的景物朦朧而神秘。月兒灣猶如空中銀月的倒影，寧靜安詳地躺在大地的懷抱中，一葉扁舟彎彎，停泊在古老的渡口，姬飛花背身立於船頭，靜靜遙望著空中的彎月。

胡小天來到渡口之上，望著她的背影，卻聽到裡面傳來姬飛花熟悉的聲音道：「上來！」

胡小天輕輕一縱來到小舟之上，小舟無風自動，不見舟楫運作，卻在水面上飛速前行，完全是姬飛花以內力驅動。

胡小天低頭向她的足下望去，嘖嘖稱奇道：「飛花，你好厲害啊，只是這樣一來是不是損耗內力呢？」

姬飛花淡然笑道：「順水推舟，順勢而行，耗費不了太多的內力，控制好內力的導向才是關鍵，我教你。」她將驅動小舟行進的方法告訴了胡小天，胡小天一點就透，這廝內力本來就強大，換他來操縱小船後，內力源源不斷從腳下蔓延出去，那小舟在他的驅動下如同快艇，在月兒灣平整如鏡的水面上劃出一道亮白的水線。

姬飛花禁不住笑道：「你趕時間嗎？」

胡小天道：「快一點那才夠刺激。」很快已經抵達月牙灣的東南角，兩人棄舟登岸。

姬飛花指了指正南方的山巒，輕聲道：「洗劍山莊就在那裡。」

洗劍山莊位於闊台山之上，這座山丘生得奇特，雖然不高，可是山丘的頂峰，如同被人一劍平平削去，確切地說根本就沒有山峰，洗劍山莊就建在平整的山頂。

兩人從闊台山北麓攀援而上，選擇的這條道路並無山路台階，山石陡峭，樹木叢生，不過這難不住他們，兩人縱跳騰躍，不多時已經來到山頂，洗劍山莊並沒有他們預想中戒備森嚴，山莊周圍空寂無人。

兩人攀上一棵大樹，眺望院落內的情景，前院也空空蕩蕩，整個山莊只有西北側的院落裡亮著燈光。他們兩人悄然進入山莊，靠近那西北側的小院裡，還未及藏身，就聽到房門開了。

兩人趕緊伏在院牆之上。

卻見那房間內走出了一位中年乞丐，後面跟出來一名青衣儒生相送，那儒生正是洗劍山莊的莊主梁不周，梁不周道：「冼長老慢走。」

那中年乞丐乃是丐幫八大護法長老之一的冼農經。

冼農經道：「後天之事切勿忘記。」

梁不周笑道：「冼長老放心，幫中大事，不周豈敢怠慢，後日正午，不周準時前往快活林石亭去見幫主。」

冼農經抱拳道：「那咱們就後會有期！」

等到他們離去之後，胡小天低聲向姬飛花道：「這裡看起來沒什麼特別。」心中暗自奇怪，胡不為提供給他的消息是否屬實？難道虛凌空根本就沒有被關押在這裡？不然何以整座山莊看起來就像是不設防狀態？

姬飛花以傳音入密向他道：「凡事不能只看表面，耐心等等再說。」

她的話音剛落就見遠方綠光閃爍，定睛望去，卻是一名老者騎在一頭牛犢大小青狼之上緩緩而來，在他的身後還跟著兩頭青狼，比起他所乘的青狼稍小，不過體型比起普通的青狼也大上許多。

胡小天低聲道：「馭獸師！」

姬飛花點了點頭，拍了拍胡小天的肩頭，提醒他凝神屏氣，要知道每個人都會有體味，人類對氣味的敏感程度顯然比不上多半動物，雖然青狼跟他們還相隔一定的距離，但是不排除牠們能夠嗅到兩人的身體氣味。姬飛花提醒胡小天使用閉氣之功，可以在短時間內停止呼吸，封閉毛孔的氣息外放，這樣一來就可最大限度的隱匿他們的行蹤。

那老者應是肩負巡視之責，騎著青狼從兩人眼皮底下經過，胯下的那頭青狼揚起頭來，用力吸了吸鼻子，似乎有所發現，不過停頓了一下，又繼續向前方行去。

胡小天也暗自捏了一把冷汗，雖然他和姬飛花不懼任何挑戰，但今晚他們的目的是要查探洗劍山莊的情況，而不是出手救人，若是打草驚蛇反而不好。

那老者在進入東北的院子，過了許久都不見人出來，胡小天正想說話，卻聽到空中傳來一聲鸎叫，舉目望去，卻見空中兩隻夜梟一前一後向這邊飛了過來。

姬飛花以傳音入密向胡小天道：「以靜制動，牠們看不到咱們。」

胡小天心想夜梟越是到了晚上這眼睛就越是銳利，而且是從高空中俯視，發現他們的機率還是很大的，不過眼前除了按照姬飛花所說的去做，也沒有什麼應對的方法，只能保持木頭人一樣一動不動。

夜梟在黑夜中目力雖然很強，但是一般靜止不動的物體不會引起牠太多的注意，如果有所動作，哪怕是老鼠，牠也能夠在第一時間發現動向。胡小天心中暗歎，早知這種狀況就應該讓夏長明同來，以他的馭獸之能，定然可以將對方馴化的野獸收為己用，說不定能夠從獸語中找到虛凌空被關押的線索。

兩隻夜梟在山莊上方盤旋兩周之後也向西北院落飛去，等到夜梟飛遠，胡小天向姬飛花道：「那邊的院子好像有問題。」

姬飛花道：「應該還有馭獸師藏身在那裡。」

胡小天道：「丐幫裡也有馭獸師？」

姬飛花道：「門派之間並非如你想像中那樣壁壘森嚴，天香國不僅是丐幫的總壇所在，也是百獸門發源之地，天下間最優秀的馭獸師不少都出自於這個國度。」

胡小天道：「難道丐幫和百獸門早已在私下聯盟？」

姬飛花搖了搖頭道：「這我倒是不清楚。」

胡小天道：「那西北角的院子裡十有八九有問題，咱們去看看。」

姬飛花道：「不必急於一時，這山莊表面上看起來防守薄弱，可事實上暗藏玄機。」此時遠處又有人出來巡防，這次出來的人卻是騎著一隻黑虎，那黑虎喉頭發出低沉的呼吸之聲，黑虎身上坐著一位魁梧的禿頭漢子，那漢子裸露著上半身，肌肉虯結發達，一雙眼睛泛出碧油油的色彩。

姬飛花劍眉顰起，她已經認出這黑虎背上的馭獸師是誰。

等到那漢子騎著黑虎離去之後，姬飛花向胡小天做了個手勢，兩人悄悄退出了洗劍山莊。

一直來到闊台山下，胡小天方才好奇道：「為何要退出來？」按照胡小天的意思，本該去洗劍山莊西北角的院落一探究竟，然後返回，可今天見到那半裸身體跨騎黑虎之人姬飛花馬上決定撤退，胡小天猜到那人的身分必然非同一般。

姬飛花轉身回望洗劍山莊的方向，低聲道：「那人是閻虎嘯！百獸門頂級高手，人稱獸魔！」

對這個名字胡小天並不陌生，他記得當年羽魔李長安曾經被獸魔閻虎嘯追殺，如果不是湊巧遇到了自己，恐怕就要命喪此人之手。

姬飛花道：「閻虎嘯或許稱不上這世上最優秀的馭獸師，可是最殘忍這三個字他絕對擔得起，他是最有希望成為百獸門門主的人，所以不可能投靠丐幫，也就是說丐幫和百獸門應該已經聯盟，你我在武功上自然不必怕他，可是真正爭鬥起來，他們操縱野獸，等若擁有萬千雄兵，到時候你我只怕寡不敵眾。」

胡小天道：「倒也不怕，閻虎嘯雖然厲害，可是夏長明的馭獸之術恐怕還要強於他一些。」

姬飛花皺了皺眉頭，她對胡小天的手下瞭解不多，並不知道他還擁有夏長明這個優秀的馭獸師，以姬飛花的性情暫時是不肯和胡小天之外的任何人合作。

胡小天道：「飛花，不如這樣，我們等到後日再來，剛才梁不周和那老乞丐約定後日中午前往快活林，我們就趁著這個機會，一舉攻破洗劍山莊，以梁英豪來控制那些野獸，在最短的時間內將閻虎嘯及那幾個馭獸師全都幹掉。」

姬飛花道：「你既然計畫如此周密，按照此計施行就是。」

胡小天聽出她好像話裡有話，微笑道：「若無你幫忙，我可做不成這件事。」

姬飛花道：「這邊的事情和我無關。」

胡小天微微一怔，不知她因何會突然改變了主意，馬上就意識到姬飛花應該是不想暴露了身分，他笑道：「你放心，我不會透露你的任何事。」

姬飛花搖了搖頭道：「剛才去找梁不周的乃是丐幫八大護法長老之一的冼農經，能夠出動他親自過來通知的人應該是丐幫幫主上官天火，快活林和洗劍山莊相去不遠，若是這邊發生了事情，快活林方面馬上就會派人來救。所以我們最好的辦法就是兵分兩路。」

胡小天道：「你要去快活林？」

姬飛花點了點頭道：「我去快活林製造動靜吸引他們的注意，你抓緊時間攻破洗劍山莊，若是你的那名手下當真如你所說這般厲害，那麼他應當可以控制住獸群，單就武功而論，獸魔閻虎嘯根本不是你的對手，此人作惡多端，窮兇惡極，對他決不能手下留情，記住一有機會務必要將之擊斃，切莫留下後患。」

胡小天道：「只是你一個人前往快活林，面對丐幫諸多高手，萬一有什麼閃失豈不是麻煩？」

姬飛花淡然笑道：「還是好好擔心你自己的事情。」

回到雅客居，發現龍曦月的房間內仍然亮著燈光，顯然她還未睡，此時仍在等待著自己歸來，被人等待的感覺莫名溫馨，胡小天來到門前輕輕敲了敲門，輕聲道：「曦月，我回來了！」

胡小天幾人籌畫之後，決定第二日由展鵬和梁英豪護送龍曦月先行前往紅木川，胡小天則和夏長明一起留下，解決完這邊的事情然後再去追趕他們。

龍曦月心中並不情願，但也知道自己如果堅持留下只可能分散他的精力，終於還是答應了。臨別之時握住胡小天的大手，依依不捨道：「我現在有些後悔了。」

「後悔什麼？」

「當初就該聽你的話，乘船先行返回東梁郡，也就不會成為你的累贅。」

胡小天哈哈大笑道：「誰說你是我的累贅了？我可從未說過。」

龍曦月道：「你雖然沒說，可是心中未嘗不是那麼想的。」想到又要和愛人分別，龍曦月的心中自然很不好過。

胡小天將腰間軟劍抽了出來，把劍柄放在她的手中道：「我教給你的劍法你也都記住了，這柄劍就暫且留給你防身，等咱們返回東梁郡之後，我再幫你找一把襯手的好劍。」他已經將靈蛇九劍教給了龍曦月供她防身，龍曦月冰雪聰明，掌握這套劍法的速度比起胡小天當初還要快一些，只是在內功方面太弱，所以劍法並沒有什麼殺傷力。

龍曦月點了點頭，極其認真地說道：「我下定決心了，從現在起就跟著你認真學習武功，等我練成了武功，就可以陪在你的身邊一起冒險了。」

胡小天心中不禁一陣感動，這位美麗的公主為了自己改變實在太多，他輕聲道：「其實練武功有捷徑的，我有辦法短時間內就能讓你成為一個武功高手。」

龍曦月聞言欣喜非常，充滿渴望道：「教我，你就教我嘛！」

胡小天附在她耳邊低聲耳語了幾句，龍曦月的俏臉瞬間紅到了耳根，握起粉拳照著胡小天的胸膛輕輕捶了一下，嗔道：「你就會騙人！」

胡小天大笑著離開了馬車，向梁英豪揮了揮手，示意車隊啟動，展鵬和梁英豪兩人同時向胡小天抱了抱拳，率隊漸漸遠去。

一隻黑吻雀在陽光下振動雙翅落在夏長明的掌心，黑色的嘴喙唧唧咋咋叫個不停，夏長明聽得非常認真，過了一會兒，手微微一揚，那黑吻雀宛如一道黑色利箭，倏然射向天空之中。

胡小天的目光追逐著黑吻雀飛走的方向，卻看到正東的天空中一大片濃重的陰雲緩緩向他們的頭頂移動。

夏長明道：「看來要下雨了。」

胡小天道：「也不算壞事，至少便於隱匿身形。」

夏長明道：「主公能夠斷定那人是獸魔閻虎嘯嗎？」

胡小天道：「應該是。」他也沒有見過閻虎嘯的樣子，既然姬飛花認出了是他，應該不會有錯。他問道：「閻虎嘯是不是很厲害呢？」

夏長明點了點頭道：「主公應該記得我曾經對您說過，馭獸共分為三大派系，我們這一支是以驅馭飛禽為主，五仙教主要是控制毒蟲，百獸門乃是以控制走獸為主，通常我們馭獸一脈不再將五仙教位列其中，五仙教因為這些年門派實力不斷壯大，他們自以為高高在上，也不願與我們為伍。

「其實過去我們和百獸門之間並無太大的矛盾，我們兩大派系都信奉著一個原則，認為萬物來到這個世上都是平當的，對待飛禽走獸，我們都會以平等的眼光看待，可是百獸門在發展的過程中產生了偏差，他們為了提升馭獸師的戰力，不惜採取狂化的辦法。」

胡小天道：「何謂狂化？」

夏長明道：「簡單地說就是利用藥物或者是其他歹毒的手段讓動物發狂，主公應該知道一條瘋狗敢鬥群狼，一頭瘋牛可以頂死一頭猛虎的事情吧？」

胡小天點了點頭，看來百獸門讓動物狂化的辦法實在是太不人道，將這樣的門派清除掉也是應該的，算得上為民除害。

烏雲密佈，天色越來越暗，可雨卻始終沒有落下來，胡小天和夏長明兩人埋伏在洗劍山莊的密林之中，看到洗劍山莊的莊主梁不周率領六名手下離開。

夏長明放出黑吻雀，靜靜等待雀鳥回歸。

空中忽然傳來一聲雀鳥急促的鳴叫，卻是黑吻雀向他們藏身處飛來，後方一隻黑色鷹隼窮追不捨，黑吻雀仗著身材嬌小靈活，在空中不停變換方向和鷹隼周旋。

那鷹隼飛行速度奇快，眼看距離黑吻雀越來越近，樹林之中卻突然傳來一聲低沉的鳴叫，鷹隼聽到這叫聲，頸部的羽毛一根根豎立起來，顯然被這聲音嚇住，眼睜睜看著黑吻雀逃離，居然不敢繼續追逐，兜了個圈子向林外飛去。

危急關頭卻是夏長明模仿鳥類的叫聲嚇走了鷹隼。

黑吻雀落在夏長明的肩頭，驚魂未定，唧唧咋咋叫個不停。

夏長明聽完，向胡小天道：「洗劍山莊內的獸類約有百頭之多，駐守的人反倒不多，總共還不超過十人。」

胡小天道：「人我來對付，這百餘隻走獸就交給你了。」

夏長明道：「術業有專攻，我在控制走獸方面的本事比不上閻虎嘯，可是我有辦法將這些走獸纏住，射人先射馬，擒賊先擒王，對付走獸也是同樣的道理，群獸之中必有頭領，只要將頭領擊破，自然是樹倒猢猻散。」

胡小天道：「最乾脆直接的辦法就是將獸魔閻虎嘯幹掉！」

夏長明道：「咱們先將他們引出來再說。」他抽出一支玉笛輕輕吹起，笛聲談不上悅耳，透著古怪，胡小天當然明白夏長明不是在演奏，而是為了召喚飛禽。

一支燕子低飛而來，接著就是兩隻、三隻，燕子越聚越多，在夏長明身體周圍盤旋飛舞，胡小天也讓到了一邊，遠遠望去，卻見夏長明身體周圍方圓十丈的距離內已經全都是飛禽，以燕子為主，隨著夏長明的召喚，一隻隻蝙蝠也開始出現在他的周圍。

鳥兒撲打著雙翼，形成了一個巨大的黑色漩渦，漩渦緩緩升騰而起，向洗劍山莊的方向移動而去，胡小天望著眼前恢弘壯闊的場面，心中也是暗自欣慰，幸虧李長安將夏長明引薦給了自己，以夏長明馭獸的本事，若是處在自己的對立面，那該將是讓他怎樣頭疼的事情。

夏長明的笛聲陡然變得淒厲起來，鳥群如同黑色的洪流猛然撞擊在洗劍山莊的大門之上，如果只是一隻鳥兒，撞門的下場必然是腦漿迸裂一命嗚呼，可是這數千隻鳥兒集中撞擊大門的力量驚天動地，竟然一下就將大門洞穿。

獸魔閻虎嘯自然也聽到了這聲驚天動地的破門聲，他向大門望去，頓時覺得不對，喉頭發出一聲嘶吼，一頭黑虎倏然騰躍到他的面前，閻虎嘯翻身一躍而上，騎在黑虎背上，猶如一道黑色閃電向大門衝去。

閻虎嘯尚未來得及離開西院，天空中密密麻麻的燕雀已經有如烏雲壓頂向下方飛撲而來。

兩名老者從房內衝出，和他們一起衝出的還有六頭青狼。閻虎嘯大聲命令道：「老方，開欄放狼！」

伴隨著鐵柵欄吱吱嘎嘎的響動，五十頭青狼出現在院落之中，這些青狼剛一出現便縱跳騰躍，吞噬著空中的燕雀。

閻虎嘯道：「你們應付，我出去看看！」從眼前的狀況來看，燕雀鋪天蓋地，蜂擁而至，絕不會是偶然發生的現象，必有馭獸師在背後操縱，而且這名馭獸師絕對是頂級高手，閻虎嘯首先想到的就是李長安。在他的印象中，擁有此等水準的高手並沒有幾個，難道是李長安親來？要說他和李長安之間倒是有著一段深仇，上次他追殺李長安一直到了庸江附近，險些將李長安置於死地，如果不是有人從中插手，只怕李長安早已死在了自己的手上。

胡小天剛剛翻牆而入，就有四頭青狼向他瘋狂猛撲了上來，胡小天抽出長刀破風，一個弧形劈斬，四頭青狼被他攔腰斬斷，血噴了一地。

閻虎嘯已經來到近前，看到眼前不速之客心中一怔，胡小天並未以本來面目示人，閻虎嘯當然不知道他的身分，看到對方一出手就斬殺了四頭青狼，顯然是一個頂級刀法高手。

胡小天看到閻虎嘯現身，足尖一點向他飛撲而去，胡小天是抱著擒賊先擒王的念頭，只要幹掉閻虎嘯，洗劍山莊自然不攻自破。

闔虎嘯在胡小天出動之時，雙腿在黑虎身上一夾，那黑虎並未向前，而是轉身向後方逃去，近二十頭青狼露著冷森森的牙齒，向胡小天環圍而來。

胡小天身軀凌空飛升，以馭翔術從青狼的包圍圈中飛掠而出。

這二十頭青狼雙目血紅，死死盯住胡小天前行的方向，瘋狂追逐。

千百隻燕雀從空中俯衝而下，向青狼的身體啄去，青狼雖然兇悍，可是燕雀數量占優，若是單打獨鬥，一隻燕雀肯定不是青狼的對手，但是一群燕雀前仆後繼，視死如歸，飛禽和走獸殺得難捨難分，戰況空前慘烈，青狼方才咬住一隻燕雀，便有數百隻燕雀飛撲在牠的身上，嘴喙一通瘋啄。

馬上又有幾隻青狼加入戰團，這些青狼訓練有素，居然懂得相互策應。

第九章

石洞囚徒

喬方正乃是丐幫四大傳功長老之一，
還是丐幫少幫主上官雲冲的師父，
上官雲冲從小跟在他身邊長大，不是說他已經死了？
為何仍然活在世上，還被關在這暗無天日的石洞之中？

胡小天已經來到西北院落之中，卻見狼群散開一條通道，閻虎嘯似乎根本無心戀戰，駕馭黑虎從通道中迅速通過，徑直向正前方石室衝去。

胡小天想要隨後衝入石室，十餘頭青狼將石室的大門堵住，伴隨著一聲怪異的呼喝，十餘頭青狼同時後腿蹬地，從地面騰躍而起，向身軀尚在空中的胡小天猛撲過去。

胡小天看得真切，一腳踢中其中一頭青狼的下頜，那青狼嗷的一聲慘叫，橫飛出去，撞在牆壁之上，立時撞得腦漿崩裂，血流滿地，手中長刀飛舞，又將靠近自己的兩隻青狼攔腰斬斷。

其餘幾頭青狼錯過目標，先後落在地面，而胡小天卻趁此時機，飛掠到石室內，進入其中方才發現裡面果然另有玄機，這座石室乃是依靠山岩而建，石室的後牆之上有一個山洞，山洞寬約兩丈，高有三丈，如果單從外面看根本看不出裡面居然還別有洞天，獸魔閻虎嘯顯然逃到石洞裡面去了。

胡小天也顧不上多想，一心想要追上閻虎嘯將之除去，如果胡不為給他的消息無誤，那麼外公虛凌空十有八九被困在這裡，當下將心一橫，大步進入石洞之中。

外面四名馭獸師指揮群狼和空中的雀鳥作戰，群狼在他們的指揮下相互策應配合有度，逐漸穩住了陣腳，展開全面反擊。一時間雀鳥傷亡慘重，陣型逐漸潰散，就在此時一場暴雨終於落下，一片黑壓壓的雲層向洗劍山莊倏然墜落。

幾名馭獸師抬頭張望，那哪是什麼雲層，根本就是一群雀鳥，鳥群之上，一個年輕男子站立其上，指揮鳥群向下發起衝擊，鳥群宛如滔滔洪水向下方傾瀉而去，一頭巨大青狼還未來得及做出反應，就已經被鳥群帶上十多丈的高空，然後從鳥群四散，青狼失去了承托，哀嚎著從空中直墜而下，摔在地上，頓時腦漿迸裂，一命嗚呼。

這頭青狼乃是狼群之中的頭狼，頭狼被除掉之後，夏長明喉頭發出陣陣呼喝，宛如虎嘯，原本蓄勢待發的青狼全都停滯不前，夏長明雖然長於控制飛禽，並不代表著他無法控制走獸，只不過兩者相比，他在控制飛禽方面的本領更大，他控制走獸的本領或許比不上獸魔閻虎嘯，可是比起他的那幫手下不知要強上多少，除掉頭狼，閻虎嘯又不在現場，控制那些無首的群狼對夏長明來說還不是小事一樁。

幾名馭獸師施展渾身解數也是嘶吼不停，驅馭青狼再度發動攻擊，可是那一頭頭青狼突然轉向了他們，血紅的眼睛迸射出殘忍的凶光，伴隨著夏長明的一聲暴吼，數十頭青狼同時向馭獸師衝去。

夏長明控制住外面局面的時候，胡小天已經尾隨獸魔閻虎嘯深入山洞之中，山洞下行，裡面黯淡無光，胡小天超群的夜視能力在這樣的環境中發揮了巨大的作用，仍然可以看清洞內的細節。

剛開始的時候山洞直來直去，可是向前追了兩里左右，就出現無數分支，山洞錯綜複雜，前方已經失去了獸魔閻虎嘯的蹤影，胡小天傾耳聽去，以他超人一等的聽力都無法感知到閻虎嘯的位置，看來這廝已經逃出太遠，胡小天不敢繼續深入，又擔心夏長明在外面獨木難支，果斷決定退出山洞。

胡小天進入山洞之時就考慮得非常周到，在每個容易迷失方向的位置用長刀劃下標記，正在他開始離開的時候，卻聽到前方不遠處傳來一聲哀嚎，那聲音分明是一個老者所發，胡小天的腳步不由得停頓了下來，難道外公就被囚禁於此？

慘叫聲再度傳來，胡小天循聲走去，走出半里左右，那聲音變得清晰，就在他的右下方，胡小天從石壁上找到一個石洞，從洞口向其中望去，卻見洞內鐵鍊縱橫，一個蓬頭垢面的老者四肢被鐵鍊縛住，魁梧的身體呈大字形懸掛半空之中。

雖然看不清那老者面容，可是胡小天也能夠斷定此人絕不是自己的外公，此人身材高大魁梧，而且聲音也和外公全然不同，不知因何緣故會被囚禁在這暗無天日的石洞之中。

胡小天在周圍尋找，很快便找到了一個洞口，這洞口的大小足可容納他自由出入，但是沒走幾步，前方道路就已中斷，那老者乃是被懸空吊在這山洞之中，下方黑魆魆不知究竟有多深。

胡小天揚聲道：「喂，你是何人？」

那老者雙目已盲，聽到人聲，情緒陡然變得激動起來，他怒吼道：「上官天火，你這奸賊，竟然如此害我，他日若是落在我的手上，老夫必啖你之肉，飲汝之血，方解心頭之恨！」

胡小天聽他破口大罵上官天火，心中暗忖此人不知是何許人物，竟然被上官天火害成了這個樣子，不由得聯想起自己的外公，或許外公的境遇比起他尚且不如。

胡小天道：「你是誰？我不是丐幫中人，上官天火也是我的仇人。」

那老者哈哈大笑道：「當真是一計不成又生一計，為了從我這裡騙走那三路棒法，爾等也是絞盡腦汁，無所不用其極。」

胡小天道：「您老人家是不是被害妄想啊？我騙你作甚？我是來救人的，不過不是你，向你打聽個人，有個姓徐的老乞丐您認不認識？」

老者聞言一怔：「徐……」

胡小天道：「他的本名姓虛，我聽說他困在此地所以特來相救，可這山洞層層疊疊，我找不到他的方位，若是你肯幫忙指路，我便投桃報李將你放下來如何？」

老者這才相信這年輕人果然不是衝著自己來的，不過他心中仍有疑慮：「他的全名是什麼？」

胡小天也沒必要隱瞞：「虛凌空你認不認識？」

老者聽到虛凌空的名字內心一震：「我自然認得，他乃是我丐幫首席傳功長老。」

胡小天道：「你又是誰？」

老者道：「我姓喬，名方正。」

「什麼？」胡小天倍感驚奇，喬方正乃是丐幫四大傳功長老之一，還是丐幫少幫主上官雲沖的師父，好像上官雲沖從小就跟在他的身邊長大，不是說他已經死了？為何仍然活在世上，還居然被關在了這暗無天日的石洞之中？

喬方正道：「年輕人，只怕你白跑了一趟，虛凌空已經死了。」

胡小天內心一震，喬方正因何會這樣說？外公武功超群，豈會那麼容易被奸人所害？可喬方正都已經落到了這番下場，應該沒理由欺騙自己。

喬方正道：「你不必懷疑，他遇害是我親眼所見。」

「是誰害了他？」

喬方正道：「老夫若是告訴了你，你豈會再管我的事情，想要知道是誰害了他，你須將我先救出去。」他也不是傻子，當然知道必須要把握住這難得的機會，如果錯過，只怕再也沒有重見天日的機會。

胡小天點了點頭：「好！」他凌空一躍來到喬方正上方的鐵鍊之上，喬方正的四肢被鎖在四根鐵鍊之上，他的頸部也有一個鐵環跟鐵鍊相連。

一雙琵琶骨也被鐵鉤硬生生穿過，下手的人著實殘忍，不過從另外一點也說明對喬方正這位丐幫傳功長老的忌憚。

胡小天揚起手中長刀，首先將鎖住喬方正琵琶骨的鐵鍊斬斷，然後又將困住他四肢的鐵鍊逐一砍斷，最後剩下的是困住喬方正右腕的鐵鍊，胡小天先抓住鐵鍊，讓喬方正抱緊了自己的身體，自己則用雙腿夾住他，利用鐵鍊來回盪動，看準時機，一刀將鐵鍊斬斷，他則帶著喬方正的身體落到了對面凸出的山岩上，那裡也正是他剛剛進入的地方。

喬方正長久不見天日，蓬頭垢面，周身污穢不堪，散發出陣陣惡臭，他的雙眼凹了下去，眼珠已經不見，只剩下兩個深陷的眼窩，喬方正本以為自己的餘生都將在這暗無天日的岩洞中渡過，卻想不到居然會有人來救，喬方正一時間欣喜若狂，張開雙臂哈哈狂笑起來。

胡小天看到他癲狂的模樣不禁有些擔心，喬方正千萬別因為逃脫牢籠而太過激動，萬一受不了這種刺激，瘋癲了豈不是麻煩。他伸出手去，拇指按壓在喬方正的身後穴道上，想要利用內力幫助喬方正鎮定下來，觸手處卻感覺一股強大的潛力應激而生，胡小天一時沒有防備，手指居然被震開，他心中暗自奇怪，喬方正不是已經將內力全都輸給了上官雲冲，因何體內還擁有如此強大的內力？難道外界的傳言並不屬實？

喬方正並非故意運用內力，而是頂級高手自我保護的自然反應，他知道胡小天對自己並無惡意，充滿歉疚道：「恩公勿怪，老夫重獲自由，難免心中興奮，剛才失態多有得罪，還望恩公不要見怪。」

胡小天道：「前輩被囚這麼久，內力仍然強大呢。」

喬方正道：「此事說來話長，恩公……」他的話尚未說完，就聽到岩洞深處傳來數聲低沉的暴吼，喬方正的雙耳因為這聲音而劇烈抖動了一下，他皺了皺眉頭道：「那兩頭孽障仍然活著？」

胡小天不知他所說的孽障是什麼，可是聽到那狂吼之聲由遠及近，轉瞬間已經來到近前。

喬方正道：「鐵背蒼猿，你可千萬要小心了，此物刀槍不入，力大無窮。」

胡小天過去就聽說過鐵背蒼猿的大名，記得送龍曦月遠嫁大雍之前，李雲聰送了一件烏蠶寶甲給自己，那寶甲就是用鐵背蒼猿的毛髮編製而成，雖然輕薄但是堅韌異常，刀槍不入，不過據說這種動物早已滅絕多年，想不到這石洞之中居然會遇到，而且從聲音來聽應該是兩隻。

胡小天並不想作這種沒必要的搏殺，向喬方正道：「咱們走！」

喬方正卻搖了搖頭道：「來不及了！」

此時兩個巨大的黑影已經一前一後躍出石洞，別看牠們身軀龐大，可動作卻極其靈活，在空中輕輕一縱就跨越五六丈的距離，超出尋常人兩倍大的腳掌在岩壁之上踏得蓬蓬有聲，行走其上如履平地。

其中一隻鐵背蒼猿舉起直徑足有三尺的石塊照著胡小天的身上猛然扔了過來，石塊如同被投石機發射一般裹著勁風襲來。

胡小天看到石塊來勢洶洶，他抓起喬方正的手臂，帶著他向一旁騰躍開來，喬方正雖然內力不錯，但是終究雙目已盲，胡小天擔心他受到傷害。

兩隻鐵背蒼猿配合默契，此物不僅凶猛強悍而且擁有相當的靈性，在其中一隻利用石塊發動遠距離攻擊的同時，另外一隻從石洞上方俯衝而下發動近距離攻擊，兩條過膝的長臂高高舉起，握緊的巨拳從空中宛如打樁一般分別襲向胡小天和喬方正的天靈蓋，鐵背蒼猿全力以赴的一拳重量何止千斤，若是被他擊中必然頭骨盡碎，焉有命在。

胡小天擔心喬方正有失，繼續抓著他，雙膝微微一曲，身軀炮彈般彈射出去，兩人一起躲過這鐵背蒼猿的攻擊，可另外一隻已經迅速包抄到他們的後方，雙臂張開，試圖將兩人抱在懷中。

危急關頭胡小天又提起了一口氣，身軀突然轉向，硬生生向上方竄起兩丈，抬起左腳狠狠踢在鐵背蒼猿的下頜之上。腳背如同踢在一塊堅硬的岩石上，鐵背蒼猿足有臉盆般大小的腦袋也被胡小天踢得微微後仰，不過它仗著毛髮和堅韌皮肉的防護居然毫髮無損，鐵背蒼猿中了這一腳，不由得大怒，兩條長臂重重砸在地面之上，岩石被牠砸出了兩個深坑，牠瞪大了雙目，鼻孔擴大，猛然張開大嘴，露出滿口的獠牙，爆發出一聲悶雷般的嘶吼。

胡小天和喬方正兩人暫時來到安全的地方，看到兩隻鐵背蒼猿依然窮追不捨，而且配合默契，一前一後將他們的去路封鎖。

喬方正道：「你不必管我，老夫雖然無用，但自保尚無問題。」

胡小天聽他說得如此肯定，而且現在這種狀況下，兩頭鐵背蒼猿相當於兩名一流高手，更何況牠們對石洞的結構非常熟悉，這裡是牠們的主場，更兼有夜視能力，身軀刀槍不入，相互配合默契，胡小天武功雖強，但要同時對付牠們兩個也感吃力，更何況還要在照顧一個人的前提下。

喬方正道：「對付這種凶頑孽障，不能強攻只能智取，牠們的毛髮表皮雖然刀槍不入，但是用力揪下牠們的毛髮，就會讓牠們感到疼痛，或許會知難而退。」

胡小天點了點頭，喬方正趁著他放開自己手臂的時候突然跳了出去，胡小天微微一怔，卻見喬方正腳下步伐變幻，居然精妙無比，兩隻鐵背蒼猿同時啟動，揮動手臂向喬方正抓去，喬方正雖然雙目已盲，可是他在黑暗中囚禁多年，早已修煉出過人的聽力，即便是鋼針落地的微弱聲息都逃不過他的耳朵，足尖一點，竟然從兩隻鐵背蒼猿中間的縫隙中飄然而過，身法之精妙讓胡小天自愧不如。

胡小天心中暗自鬆了口氣，此時方才想到喬方正身為丐幫傳功長老僅次於自己外公的存在，此人的武功非同尋常，自己對他的擔心應該是多餘的。既然他可以自保，那麼自己的壓力就大為減輕，要抓緊時間將這兩隻鐵背蒼猿趕走。胡小天趁機從地上抓起剛剛鐵背蒼猿投出的石塊，瞄準其中一隻猛然扔了過去。

那鐵背蒼猿背朝胡小天，正在追逐喬方正，居然也可以聽風辨位，倒著揮出一拳，巨石被牠一拳擊中，發出蓬的一聲悶響，崩裂成千百個碎片，碎石宛如漫天花雨般四散而落。

這鐵背蒼猿雖然擊碎了巨石，可是手臂也被巨石之上傳來的大力震得發麻，牠勃然大怒，馬上捨棄喬方正向胡小天再度攻去。

胡小天這次學了個乖，不再和這次畜生硬碰硬，利用天羅迷蹤步的精妙步法，在鐵背蒼猿衝到自己面前之時，突然繞行到了牠的背後，輕輕一掌落在牠的背後，然後迅速化掌為抓，抓住鐵背蒼猿的長毛狠狠揪了一把下來。

鐵背蒼猿的弱點就在於此，被胡小天這一把抓得嗷的一聲慘叫，一雙長臂風車般掄向胡小天，胡小天得手之後馬上退離，騰空飛躍，從鐵背蒼猿頭頂越過之時，又是一把抓住牠天靈蓋上的毛髮，這一把抓得更狠，鐵背蒼猿負痛，雙掌狠狠向天靈蓋上拍去，非但沒有擊中胡小天，反而誤打在自己的腦殼上，砸得自己眼冒金星。

胡小天哈哈大笑，將掌心鐵背蒼猿的黑毛吹了出去，看來越是強悍的生物越是害怕拔毛，昔日飛梟如此，眼前這兩隻鐵背蒼猿也是如此。

鐵背蒼猿顯然被胡小天刺激到了，牠瘋狂追逐上去，可牠的身法雖然輕盈，縱跳能力雖然出色，總比不過胡小天變幻莫測的步法，幾經努力，都未曾沾到胡小天的一角，卻被胡小天連連偷襲得手，身上的毛髮不停被胡小天揪下，照這樣下去，用不了多久，牠周身的黑毛就會被胡小天拔光。

鐵背蒼猿終於意識到對方是故意在分開牠們兩個，於是嗷嗷大叫，呼喚同伴，那隻鐵背蒼猿果然捨棄了喬方正，開始包抄過來，對胡小天進行圍堵。胡小天已經抓住了對付牠們的竅門，在兩隻鐵背蒼猿的圍堵之下仍然遊刃有餘，出手不停，而且每次都不落空，空中黑毛亂飛，兩隻鐵背蒼猿被他揪得慘叫不斷，越打越是膽寒，哀嚎聲此起彼伏，空有一身蠻力卻始終無法有效擊中胡小天，而胡小天已經找到了對付牠們的竅門，雖然拔毛這種方法對鐵背蒼猿造不成致命傷害，也足以讓牠們痛苦不堪，鬥志也在這種折磨下迅速衰敗下去。

此時一陣撲啦啦的轟鳴聲由遠而近，胡小天心中一沉，以為又有怪物襲擊，卻是一大群蝙蝠振翅飛來，胡小天暗叫麻煩，剛剛才控制住局面，若是有蝙蝠群加入，恐怕己方的處境又危險了。卻見蝙蝠群宛如狂風驟雨般落在了那兩隻鐵背蒼猿的身上，原來是幫忙來了。

鐵背蒼猿其實已經被胡小天揪得膽戰心驚，正準備逃竄，現在又突然被蝙蝠群襲擊，內心的防線已經完全崩潰，牠們不再敢戀戰，嗷嚎一聲，縱身向石洞中跳了下去，那群蝙蝠仍然窮追不捨，跟著鐵背蒼猿向石洞深處飛去。

夏長明的身影從蝙蝠群內現身出來，他關切道：「主公，你沒事吧？」

胡小天呵呵笑道：「怎會有事？這兩隻孽畜還傷不了我。」

夏長明道：「奇怪，據說鐵背蒼猿早已絕跡，想不到在這裡居然可以見到，應該是百獸門所豢養。」他掏出一顆夜明珠照亮，看到地上的毛髮，欣喜道：「鐵背蒼猿的毛髮乃是不可多得的寶物。」他躬身將地上散落的毛髮撿了起來，此時方才留意到這洞內居然還有一個老人，夏長明不認識虛凌空，以為喬方正就是，慌忙向喬方正拱手作揖道：「晚輩夏長明參見虛老前輩。」虛凌空乃是前輩高人，更是胡小天的外公，夏長明當然應該表示尊重。

喬方正道：「你認錯人了，老夫可不是。」

夏長明頗感錯愕，向胡小天望去，胡小天笑道：「等咱們出去再說。」

夏長明將地上鐵背蒼猿的毛髮收好，胡小天這會兒功夫可揪下來不少，份量足可編製一件胸甲了。三人一起離開石洞，問過夏長明才知道，他在外面擊敗了幾名馭獸師，發現這石洞，擔心胡小天孤身潛入會遇到麻煩，於是也跟著追了進來，石洞裡面黯淡無光，道路錯綜複雜，他也不敢盲動冒進，後來聽到鐵背蒼猿的慘叫聲，方才循著聲音找到了這裡。

胡小天也將自己的經歷說了，夏長明聽聞胡小天並未找到虛凌空，也是暗暗感歎，想不到他們費了這麼大的力氣，該救的人沒有找到，卻誤打誤撞將丐幫被傳死亡已久的傳功長老喬方正救了出來，此事終究還是有些遺憾。拋開喬方正是敵是友不論，他們今天實實在在撲了個空。

三人走出石洞，終於得以重見天日，外面的大雨仍然下得密集，喬方正感到迎面吹來的濕潤涼風，不顧風雨正疾，大踏步跑入風雨之中，張開雙手，揚起頭顱盡情享受著暴雨的沐浴，雨水很快就浸透了他的全身，洗滌著他遍身的污穢，喬方正花白的頭髮濕漉漉貼在他的腦後，落入眼窩中的雨水沿著面頰不停滑落，仿若流淚，可失去雙目的喬方正今生今世也不可能再有流淚的機會了，喬方正哈哈大笑：「蒼天啊，蒼天，你待我喬方正不薄，我喬方正有生之年，必報血海深仇！」

上天似乎聽到他的呼喚，一道紫色閃電撕裂烏雲密佈的蒼穹，照亮喬方正溝壑縱橫佈滿滄桑的面孔，他的表情猙獰而可怖。

胡小天想起姬飛花在快活林負責拖住丐幫，生怕她會遇到麻煩，雖然姬飛花武功高強，可畢竟丐幫勢力龐大，幫會內部臥虎藏龍，更何況姬飛花獨自一人前往，畢竟獨木難支，他向喬方正道：「前輩，我還有要緊事要儘快去快活林，不如我先走，你和夏長明兩人隨後再來。」

喬方正聽到快活林的名字微微一怔：「你去快活林做什麼？」

胡小天也不瞞他，將丐幫中人在快活林集會的事情告訴了他。

喬方正道：「帶我去，老夫倒要看看究竟有誰？」說完這句話又覺得自己說話不妥，眼睛都沒了，又拿什麼去看？

胡小天知道他報仇心切，可若是帶他同去必然會耽擱不少的時間，影響到自己的進程，他笑道：「前輩稍安勿躁，須知君子報仇十年不晚，就讓夏長明陪著你在後面趕來，我需要儘快前往那裡接應我的朋友。」

喬方正雖然被囚禁多年，可畢竟也是世故通達之人，馬上明白胡小天是擔心自己成為累贅，他歎了口氣道：「也罷，老夫就不給你添麻煩了，你們只管去就是，不必擔心我。」

胡小天知道喬方正被囚多年，性情古怪，雖然接觸的時間短暫，卻也能夠看出此人頗為孤傲，不肯輕易求人。喬方正雖然武功高強，可畢竟雙目已盲，就算他現在已經逃脫石洞，可他對周圍的地形並不熟悉，僅憑著聽力又能逃到哪裡？

他向夏長明使了個眼色，以傳音入密跟他約好見面的地點，現在這種時候當然不能讓喬方正前往快活林。也不能當真棄他而去，一來喬方正雙目已盲，在這荒山野嶺如何找得到道路？總不能讓他自生自滅，二來喬方正身為丐幫上代傳功長老，乃是丐幫地位最為尊崇的人物之一，他對丐幫的內幕一定極為瞭解，從他那裡或許能夠得到外公的下落。當然胡小天特別要提醒夏長明注意，千萬不可前往快活林，而是選擇另外一條道路直接趕往紅木川，等自己忙完快活林的事情，馬上前往和他們會和。

胡小天辭別兩人之後迅速下山，來到自己預先拴馬的地方，卻發現兩匹馬都已經死在了那裡，乃是被野獸扭斷脖子，撕開了胸腹，內臟流了一地，聯想起這洗劍山莊內豢養了那麼多的野獸，發生這種事情也不奇怪。

胡小天只能依靠步行，來到大路之上，尋了個機會，搶了過路商客的一匹馬，情急之中顧不上解釋，扔給那人一錠金子，就算是買下了這匹馬，那錠金子也足夠補償他了，縱馬飛奔直奔快活林的方向而去。

等到了快活林附近，他並沒有直接前往，找到和姬飛花事先約定的大榕樹下，那大榕樹鬚根遍佈，亭亭蓋蓋，覆蓋直徑約有半里，胡小天在原地等了一會兒，不見姬飛花到來，心中不由得感到奇怪，姬飛花向來守時，眼看就要過了半個時辰，因何她還未過來相會，難道她遇到了麻煩？胡小天又等了一會兒，終於無法繼續再等下去，決定前往丐幫集會的現場去看看到底發生了什麼。

胡小天將馬兒留在榕樹下，施展易筋錯骨，改頭換面的功夫，很快就變成了一個醜陋的駝子，向東南行走了二里路程，就進入快活林的中心地帶。快活林其實就是一片榕樹林，榕樹枝葉繁茂，根莖相連，進入林中光線又黯淡了許多，此時雖然大雨已經停歇，可是天空並未放晴，一棵棵榕樹遮天蔽日，林中猶如夜色將臨，這樣昏沉的天色讓人的心情感到一種說不出的壓抑。

在快活林的中心地帶，有一片空曠的土地，這裡有一座石亭，正是丐幫此前集會的地方。胡小天還未靠近這片空地就沒有感覺到任何聲息，秋風送來雨後清冷的空氣，空氣中隱約夾雜著血腥的味道，胡小天暗叫不妙，不由得加快了腳步，當他看清眼前的一切不由得大吃一驚，卻見那石亭周圍橫七豎八地躺著十多具屍體，胡小天一顆心提到了嗓子眼，他慌忙走了過去，一具具屍體仔細看過，確信其中並無姬飛花在內方才放下心來，不過他從中發現了洗劍山莊莊主梁不周，此前負責通知梁不周前來參加集會的冼農經也在其中，兩人死狀驚人的相似，全都是被人一招鎖喉，捏碎喉頭而亡。

胡小天詫異於此人武功之高，梁不周武功絕非泛泛，冼農經更是貴為丐幫八大護法長老之一，想不到這兩人在對方的面前連還手的機會都沒有，再看現場其他的屍體，有人是頭頂被五指洞穿，有的是喉頭被捏碎，現場一共十二具屍體，其中竟然沒有一人能夠活命，胡小天對丐幫的事情多少還是有些瞭解的，知道丐幫往往以所背麻袋的多少表示地位的高低，按照這樣的原則推算，其中竟然有六位七袋弟子，三位八袋弟子，這些人在丐幫也算得上是身分尊崇，想不到同時被殺於快活林，此事非同小可，丐幫若是得知這件事，必然傾全幫之力進行報復。

難道是姬飛花殺了他們？胡小天想了想，馬上又否定了這個想法，姬飛花和丐幫似乎沒有什麼深仇大恨，她沒必要下此辣手，更何況此次和自己營救外公有關，她若是殺了這些人，等於間接把自己推到了麻煩中，丐幫十有八九會將這筆帳算在自己頭上，以姬飛花的頭腦，不可能沒考慮到這些事，她又怎麼會陷害自己？

可如果不是姬飛花，那麼殺死這幫乞丐的又是誰？既然一個人可以輕鬆殺死那麼多的乞丐，那麼姬飛花的處境豈不是非常危險，想到這裡，胡小天不禁又為姬飛花擔心，他深知這裡乃是是非之地，若是讓人看到自己出現在這裡，肯定麻煩。

胡小天迅速檢查了一遍屍體，想要從中找到線索，果然在洗農經的身下發現了一個古字，胡小天心中暗罵，居然想害老子，幸虧我考慮周到，這胡字寫了一半，若是讓別人看到肯定會根據這個線索想到我的身上。胡小天將洗農經的屍體拖到一邊，將地上的古字抹了個乾乾淨淨，移動洗農經屍體的時候，不意從中掉出一個烏木牌，胡小天撿起來看了看，也不知是什麼玩意兒，索性先收起來，確信再無任何線索可以指向自己，這才抽身離去。

胡小天越想越是奇怪，那天明明聽到洗農經說丐幫幫主上官天火會親自主持集會，可現場的情況來看，並無上官天火在內，不知是上官天火中途有事才未出現，還是洗農經從一開始就撒謊？總之這次的事情不同尋常，最早提供給自己線索的人乃是胡不為，如果不是他說虛凌空被囚禁在洗劍山莊，自己也不會冒險前來，可今日潛入山莊卻並沒有找到虛凌空，而是誤打誤撞救出了上任傳功長老之一的喬方正，讓胡小天費解之處還不僅如此，人稱獸魔的閻虎嘯居然不戰而逃，難道他當真認為那兩隻鐵背蒼猿足以對付任何對手？

看來胡不為十有八九放出的是假消息，此人真是老奸巨猾，不知他到底打什麼主意。這些丐幫幫眾的被殺是否和他有關？他是否又要通過製造這場殺戮，從而挑起自己和丐幫之間的仇恨，胡不為和百獸門之間到底有沒有勾結？

胡小天回到剛剛栓馬的地方，希望能夠和姬飛花相見，可是等他來到地方，發現非但姬飛花沒來，連他的那匹馬也被人殺掉，馬兒的死狀極慘，乃是被人一拳擊中頭部，頭部骨骼盡碎，拳力之強大讓胡小天頗為震駭。

今日發生的事情讓他不禁緊張了起來，看來所有一切或許都是胡不為的陰謀，他對洗劍山莊的情況應該相當清楚，只是不清楚他的目的到底是不是僅僅為了挑起自己和丐幫的仇殺。

夏長明和喬方正兩人一起前往紅木川，以夏長明驅馭飛禽的功夫再加上喬方正的武功，兩人一路應該無恙。姬飛花雖然並未如約前來，可是她武功卓絕，智慧過人，即便是遇到危機，憑藉她的本事也可化解。相比較而言，最讓胡小天擔心的反倒是龍曦月這邊了，雖然派出展鵬和梁英豪率領二十名武士護駕，可是梁英豪擅長的是諸般工事和地洞，展鵬的長處在於遠距離攻擊，射術一流，兩人都不是近身搏戰的高手，那二十名隨行武士雖勇猛強悍，但在面對真正一流高手時，他們也只有被屠戮的份。

想起龍曦月此前遭受的波折，胡小天就心急如焚，自己無論如何也不能讓她再遭遇危險了，如果一而再再而三的讓自己的女人遇到危險，自己連她的安全都不能保障，還有什麼面目活在這個世界上。

雖然龍曦月一行提前走了一天的時間，可是以他們的行進速度應該不會走出太遠，這一天的時間最多也就是走出了二百里的距離，自己現在趕過去，應該可以在天亮之前將他們追上。

坐騎被人殺死，自己卻沒有發現對方的行蹤，可見對方隱匿身形的功夫何其強大，也許他一直都在暗處觀察自己，胡小天不敢多做停留，他離開快活林，一路向西趕去，就算是不眠不休，也要在最短的時間內追趕上前方的隊伍。

夜幕降臨的時候，大雨再度落下，護衛龍曦月的車隊來到了連雲山，因為雨勢越來越大，展鵬向龍曦月請示之後，決定今晚暫時在山腳下的破廟休息。

梁英豪已經先行趕到這座破廟查看內外狀況，確信破廟並無異常，這才回去稟報龍曦月。

眾人驅車趕馬進入破廟之中，梁英豪挑選了保存相對完整的一間禪房，請龍曦月和小柔兩人進去休息，又讓人在破廟內尋找舊傢俱劈開生火，卻發現在大殿內仍留有不少的劈柴，應該是此前有人來過這裡，劈砍了不少的供桌木雕，用來生火。

梁英豪讓人生起篝火。

展鵬則將二十名手下佈置好，胡小天將龍曦月的安全委託給他們，他絕不容許有任何的閃失發生。

外面的雨沒有停歇的跡象，反倒越下越大，負責出門巡視的四名武士穿著蓑衣在寺廟周圍巡查了一圈，然後回到兩人面前稟報，暫時並無任何異常狀況。

展鵬點了點頭，壓低聲音道：「不可大意，我估計最遲明天晚上，主公就可以追上咱們。」

梁英豪將大餅穿在木棍之上，就在火上烘烤，直到烤得外焦裡嫩，這才取下來，掰了一半扔給展鵬，自己對著另外一半啃了一大口道：「我剛剛看過，這破廟周圍都是平坦的荒地，並無任何適合隱蔽之處。」

展鵬道：「大雨本身就是最好的隱藏，只希望今晚能夠平安渡過就好。」

梁英豪知道展鵬凡事認真，他低聲道：「展兄，咱們兩人一個後半夜，一個前半夜，你先去休息吧。」

展鵬搖了搖頭道：「我熬得住，主公將如此重要的任務交給我們，決不可有任何的閃失。」

此時房門輕動，卻是小柔走了出來，按照龍曦月的吩咐送來一罐茶葉給他們提神。

兩人謝過，小柔道：「殿下讓我轉告兩位將軍，若是胡公子來到，無論什麼時候都要第一時間通知她。」

展鵬和梁英豪對望了一眼，知道龍曦月對胡小天此行放心不下，這位安平公主和胡小天還真是伉儷情深，在兩人看來胡小天和龍曦月的確是絕佳的伴侶，不僅僅因為龍曦月秀外慧中，溫柔可人，還因為龍曦月的公主身分，以胡小天的身分和地位，自然是安平公主才能夠配得上她。

梁英豪笑道：「曾姑娘放心，只要胡大人回來，我們就讓他去找公主殿下，不過根據我們的估算，主公最早也要明天晚上才能追趕上咱們，所以還是請公主殿下不必心急，安心休息就是。」

小柔回到禪房內，龍曦月道：「兩位將軍怎麼說？」

小柔道：「兩位將軍說，胡公子最快也要到明天晚上才能夠追上咱們，所以讓公主不必擔心。」

龍曦月點了點頭：「真是辛苦他們了，外面風雨這麼大，還要連夜值守，有沒有叮囑他們要注意休息，千萬不要太過辛苦。」

小柔道：「公主殿下，我真是不明白，為何咱們要和胡公子分開？又為何這麼著急趕路？」

龍曦月道：「我也不甚清楚，只是他怎麼吩咐，我就怎麼做。」雖然她清楚這其中的原因，但是並沒有向小柔吐露內情，雖然兩人之間的感情與日俱增，可有些事情不可輕易透露。

小柔道：「胡公子能夠娶到公主真是他的福氣。」

龍曦月搖了搖頭道：「是我的福氣才對，如果沒有他，我只怕早已死去。」她不由得想起當年，父皇為了和大雍換來短暫和平，不惜犧牲自己的幸福，將自己嫁給大雍七皇子薛道銘，若非胡小天一路悉心保護，自己只怕已經死在半路上了。她和胡小天分開了這麼久，可是感情非但沒有半分減少，反而變得越發深刻了，或許這就是世人口中的真愛，想到這裡，龍曦月的內心中湧起一陣溫馨甜蜜，似乎這場風雨帶來的寒冷頃刻間消散得無影無蹤了。

此時風雨之中隱約傳來陣陣馬嘶之聲，這聲音明顯是從外面傳來的，龍曦月和小柔對望了一眼，兩人的目光都有些緊張，這個時候怎麼會有人來？難道果然有人想要對他們不利？

一名負責在正門值守的武士匆匆來到展鵬和梁英豪面前，抱拳稟報道：「啟稟兩位將軍，有一隊人馬正在向這邊而來。」

展鵬霍然站起身來：「我去看看！」

梁英豪道：「叫醒所有的兄弟們，嚴陣以待。」

第十章

劍術高手

梁英豪以為自己必死無疑，
沒想到龍曦月在生死關頭出劍救了自己性命，
雖然龍曦月這一路跟隨胡小天學了一些武功，
可始終只不過是依樣畫葫蘆的花招，沒有什麼威力，
何況這位養尊處優的公主也沒有任何的實戰經驗。

展鵬還沒有來到大門處，就聽到敲門聲，外面傳來一聲粗聲粗氣的呼喝聲：「開門！開門！」

展鵬從門縫中向外望去，卻見外面來了一支約有三十人的車隊，敲門的是一個身材魁梧的大漢。展鵬大聲道：「來者何人？」

外面的聲音回應道：「我等乃是行腳過路的商人，從寶地經過，正逢暴雨，特求借宿一晚，絕無驚擾之意。」

展鵬皺了皺眉頭，卻聽外面又有一人叫道：「朱三哥，跟他們費什麼話，咱們過來的時候，這座廟就空無一人乃是一座荒廟，又不是他們的，咱們直接踹門進去就是。」

那名被稱為朱三哥的大漢道：「裡面的兄弟，此前我等就在這破廟裡留宿過，裡面的劈柴就是我們上次留下，四海之內皆兄弟，這破廟這麼大，你們也不可能全都獨佔，行個方便如何？」

展鵬聽出對方全都是西川口音，那個名叫朱三哥的大漢面目竟然有幾分熟悉，仔細一想，此人好像是西川李鴻翰的手下，他心中暗忖，對方竟然是西川的隊伍，搞不好李鴻翰就在其中，此地乃是返回西川的必經之路，若是堅持不讓他們進來，恐怕激怒這群人，搞不好他們會強闖。展鵬道：「外面的朋友聽著，我等將前院讓給你們，咱們各自避雨，互不干擾如何？」

外面那姓朱的漢子哈哈大笑道：「這位兄弟也是爽快人，你放心，我們絕不會進入你們的地方，出門在外，有所警惕也是難免，說實話我們也不想跟你們太過接近，只求一隅容身就已經感激不盡了。」

展鵬讓人打開大門，率領手下武士回到後院退守。

門外陸續走入三十多人，在眾人的簇擁之中，李鴻翰果然走了進來，他們這些人剛好遭遇了這場暴雨，一個個淋得落湯雞似的，顯得頗為狼狽，在他的身邊還跟著西川首席謀士張子謙，他們這次前來天香國主要是想通過聯姻的方式和天香國結盟，可是到最後仍然是竹籃打水一場空，本來他們幾日之前就應當離開，可是因為張子謙在天香國辦事，為了等他耽擱了，所以直到今日方才來到這裡。

展鵬招呼手下人退到後院，將前面的院子讓了出來。

李鴻翰等人來到前殿，剛才那名姓朱的漢子乃是他的得力手下朱景堯，此人是西川四傑之首，深受李天衡的器重。

張子謙老成持重，足智多謀，他向朱景堯道：「景堯，裡面是什麼人？」

朱景堯恭敬稟報道：「啟稟張大人，剛才那人乃是胡小天的手下。」展鵬認出朱景堯是李鴻翰的手下，朱景堯同樣在第一眼就認出了展鵬，剛才只是故意裝出跟他素未謀面的樣子罷了。

張子謙聞言皺了皺眉頭，想不到居然會和胡小天在這裡遇上，胡小天已經當上了天香國駙馬，他沒有選擇直接返回東梁郡，而是折返向西，難道他先要去紅木川看看？

李鴻翰也想到了這一層，低聲道：「聽說天香國方面已經將紅木川作為嫁妝送給了映月公主，真是便宜了胡小天。」

張子謙點了點頭道：「紅木川也只是名義上屬於天香國，這些年天香國從未實現真正意義的管制，將紅木川送給胡小天只是表面文章罷了，本不屬於他們的東西又怎能拿來送人？那胡小天的勢力分佈在東梁郡，即便是將紅木川給了他，中間隔著大片他國的土地，他又拿什麼去管轄？」

李鴻翰冷哼一聲道：「此人真是貪得無厭！得隴望蜀，就沒有滿足的時候。」他對胡小天沒什麼好感，當初胡小天還和他妹子有過婚約，在大康龍燁霖謀朝篡位之時，李鴻翰曾經奉了父親的命令要將胡小天留在西川，卻想不到胡小天居然從他的眼皮底下逃了，那件事直到如今仍然被李鴻翰視為恥辱，舊恨未消，新仇又添。此番在天香國又被胡小天佔據了先機，心中自然相當不爽。

張子謙知道這位少將軍跟胡小天之間仇隙頗深，屢次在胡小天面前受挫，李鴻翰本身又不是心胸廣闊之人，張子謙擔心李鴻翰生事，微笑道：「這胡小天的運氣倒是實在不錯呢。」其實在他心底深處早已認同胡小天的能力，可即便是如此也不能當著李鴻翰的面說出來，不然只會激起李鴻翰的憤怒，所以老道的張子謙將胡小天今日之成功歸結到運氣上，也許只有這樣說才能讓李鴻翰的心中好過一些。

李鴻翰憤憤然道：「他不可能永遠走運下去。」

張子謙道：「既然知道是他的隊伍，總不能不打個招呼。」

外面的雨小了許多，瓢潑大雨演變成了濛濛細雨，張子謙起身道：「老夫去跟他打個招呼。」他故意道：「少將軍去不去？」

李鴻翰搖了搖頭道：「我跟他可沒這個交情。」

張子謙暗笑李鴻翰心胸狹窄，胡小天差一點就成了他的妹夫，還說沒什麼交情，比起他的父親李天衡，李鴻翰的確相差不少，誰說虎父無犬子？這李鴻翰雖然武功智慧都是上上之選，可終究心胸方面欠缺不少，這卻是成大事者最大的忌諱。

張子謙也不勉強，讓朱景堯陪同自己一起前往後院拜會胡小天。

在西川這群人抵達之後，展鵬和梁英豪馬上開始將所有武士喚醒，重新在後院佈防，雖然目前還不能斷定李鴻翰等人會有惡意，可畢竟要防患於未然，對方的人數要超出他們不少，而且其中不乏高手在內。

這邊佈防剛完成，後院又被敲響，展鵬來到門前，充滿警惕道：「什麼人？」

前來拜會的正是西川長史張子謙，張子謙朗聲道：「在下西川張子謙，聽聞胡公子就在這裡，所以特地前來拜會，想跟胡老弟敘敘舊。」

展鵬聞言心中一怔，張子謙不是西川李天衡座下的首席謀士嗎？原來他們早就已經識破了己方的身分，展鵬轉念一想，自己能夠認出他們，人家自然也能夠認出自己，他將院門拉開一條縫，露出面孔，向外面道：「原來是張大人，我家公子已經睡了，所以不便打擾，還望張大人見諒。」

張子謙笑道：「如此說來倒是老夫冒昧了，不過還請將軍代為通報一聲，老夫的確有重要的事情要見胡公子。」

展鵬道：「張大人還是等明天再說吧，我等實在不敢驚擾公子休息。」

張子謙歎了口氣道：「好吧！」他抱拳告辭，剛一轉過身去就聽到了身後的關門聲。

張子謙回到李鴻翰避雨的大殿，李鴻翰看到他這麼快就去而復返，也不由得感到好奇：「張先生怎麼這麼快就回來了？」

張子謙道：「沒有見到人，自然要回來。」

李鴻翰猜到他肯定吃了個閉門羹，心中暗笑，這張子謙整天和胡小天稱兄道弟，真不知道那胡小天哪兒值得他如此看重，自以為跟人家交情匪淺，厚著老臉過去套關係，結果落得熱臉貼到了冷屁股，真是自取其辱。

張子謙道：「看來胡小天並不在這裡。」

李鴻翰聞言一怔：「何以見得？」

張子謙道：「現在不過剛到戌時，還不到休息的時候，再說這廟裡突然來了那麼多人，你以為他能夠安心睡下嗎？如果他在這裡，沒理由對我避而不見。」

李鴻翰道：「他在與不在又有什麼分別？張先生見不到他好像很是失落呢。」

張子謙焉能聽不出他話中的嘲諷意味，淡然一笑道：「少將軍還記得咱們今次前來天香國的主要目的嗎？」

李鴻翰點了點頭，他當然記得，父親在他臨行之前千叮嚀萬囑咐，此番務必要奪下駙馬之位，和天香國締結盟約互為強援最好不過，尤其是紅木川要志在必得，紅木川位於西川之南，和西川之間只有天狼山相隔，若是能夠拿下紅木川，就能夠將天狼山的馬匪孤立，將閻魁這個不聽話的悍匪從西川的地盤上清除出去，從而打通西川南方通道，此事關乎到西川日後的發展。

張子謙道：「這兩年西川發展緩慢，錯過了不少擴張良機，如今大康已熬過了最為艱難的一段時期，今年終於迎來了一個豐收之年，胡小天在庸江流域也已經站穩腳跟，蘇宇馳扼守鄖陽，意在制擊胡小天，可同時也控制住我們西川前往中原腹地的咽喉通道，也就是說以後西川想要挺進中原的難度越來越大。對我們來說，想要壯大勢力，就必須掃平南部通道，本來閻魁已經投誠，可是這個人的野心太大，兼之自視甚高，不肯居於大帥之下，所以成為了西川南部通道上的一隻攔路虎。」

李鴻翰冷笑道：「他算什麼攔路虎？一條老狗罷了！如果不是我爹為了當地民

生考慮，早已將天狼山蕩平，焉能容他在天狼山一帶作威作福。」

張子謙道：「少將軍千萬不要小瞧了閻魁，此人可沒那麼容易對付，這些年來，也沒少對他進行征討，可到現在他仍然活得好好的，究其原因一是因為他擁有天狼山獨一無二的地勢，二是因為他的背後有紅木川的幾股大勢力支持，不然他又憑什麼跟咱們抗衡？只要拿下紅木川，就可以切斷天狼山的後援，這幫馬匪就成了無源之水，無本之木，必然不攻自破。」

李鴻翰知道張子謙所說的很有道理，他皺了皺眉頭道：「只是現在紅木川已經落在了胡小天的手裡，難道咱們要將之搶過來？」

張子謙道：「紅木川若是保持原狀，縱然不理想，可是對咱們來說也可以接受，唯獨到了胡小天的手裡卻是大大的不好。」

李鴻翰心想你張子謙怎麼說話前後矛盾，剛剛還說胡小天得到紅木川也不好管轄，畢竟胡小天目前掌控的地盤和紅木川相隔過於遙遠。正所謂鞭長莫及，這麼遠的距離他豈能兼顧？現在怎麼突然又換了一種說法？

張子謙從李鴻翰的目光中已經猜到了他心中所想，歎了口氣道：「少將軍或許會認為老夫前後矛盾，可老夫這樣說是有道理的，胡小天本來應該經由水路返回他的地盤才最為妥當，即便是選擇陸路，也不應該捨近求遠，他們選擇這條道路，應該是要先去紅木川。」

李鴻翰道：「他去了又能如何？以為單槍匹馬就能夠將紅木川掌控在他的手中嗎？張先生真以為他無所不能啊！」他的話中充滿了嘲諷的味道。

張子謙並沒有生氣，低聲道：「咱們能夠看到的事情，別人未必看不出來，也許今晚是上天故意給咱們這個機會呢。」

李鴻翰聽出張子謙話中有話，低聲道：「張先生可否將話說得明白一些？」

張子謙道：「根據老夫的判斷，胡小天十有八九不在這裡，或許是先行趕往紅木川，可他留下那麼多人，應該是保護映月公主的，聽說映月公主此次也是跟他一起離開飄香城。」他壓低聲音道：「成大事者不拘小節，我們何不利用這個機會將映月公主和胡小天的那幫手下盡數剷除，然後再嫁禍給大雍方面？胡小天遭遇如此重創，自然無法兼顧紅木川，他和天香國的聯姻也會因此而告終。」

李鴻翰雖然仇恨胡小天，可是也沒有想過利用這樣的方法去對付他，他一直以為張子謙和胡小天是忘年交，卻想不到提出這麼歹毒計策的人竟然是張子謙，張子謙分明是抱著我得不到紅木川，你胡小天也別想白落這個便宜的想法，難怪父親會對他如此器重，難怪他有西川第一謀士的稱號，果然名不虛傳，薑是老的辣，自己不服不行。

李鴻翰並沒有馬上下定決心，有些躊躇道：「可是這樣做，對咱們未必有什麼好處。」

張子謙嘿嘿笑道：「對咱們未必有好處，可對胡小天卻是一次深重的打擊，此消彼長，這麼簡單的道理不用老夫解釋吧。」

龍曦月在小柔的陪伴下來到外面，梁英豪看到兩人出來慌忙躬身見禮道：「公主殿下怎麼出來了？」

龍曦月溫婉笑道：「梁大哥，我好像聽到外面有人來了？」

梁英豪點了點頭，剛才西川的那群人進入破廟，人喧馬嘶，製造的動靜不小，龍曦月難免受到驚動，他將外面的情況向龍曦月如實稟報，說完之後不忘安慰她道：「殿下不必擔心，我等已經做好佈置，可以應付任何的場面。」他說得雖然充滿信心，但是心中也有些緊張，畢竟不清楚西川這幫人的動機何在。

龍曦月皺了皺眉頭道：「你是說他們已經得悉了咱們的身分？」

「不錯！」

龍曦月道：「若是我沒有猜錯，剛剛張子謙前來真正的目的在於試探，他應該已經推斷出胡公子不在這裡。」

梁英豪道：「應該不會吧，展鵬只說主公已經休息，不便打擾。」

龍曦月道：「張子謙有西川第一謀士之稱，同時也李天衡最忠誠的手下，我們務必要多加小心。」

此時展鵬來到兩人面前，看到龍曦月在場，欲言又止。龍曦月道：「不妨事，展大哥有什麼話只管說，不必有什麼顧慮。」

展鵬抱拳道：「啟稟公主殿下，剛才我派人從後門去外面巡視，看到後方道路之上有人影出沒，只怕西川那些人想要對我等不利。」

梁英豪怒道：「這裡還在天香國的地盤上，他們當真有那麼大的膽子對我們下手？」

龍曦月道：「權力和野心能夠讓人變得不擇手段，我聽說西川早就有意得到紅木川，去年曾經派使臣前來飄香城，提出和天香國聯手滅掉南越，成功之後，他們只取紅木川和蒼耳海兩片土地，其餘的地方全都歸天香國所有，太后識破了他們的陰謀，認為他們真正的用意是要借助天香國打通南向的通道，所以毫不猶豫地將他們拒絕，此番李鴻翰前來，其最終的用心還是意在紅木川。」

展鵬和梁英豪的內心都開始變得凝重起來，如果紅木川對西川一方如此重要，那麼李鴻翰此行可謂是竹籃打水一場空，失落之下，難免因嫉生恨，以張子謙的智慧應該已經推斷出胡小天不在這裡，如果他們想要對龍曦月不利，從而達到報復和打擊胡小天的目的，今晚絕對是一個最佳的時機。

展鵬和梁英豪交遞了一個眼神，兩人走到一邊低聲商量，梁英豪建議道：「不如這樣，由我帶幾名弟兄經由後門離去，若是這些人想要對咱們不利，必然尾隨而至，我們就在連雲山的密林之中跟他們展開對決。我剛剛發現羅漢堂內的十八羅漢全都是腹部中空，只要挖開就可藏身，展鵬，你保護公主殿下藏身其中，等到這裡安全之後再行離開。」

展鵬搖了搖頭道：「那二十名弟兄還是由我統領，我們來將西川的那些人引開，公主交由你來照顧。」

梁英豪還想跟他爭搶，展鵬不由分說道：「此事就這麼定了，不必再議。」

梁英豪只能點了點頭，他壓低聲音道：「咱們最大的優勢就是對方雖然可能猜到主公不在這裡，但是他們並不清楚我方的人數，所以我們可以在保證公主安全的前提下和他們放手一搏。」

展鵬道：「你多多保重。」

梁英豪低聲道：「記住，帶曾小柔一起離開。」

展鵬有些詫異道：「你懷疑她？」

梁英豪道：「她畢竟出身徐氏，公子讓我在途中對她多一些警惕，更何況張子謙老奸巨猾，若是隊伍中沒有一名女性，他很可能推斷出我們的調虎離山之計。」

展鵬點了點頭，向遠處的龍曦月看了一眼道：「恐怕公主未必答應。」

梁英豪道：「沒必要跟公主實話實說，你去找小柔說，就說咱們兵分兩路，讓她隨你逃離，公主那邊由我去說。」

兩人定下計策之後，分別向龍曦月和小柔走去。

展鵬猜得不錯，龍曦月聽聞展鵬要將小柔帶走，不由得詫異道：「為何要讓小柔替我冒險？」

梁英豪壓低聲音道：「公主殿下，不瞞您說，那曾小柔乃是徐氏的奸細，一直以來她都是利用苦肉計潛入我們之中，公子早就識破此事，因為想要通過這條線索瞭解一些徐氏的秘密，所以才將計就計，他又不想讓公主感到擔心，所以一直沒有向公主吐露實情。」其實梁英豪根本沒有任何的證據，他這樣說只是幫助龍曦月早點下定決心，讓展鵬帶著小柔離去。

展鵬對曾小柔卻是另外一番說辭，曾小柔聽他說完頓時就明白了他的用意，居然毫不猶豫地點了點頭道：「展將軍的意思我明白，小柔隨你離去就是。」

展鵬見她答應得如此痛快，心中反倒感覺有些過意不去了，畢竟他們這樣做的目的是為了保護安平公主，並沒有將曾小柔的安危放在心上，在某種意義上等於是讓她冒充安平公主，讓她身涉險地，厚此薄彼，真是有些對不住夏長明，須知臨行之前，夏長明也特地交代讓他好好照顧曾小柔。

天空中閃電交加，停歇不久的大雨再度捲土重來，展鵬率領二十名武士護衛曾小柔，在大雨的掩護之下迅速離開。在他們離開的同時，梁英豪將龍曦月帶到羅漢堂內，讓龍曦月藏身到了長眉羅漢的腹部，梁英豪挖地打洞的功夫一流，在泥塑上

挖洞對他來說只不過是小菜一碟，關鍵是挖好洞口還要將散落的泥土處理好，不留下任何的線索，

他壓低聲音向龍曦月道：「公主殿下，你切記住，務必不可發出任何的聲息動靜，我不來找你，你絕不可自行出來。」

龍曦月點了點頭，梁英豪將塑像原樣封好，只留下一個小孔給她呼吸，一切恢復原樣之後，自己則去一旁的伏虎羅漢泥塑中藏身。

展鵬那邊剛剛從後門離開，李鴻翰這邊就已經得到了消息，他低聲道：「有多少人離去？」

朱景堯道：「應該是全都走了！」

李鴻翰冷哼一聲，向朱景堯道：「傳令下去，馬上追趕上去，決不可放走一個。」

朱景堯道：「少將軍放心，陳虎已經率領十名兄弟守住西行的必經之路，他們一個都走不掉。」

李鴻翰大踏步向外面走去。

張子謙道：「少將軍還需謹慎。」

李鴻翰冷冷道：「再謹慎恐怕他們全都要逃了，張先生不必放心，我會留下兩

名兄弟保護你，你只管安心等待我們的好消息就是。」他向朱景堯道：「你留下負責保護張先生。」說完就大踏步走入風雨之中。

張子謙望著李鴻翰離去的方向唯有歎息，朱景堯道：「張先生不必怪他，少將軍此行受挫不小，心情一直不好。」

張子謙苦笑道：「老夫哪是怪他，我只是覺得此事沒那麼簡單，希望他千萬不要中了別人的調虎離山之計。」

朱景堯道：「先生不用擔心，我已經派人去後院搜查，整個後院空空蕩蕩，並沒有一個人留下。」

張子謙道：「你陪我去看看。」

朱景堯暗笑張子謙過於謹小慎微，剛才手下已經將後院仔仔細細搜了一遍，不可能再有疏漏，不過他對張子謙向來尊敬，既然張子謙提出來了，他也不好拒絕，當下陪著張子謙一起向後院走去，除了他們兩人之外，還有兩名武士留下，那兩名武士已經將後院搜了個遍，並沒有發現任何的可疑之處。

張子謙來到剛才龍曦月休息的房間，看到室內篝火仍然沒有熄滅，他搖了搖頭，抬起頭來，目光落在正前方的觀音造像之上，心中忽然一動，向朱景堯道：「景堯，這些泥塑有沒有搜查過？」

朱景堯道：「先生懷疑有人藏身其中嗎？」他走了過去，抽出腰間長刀，只一刀就將佛像一分為二，佛像上半截轟然倒塌，室內煙塵四起，張子謙捂住口鼻，等到煙塵散去舉目望去，果然看到佛像切口處乃是中空。

張子謙雖然懷疑佛像有問題，可並不想朱景堯採取這樣的舉動，損毀佛像實在是對菩薩的大不敬。

朱景堯哈哈笑道：「先生現在放心了，裡面沒有人呢。」

張子謙搖了搖頭，唇角露出一絲苦笑。

展鵬率領手下人縱馬狂奔，突然勒住馬韁伸出右手做了個停止行進的動作，雙手一分，手下二十名武士分散成兩隊，進入道路兩旁的密林中藏身。

小柔也從馬上下來，她本以為展鵬會帶著他們一直逃入連雲山，卻想不到剛剛離開就選擇在林中埋伏，小柔顫聲道：「展將軍，咱們為何要停下？不是要逃走嗎？」

展鵬沉聲道：「從未想過要逃！」他從背後摘下角弓，目光堅定而篤信，今晚必然要讓李鴻翰付出慘重的代價！

李鴻翰率領二十名輕甲騎士全速追趕，他已經提前在連雲山口佈置十人埋伏，護送映月公主的人馬必然受阻於那裡，李鴻翰似乎已經嗅到了血腥的味道，此番他必然要將這些人斬盡殺絕，要讓胡小天嘗到痛苦的滋味，連他自己都說不清，為何要如此痛恨胡小天？或許是因為他的驕傲在胡小天的面前屢屢受挫，又或是看到胡小天從昔日一個懵懂少年迅速成長為一方霸主，早已超越了自己的成就，這恰恰是他無法忍受的。

咻！一支羽箭宛如冷電般撕裂雨幕，爆發出一聲尖嘯，以驚人的速度射向李鴻翰的坐騎，射人先射馬，擒賊先擒王。李鴻翰雖然在狂奔之中，可是他仍然可以做到眼觀六路耳聽八方，瓢潑而至的落雨雖然對他造成了不少困擾，卻絲毫無損於他對危險的本能反應。

李鴻翰腰間的細窄長刀宛如驚鴻般彈射出鞘，長刀隨著右手的舞動劃出一道優美而曼妙的弧線，雨水灑落在刀身之上，讓森寒的燈光變得朦朧而淒迷，刀聲破空，聲音尖銳，刀身準確無誤地拍打在箭桿之上，刀箭相撞，發出啪的一聲脆響，又如甩鞭，李鴻翰感到手腕微微一麻，詫異於對方射出的羽箭力道竟然如此強大。羽箭被長刀拍中，改變原有方向，歪歪斜斜射入泥濘的土地之中。

這一支羽箭只是拉開了攻擊的帷幕，埋伏在樹林中的二十名武士同時發動攻擊，羽箭猶如飛蝗一般向李鴻翰的隊伍射去，他們的首要目標就是對方的坐騎，一輪密集的箭雨之後，過半坐騎被射翻在地，一時間人仰馬翻，受傷武士的慘叫聲，駿馬驚恐的嘶鳴聲交織在一起。

李鴻翰並沒有料到對方竟然敢在中途對他們進行阻殺，他的麻痹大意導致原本佔據主動的局面完全淪為被動。李鴻翰怒吼一聲，用力一抖馬韁向右側樹林衝去。展鵬看到他意圖強行殺入樹林，霍然站起身來，彎弓搭箭，瞄準李鴻翰的方向，咻！咻！咻！咻！咻……連珠炮般接連射出七箭，七支羽箭在空中劃出不同的軌跡，或直行，或旋轉，或弧形包抄，分從不同的方向射向李鴻翰。

李鴻翰手中長刀上下紛飛，將射向自己的七箭無一例外地磕飛，此時坐騎已經成功奔行到展鵬等人的埋伏處，他騰空從馬背之上飛掠而起。在空中看到藏身在密林中的展鵬，擎起手中長刀，宛如雄鷹般俯衝而下，一刀向展鵬的胸膛刺去。

展鵬雙足用力一頓，身軀向後方急退，撤退的同時又射出了一箭。李鴻翰撥開羽箭，順勢一刀，自下而上挑向展鵬的小腹，逼近的距離讓展鵬無法繼續射擊，唯有用弓身隔開李鴻翰的長刀。

噹的一聲，長刀在弓身之上砍出千點火星，展鵬借著這一挑之力，身軀騰空向上，雙腳在兩棵相鄰的樹幹之上來回蹬踏，身軀扶搖之上，兩人的距離剛一拉遠，展鵬就彎弓搭箭，從上方一箭射向李鴻翰的天靈蓋。

李鴻翰腳步變幻，躲過展鵬的這次射擊，靠近一名武士，反手一刀已經戳入那武士的胸腹，將之一刀格殺。

展鵬看到手下被殺，一時間悲憤交加，連續射出三箭。

李鴻翰利用樹林作為掩護，隱身在樹幹之後，奪！奪！奪！三支羽箭錯失目標，深深釘入樹幹之中。此時李鴻翰的十多名手下也已經成功衝入樹林之中，雙方武士展開了一場貼身肉搏。

展鵬和李鴻翰等人在雨中展開一場殊死搏殺之時，張子謙和朱景堯也走入了羅漢堂內，朱景堯道：「要不要我將這些佛像全都搜查一遍？」

張子謙道：「謹慎一些並不是什麼壞事，不過沒必要將所有佛像都損毀了。」他雖然並不是佛教信徒，但是也覺得朱景堯毀壞佛像的做法不妥。

朱景堯笑道：「那還不容易。」他向手下那名武士使了個眼色，那武士挺起手中的長槍，向羅漢塑像走去，他顯然是要用長槍在羅漢的身上逐個插上一個窟窿，以檢查其中是否有人在內。

張子謙暗歎，希望佛祖不要怪罪。

梁英豪將外面的動靜聽得清清楚楚，一顆心提到了嗓子眼兒，若是他們當真用長槍在佛像上逐一扎落，那麼他和龍曦月必然暴露，從外面的動靜來判斷，對方應該只有三個人，自己若是現身一搏未必沒有勝算。

此時那名武士手握長槍來到長眉羅漢前方，正準備挺槍扎去，突然一旁的一尊塑像向他的頭頂轟然倒了下來，那武士吃了一驚，慌忙向後跳開。

朱景堯第一時間意識到那裡的變化，護住張子謙向後退去，將他交給手下武士照顧，此時看到那伏虎羅漢的後方一道身影飛出。

朱景堯揮刀迎上，卻想不到那人一揚手，揮出一團白霧。

梁英豪長於挖地打洞，武功上至多只能稱得上二流，若是正面相搏，肯定不會是朱景堯的對手，更何況對方有三人，所以梁英豪一上來就採取非常規的手段，他是土匪出身，臨陣對敵可不講究什麼公平公正，對他而言最重要的是戰勝對手保住性命，所以根本不計較什麼手段，撒白灰雖然為正派人士所不齒，可是對土匪來說是最常見不過的手段。

朱景堯應變奇快，右手一刀虛空劈去，捲起一股罡風，將空中飄散的白灰向梁英豪倒捲而去。

梁英豪身在空中，躲避不及，只能用左手遮住雙目，避免被白灰傷到，饒是如此也被白灰籠罩全身。朱景堯刀勢如潮，第二刀劈向梁英豪攔腰劈去，梁英豪雖然對可能遭遇的風險有了一定的心理準備，但是仍然沒有料到朱景堯如此厲害，苦於身在空中根本無法避開對方的這一招，暗叫吾命休矣。

卻想不到此時外面一柄寸許長度的飛刀倏然飛至，徑直射向朱景堯的咽喉。

朱景堯面對威脅巨大的飛刀，不得不放棄對梁英豪的斬殺，反手一刀將飛刀磕飛，卻震得他手臂發麻，朱景堯內心劇震，從飛刀傳來的力道判斷，來人的內力要在自己之上，難道對方又有強援來到。

梁英豪死裡逃生，落在地上，滿身白灰狼狽不堪。朱景堯此時的注意力卻已經不在他的身上，聽到外面傳來一個平和的聲音道：「想不到堂堂西川少將軍只會做趁人之危的事情。」

朱景堯和張子謙對望了一眼，兩人心中都暗叫不妙，看來今日密謀阻殺龍曦月的事情要暴露了。按照張子謙的想法，必須要將來人斬盡殺絕方絕後患，可是朱景堯卻明白，自己絕沒有這個本事。

大雨已經停歇，一位白衣翩翩公子靜靜站在羅漢堂外，雙手負在身後，表情高貴而孤傲，一身白衣纖塵不染，正是胡小天的表兄徐慕白。

看到是徐慕白現身，張子謙倒吸了一口冷氣，他當然知道徐慕白和胡小天的關係，當下呵呵笑道：「我當是誰，原來是徐公子。」

徐慕白微笑道：「你知道我是誰，我也知道你是誰，張先生莫不是想殺人滅口嗎？」說話的時候，右手一抖，一道雪亮的刀光直奔張子謙的心口而去。

張子謙臉色驟變，朱景堯慌忙跨出一大步，一刀劈向那柄飛刀。可徐慕白真正的用意卻是聲東擊西，一刀射中另外那名武士的咽喉，那武士壓根也沒有想到這溫潤如玉的白衣公子出手如此果斷歹毒，其實就算他有所防備也躲不過徐慕白的射殺，飛刀射入咽喉直至末柄，那武士喉頭發出絲絲呵呵的聲音，仰首重重倒在了地上，顯然無法活命了。

徐慕白舉手之間就殺了一人，可他笑得卻越發開心了：「兩個對兩個，這才公平嘛！」殺人不眨眼未必要兇相畢露，也可以做到風度翩翩，瀟灑自如。

梁英豪報以一笑，心中稍稍安定了下來，徐慕白是胡小天的表兄，從這方面來說應該是一家人，無論他因何出現在這裡，總算是解了自己的燃眉之急，希望他對己方並無惡意。

朱景堯周身的神經都已經綳緊，他可不認為公平，張子謙雖然老謀深算，可是在武功方面卻是一竅不通，徐慕白的武功要在自己之上，更何況還有梁英豪在一旁虎視眈眈，自己已經是泥菩薩過江自身難保，更不用說保護張子謙了。

徐慕白道：「上天有好生之德，我跟你們往日無怨近日無仇，也不想多造殺孽，不如這樣，兩位就此離去，咱們井水不犯河水如何？」

張子謙將信將疑，想不到徐慕白在已經掌控局面的情況下居然主動放過了他們，他雖然不通武功，可畢竟見多識廣，心理素質也是超人一等，即便是處在弱勢的局面下依然不見半點慌亂，微笑道：「徐公子的提議正合我意，那咱們就此道別，後會有期！」他向朱景堯使了個眼色，識時務者為俊傑，朱景堯當然也明白這個道理，還是先抽身離去，等到和李鴻翰會合之後再討還這個公道。

徐慕白果然沒有再向兩人出手的意思，目送兩人離去，這才將目光投向梁英豪。

梁英豪拱手作揖，深表感激道：「多謝徐公子仗義出手，今日之恩德，梁某銘記於心，我還有要事在身，先行告辭了。」雖然徐慕白剛剛為自己解圍，可是梁英豪對他仍然抱有警惕之心。

徐慕白微笑道：「梁兄就這麼走了？難道準備丟下映月公主不管了嗎？」

梁英豪剛剛啟動的腳步又定在了地上，他緩緩轉過身去，望著徐慕白，滿臉笑容道：「徐公子的意思我不明白呢？」

徐慕白道：「我若沒有猜錯，公主殿下就藏身在羅漢像中呢，究竟是哪一個？難不成要我用飛刀逐一試過？」

梁英豪的內心瞬間被恐懼籠罩，徐慕白的出現果然不是偶然，來者不善，他顯然不是為了拯救己方而來。

徐慕白道：「其實我用不著那麼麻煩，聽說映月公主心地善良，她必然不忍心看著你為她而死，我有信心一刀可以將你置於死地，不如咱們試試。」

梁英豪怒視徐慕白：「你不怕今日之事被我家主公知道？」眼前唯有抬出胡小天，力求將對方嚇退。

徐慕白道：「怕！可是如果知道內情的人全都死了，又有誰會將今晚的事情透露給他呢？你說是不是？」他的聲音溫文爾雅，可說出的話卻是極盡惡毒。

梁英豪下定決心，就算捨棄自己這條性命也要拖住徐慕白，可是對方的武功遠勝於自己，他只怕沒有任何的取勝機會。

徐慕白輕聲道：「一！」

梁英豪抽出鋼刺合身撲了上去，同時大吼道：「快走！」他這一聲自然是針對龍曦月所發，徐慕白已經猜到了龍曦月藏身之處，龍曦月也失去了繼續隱藏下去的必要，梁英豪只求自己能夠拖住徐慕白，給龍曦月創造一些逃離的時間。

「二！」徐慕白依然微笑。

「住手！」龍曦月的聲音從長眉羅漢的塑像後響起，她從佛像中現身出來，俏臉蒼白，咬住櫻唇道：「你是衝著我來的，何必為難他人！」

徐慕白微笑道：「公主殿下果然心地善良，只可惜這個世界上善良的人往往命不長久，你又生得那麼美麗，偏偏紅顏薄命。」

梁英豪大聲道：「公主快逃，不必管我！」

徐慕白撚起一支飛刀，輕聲道：「你以為逃得掉嗎？」手中飛刀一抖，劃出一道寒光，追風逐電般向梁英豪的心口射去。

梁英豪看到他出手，揮手想要用鋼刺去擋，可對方擲出的刀速實在太快，他根本來不及將之封住。眼看飛刀就射入心口，斜刺裡一道劍光挑來，卻是龍曦月及時出劍將飛刀挑落。

梁英豪本以為自己必死無疑，卻沒有想到龍曦月居然在生死關頭出劍救了自己的性命，他雖然知道龍曦月這一路之上跟隨胡小天學了一些武功，可始終認為只不過是一些依樣畫葫蘆的花招，並沒有什麼威力，更何況這位養尊處優的公主也沒有任何的實戰經驗。

龍曦月居然一劍就將飛刀挑落，還救了梁英豪的性命，不僅梁英豪大吃一驚，連徐慕白也是滿臉錯愕，據他所知這位弱不禁風的公主可不懂什麼武功。

龍曦月手中握著那柄軟劍，美眸中流露出驚詫莫名的光芒，似乎連她自己也沒有想到。她衝著徐慕白道：「你快走吧，念在你是小天表兄的份上，我不殺你。」雖然說得是非常強硬的話，可她用一種怯生生的柔弱語氣說出來，根本沒有一絲一毫的殺氣，反倒讓人覺得忍俊不禁，這位公主連恐嚇人都這麼溫柔，也難怪，畢竟她沒有任何的底氣。

徐慕白簡直以為自己聽錯，這種話能夠從龍曦月的口中說出來簡直是滑天下之大稽，是對他最大的嘲諷。徐慕白道：「看來你從胡小天手裡真的學會了不少的東西。」他緩步向龍曦月走了過去。

龍曦月美眸中露出些怯意，可馬上又鼓足勇氣道：「我不想傷你，你走吧。」

這比打徐慕白一記耳光還要讓他難受，他性情素來高傲，現在居然被一個嬌弱無力的公主這樣輕視，真是有些讓他哭笑不得了，可從龍曦月剛剛擊落飛刀的一劍來看，她的劍法好像不弱，自己剛才手下並未留情，本想將梁英豪一刀斬殺，連梁英豪都接不住，卻想不到龍曦月輕描淡寫的一劍就將飛刀擊落。

梁英豪到現在都沒回過神來，龍曦月怎會擁有如此厲害的劍術？難道當真是名師出高徒，經過胡小天隨便點撥了一下，龍曦月就成為了劍術高手？又或是這位公主一直都是一位深藏不露的劍法大師，只是隱藏得很深？

徐慕白點了點頭道：「那我來領教公主的劍法。」他從腰間緩緩抽出長劍，左手捏了個劍訣，右手長劍直指龍曦月的心口。

龍曦月雖然跟隨胡小天學會了一些防身的功夫，可是有生以來還是第一次用於實戰，抖動胡小天送給她的那柄軟劍，一招靈蛇吐信刺向徐慕白的右腕，這一招乃是攻擊的招數，根本沒有想到要防守。

徐慕白看到龍曦月出手，心中暗笑，看來龍曦月剛才只不過是湊巧擊落自己的飛刀罷了。梁英豪看到龍曦月居然不懂防守，暗叫不妙，完了，以徐慕白的武功，隨時都可以奪去她的性命。

徐慕白的這一劍刺到中途，卻突然感覺肘部如同被針扎一般跳痛起來，劇痛讓他的出手不由得放慢，而龍曦月的這一劍已經抓住時機完成，劍尖正刺在徐慕白的手腕之上，噹啷一聲，徐慕白手中長劍落地。

梁英豪看得目瞪口呆，以為是龍曦月刺中了徐慕白的手腕，所以他才會將長劍落在地上。其中的內情徐慕白才是最清楚的一個，如果不是肘部突然疼痛，龍曦月怎麼可能刺中自己，他暗自心驚，自己的肘部仍疼痛不已，好像有鋼針射入其中。

龍曦月又是一劍向他的咽喉刺去。

徐慕白強忍疼痛以左手去拿她的手腕，意圖將龍曦月手中的軟劍搶奪下來，可左手剛剛探出，又感到肩頭劇痛，又停滯了一下，生死相搏原本就是瞬息萬變的事情，絲毫的猶豫都可能將性命斷送掉，龍曦月手中軟劍已經刺到了徐慕白的咽喉，她畢竟心中善良，又怎能狠下心來殺人，軟劍在距離徐慕白咽喉一寸處想要停滯不前，可肘部卻突然感到一痛，手中軟劍不受控制地加速向前刺去，徐慕白下意識地將頸部後仰，饒是如此，劍鋒也已刺入他的咽喉。

龍曦月發出一聲惶恐驚呼，慌忙撒手，若非如此這劍必然刺穿徐慕白的咽喉，徐慕白已感覺到劍鋒透入喉頭的冰冷感覺，有生以來死神從未距離他如此之近。

龍曦月雖然一劍刺傷了徐慕白，卻把自己嚇到了，手足無措地望著徐慕白，看到他頸部鮮血淋漓，瞬間已經將那身潔白無瑕的衣袍染紅，充滿擔心道：「你沒事吧……我……我不想傷你的……」

徐慕白就差沒背過氣去了，他一言不發，恨恨點了點頭，轉身就走，他明白以龍曦月的武功根本不可能傷到自己，必有高手在暗中相助，正應了那句老話，螳螂捕蟬黃雀在後，他本以為自己是那隻黃雀，卻想不到黃雀另有其人，

如果說徐慕白走出院門的時候還能夠保持起碼的鎮定，可當他離開院門，脫離

龍曦月視線之後，馬上猶如驚弓之鳥，腳底抹油一般狂奔起來，他感覺死亡的威脅就在自己的左右。

梁英豪來到龍曦月身邊，幫她將染血的軟劍從地上撿了起來，望著龍曦月蒼白的俏臉，充滿慶幸道：「公主殿下，幸虧您及時出手，不然我這條賤命就沒了，想不到您居然還是一位用劍高手呢。」

龍曦月猶自驚魂未定，搖了搖頭道：「我也不知道究竟怎麼回事，剛剛有人在我耳邊說話指揮我向他刺去，我本不想傷他，可是根本收不住手。」

梁英豪此時方才知道事情的真相，看來十有八九有高人在背後相助，他向四周望去，根本沒有看到任何的人影蹤跡，對方既然能夠在暗處指揮龍曦月刺傷徐慕白，其武功必然到了深不可測的地步，除非人家願意主動現身，以自己的境界是不可能發現對方影蹤的。

徐慕白離開破廟一路狂奔，他此時再也顧不上什麼形象，不敢從正路離去，專挑叢林小徑，身上的衣袍匆忙之中也被荊棘灌木刮破多處，一直來到連雲山腳下的樹林內，轉身望去，再也看不到有人跟蹤過來，這才長舒了一口氣。從袖口上扯下布條，簡單將脖子包紮。包紮的時候，仍然不停張望，就在他以為自己總算脫離危險的時候，卻聽頭頂傳來一個聲音道：「你是在找我嗎？」

徐慕白抬起頭來，卻見一個黑衣人站在樹梢之上，身軀隨風微微起伏，仿若和這棵樹連成了一體，他的臉上戴著一張銀色面具，冰冷無情的目光望著自己。

徐慕白並非第一次見到此人，八月中秋之夜，他請胡小天在得月樓飲酒，當時就是此人擊滅了室內燭火，將胡小天引了出去，自己也追了出去，可是中途被如雨的瓦片攔下。徐慕白知道自己和對方的武功相差不少，望著那黑衣人，潛運內力，準備隨時迎接對方的攻擊：「你是誰？為何要跟我作對？」徐慕白並不知道對方的真正身分乃是姬飛花。

姬飛花輕聲歎了口氣道：「枉你也算是徐家子弟，徐老太太的一世英名全都敗落在你們這些不肖子孫的身上，欺負一個柔弱女子算什麼本事？想要製造一起血案，嫁禍他人嗎？」

徐慕白咬了咬嘴唇，長袖內，兩柄飛刀沿著他的手臂悄然滑落到他的掌心，他倏然發動，面對武功超出自己甚多的對手，除了偷襲，他沒有任何取勝的機會，兩道寒光一前一後射向對方。

姬飛花看到飛刀射來不慌不忙，長袖一抖，席捲在兩抹刀光之上，飛刀頓時改變了方向，轉而射向徐慕白的身體。此番反射而出的速度要超出徐慕白投擲速度的一倍以上。

徐慕白暗叫不妙，身體陀螺般旋轉，變換了六七種身法，方才堪堪將反射而來的飛刀躲過，可膝蓋卻突然一震劇痛，乃是被對方彈射出的鋼針射中，右膝一軟，單腿跪倒在了地上。

姬飛花淡然道：「此刻才想起求饒，未免太晚！」

徐慕白負痛道：「要殺便殺，何必折辱於我！」他的骨頭倒是硬朗，在落盡下風的情況下並未失了骨氣。

「殺了你只怕髒了我的手！」

姬飛花仍然站在樹枝梢頭，躲在面具後的目光靜靜平視前方，因為她看到在距離自己三丈外的樹枝梢頭出現了一位女人，這女人赫然正是金陵徐家總管徐鳳眉。

姬飛花淡然笑道：「原來你才是幕後主使！」

徐鳳眉道：「小孩子家不懂事，還望你不要跟他一般計較，有什麼事情，我替他擔著。」

姬飛花道：「自己做的事情當然要自己承擔，你口氣很大，以為自己可以代表徐家嗎？」

徐鳳眉淡淡一笑，左手在背後輕輕搖了搖，這樣的位置只能徐慕白才能看到，徐慕白明白這是讓自己儘快離去。

徐慕白從小就認識徐鳳眉，對這位徐家總管也一直敬畏，但對她的武功並不瞭解，看到徐鳳眉此時的表現，方才明白，這位小姑原來也是一位深藏不露的高手。

姬飛花目送徐慕白遠去，居然沒有動手的意思。她輕聲道：「你們現在的所作所為，徐老太太只怕並不知道吧？現在的徐家到底是誰在當家？」

徐鳳眉冷冷望著姬飛花道：「徐家的事情輪不到外人來過問！你又是誰？」

姬飛花淡然道：「你不妨跟過來揭開我的面具看看！」她竟然沒有發動進攻，轉身向破廟的方向投去。

徐鳳眉雙眉緊皺，對方並不戀戰，絕不是因為忌憚自己的武功，而是因為他擔心自己還有後手，趁著糾纏他的時候，派人去破廟對龍曦月再度下手，自己雖然善於佈局，可是並沒有想到今日的計畫會中途生變，對方的背後還有強援。

展鵬肩頭染血，身中數刀，手下二十名武士也傷亡過半，李鴻翰也是多處受傷，此時原本埋伏在山口的十名手下聽到動靜前來增援，漸漸重新佔據了主動。

就在此時，遠處忽然傳來呼喝之聲，李鴻翰聞聲一怔，那聲音正是朱景堯招呼他撤退所發的信號，李鴻翰知道必然有急事發生，不敢戀戰，有些不甘心地看了對面的展鵬一眼，展鵬渾身浴血，猶如殺神一般，手中弓箭瞄準了李鴻翰，他已經接連射殺了對方七名武士。

李鴻翰恨恨點了點頭道：「這筆帳我早晚要跟你清算。」他揮了揮手，率領手下向林外退去。

展鵬看到對方遠去，緊繃的弓弦方才緩緩放鬆，這場血戰之後，倖存的武士只有八人，曾小柔從藏身的岩石後走了出來，嚇得瑟瑟發抖，展鵬向地上橫七豎八的屍體看了一眼，現在還顧不上埋葬這些弟兄，他下令整頓隊伍，馬上返回破廟。

一行人回到破廟，看到梁英豪和龍曦月無恙，這才放下心來，梁英豪將展鵬叫到禪房內幫他包紮傷口，將剛才發生的一切詳細告訴了他。

展鵬聽聞有高手在暗中相助，心中也暗自慶幸。

此時外面傳來敲門聲，卻是龍曦月來了，展鵬穿好衣服，將房門打開。

龍曦月關切道：「展大哥傷勢如何？」

展鵬笑道：「皮外傷罷了，公主不必擔心。」

龍曦月向梁英豪看了一眼道：「梁大哥，原來你剛才是騙我的，說什麼小柔是奸細，其實是要利用她將西川的人引開。」

梁英豪道：「公主勿怪，我等也是為了公主的安危考慮，主公將您託付給我們照顧，若有任何閃失，我們也只有以死謝罪了。」

龍曦月道：「我才不要你們為我而死，你們也不要這樣想，其實在小天心中，你們和我一樣重要。」

梁英豪和展鵬聽到這句話，內心之中暖烘烘的，感覺就算是為龍曦月犧牲性命也是值得的。

展鵬道：「糟糕！」

龍曦月和梁英豪同時望向他，不知他所說的糟糕是什麼。

展鵬道：「剛才讓小柔姑娘受了一場驚嚇，我還未向她當面道歉呢。」

龍曦月也跟著點了點頭，為了保護她而讓曾小柔身涉險境，對她可是一件不公平的事情。

兩人同時望向梁英豪。

梁英豪搖了搖頭道：「此事或許真有些蹊蹺。」

梁英豪道：「剛才我的確沒有證據，只是為了讓公主安心，所以才出此下策，可是我們這一路之上都是低調而行，儘量避開人群，何以徐慕白會尾隨而至，我剛才去破廟門前看了看，發現了一個標記，顯然有人故意留下了記號。」他本是土匪出身，對這種手法非常的熟悉。

龍曦月道：「可是剛才還有西川李氏的人經過。」今晚在破廟中避雨的不僅僅是他們，李鴻翰那邊也來過，所以單憑一個標記應當無法斷定是小柔所為。

梁英豪道：「李鴻翰跟徐家好像沒什麼交往，非但如此，剛才公主也看到了，徐慕白出手就殺了李家的一名武士，李家人不會這麼傻，會留下這麼明顯的標記給敵人。至於我們手下的那二十名武士，全都是主公精挑細選，一個個赤膽忠心，絕不可能做這種吃裡扒外的事情。」他的言外之意就是小柔的疑點最大。

此時外面忽然傳來一聲慘呼，三人同時出門，卻見一名守住後門的武士直挺挺躺倒在血泊之中，胸口被人刺了一刀，鮮血仍然在汨汨流出，展鵬蹲下身去，伸手捂住他的傷口，那武士指向院牆。

梁英豪快走幾步，翻上圍牆，舉目望去，卻見遠處一個嬌小的身影稍閃即逝，已經消失在遠方的山林之中。

展鵬大聲道：「不必追了！」

其餘幾名武士在破廟內展開搜索，發現只有曾小柔失去影蹤，也就是說那名武士必是曾小柔所殺。想起這一路之上，龍曦月和曾小柔情同姐妹，始終有她相伴，眾人不由得膽戰心驚，這曾小柔隨時都有除掉龍曦月的機會，不知因何沒有下手。

還好那名武士沒有被刺中要害，包紮之後，他斷斷續續描述了剛才的情景，他負責把守後門，剛剛曾小柔走了過來，說是要出去，武士不肯，因為展鵬事先交代過，沒有他的允許任何人不得隨便出入，所以讓她去請示展鵬，卻想不到她一言不發，突然抽出匕首刺向自己。

龍曦月聽完之後，情緒頓時低落許多，轉身默默走回自己房間，將房門關上。

展鵬和梁英豪兩人對望了一眼，彼此臉上的表情都顯得有些無奈，梁英豪歎了口氣道：「公主心地善良，她將小柔視為姐妹一般，可是卻遭遇背叛，換成誰心理也不會好受。」

展鵬道：「只有等主公趕上來慢慢開導她了。」

龍曦月反手掩上房門，靠在房門之上，閉上美眸，淚水沿著皎潔的俏臉無聲滑落，也許她將人世想得太過美好，遭遇了那麼多的挫折仍然堅信多數人都是善良的，小柔這個日夜相處的姐妹居然也會背叛自己，她實在想不通，遭遇今晚的大起大落之後，芳心中越發思念胡小天，如果他在自己的身邊，這一切或許就不會發生。

房門被輕輕敲響。

龍曦月深吸了一口氣，控制了一下自己的情緒道：「我想好好休息一下，這會兒我什麼人都不想見。」

外面傳來一個熟悉而親切的聲音道：「怎麼？連我都不想見了嗎？」

龍曦月以為自己聽錯，慌忙拉開房門，卻見胡小天宛如一隻落湯雞一樣出現在大門前，無論形象如何狼狽，他的臉上都始終掛著陽光燦爛的笑容。

龍曦月鼻子一酸，淚水宛如決堤般湧了出來，她顧不上外面還有那麼多人在場，甚至等不及胡小天進入房內，縱身入懷，緊緊擁住了胡小天，俏臉貼在胡小天堅實的胸膛之上，此前的擔心和惶恐頃刻間一掃而光。

展鵬那群人全都識趣地轉過身去，主公秀恩愛時，他們最好還是視而不見。

胡小天反倒有些不好意思了，輕聲提醒龍曦月道：「兄弟們都在呢。」

龍曦月這才回過神來，羞得滿臉通紅，如同受驚的小鹿一般逃回房間內，連同胡小天一起關在了門外。

胡小天知道她面皮兒薄，不由得笑了起來，轉身來到眾人面前，抱拳道：「多謝各位兄弟了！」看到每個人身上都有輕重不等的傷口，無一例外的都染上了鮮血，胡小天心中一陣感動，若沒有這幫兄弟的幫助，只怕龍曦月又要遭遇麻煩了。

清晨，胡小天並未急於趕路，而是和手下人一起先來到連雲山下，將昨晚犧牲的十二名弟兄遺體掩埋，西川方面也沒有在這場血戰中占到任何便宜，胡小天在墓前巨石上用匕首刻下一行大字，十二義士之墓，又將每個人的名字親手鐫刻其上。

完成之後，和龍曦月一起在墓前恭恭敬敬叩拜三次，眾人看到他們的舉動，一個個熱血沸騰，身後若是能夠得到主公如此厚待，便是死都值得了。

胡小天向梁英豪道：「回去之後，善待所有弟兄的家屬，他們的父母妻子，我來供養。」

梁英豪抱拳道：「多謝主公！」

胡小天歎了口氣道：「要感謝的是你們才對，如果不是你們拚著性命保護曦月，恐怕我們已經人鬼相隔了。」他握了握龍曦月的纖手。

龍曦月點了點頭道：「等我去了東梁郡，要逐一去拜會他們的家人。」

胡小天欣慰地望著龍曦月，她雖然善良柔弱，可是骨子裡也有她自己的堅強和大氣，最難得的是她識得大體，知道如何處理這些事情，說話做事讓展鵬和梁英豪這幫草莽兒郎都由衷心折。

胡小天也得知了龍曦月擊敗徐慕白的事情，他當然不會相信龍曦月速成的劍法擁有這麼強大的威力，推測必然有高手在背後相助，想來想去最可能出手相助的人只有姬飛花，自從快活林之後，姬飛花始終都沒有現身，看來她並不想和龍曦月正面打交道，雖然胡小天很想見她一面，當面問個清楚，可是姬飛花向來都是神龍見首不見尾。

不過姬飛花在胡小天心中從來都是強者的存在，她無需自己的呵護，胡小天相信姬飛花在任何時候都可以照顧好她自己。而龍曦月則不同，她將這個世界想得太過美好，即便是屢經挫折也不改初衷，可現在看來善良也未嘗是一件壞事，曾小柔是內奸無疑，從南津島就利用苦肉計來打入自己的內部，應該是徐慕白故意佈置在自己的身邊的一顆棋子。

現在回想起來胡小天不禁有些後怕，如果曾小柔想要對龍曦月下手，恐怕早就已經得手，為何她最後選擇離去？是因為她的任務之中並不包括殺人在內？又或是她因為龍曦月的善良而最終放棄了傷害，真正的內情也許只有她自己才知道了。

五日之後，他們來到了椰風城，這裡是天香國的西北重鎮，也是通往紅木川的門戶之地，夏長明和喬方正兩人也於當天抵達了這裡，眾人會合之後，胡小天將夏長明獨自叫到了房間內，把途中發生的事情詳細告訴了他。

夏長明聽完神情黯然，他和曾小柔在途中情愫暗生，雖然彼此並未公開表白，可是早已明白了對方的心意，本以為終於找到了理想中的另外一半，卻要面對她是內奸的現實，夏長明歎了口氣道：「都怪長明識人不善，讓公主受驚了。」

胡小天知道他的心裡並不好過，拍了拍他的肩膀安慰道：「此事怪不得你，當初救人的是我，決定讓她登船隨行的那個人也是我，是我被她的苦肉計騙過。」

夏長明道：「主公放心，若是讓我遇到她，一定不會留絲毫的情面。」

胡小天道：「長明，不瞞你說，此事讓我後怕之餘還感到有那麼一些幸運，若是曾小柔當真想害公主，一路之上她下手的機會實在太多，為何她最終選擇放棄？焦寶被她刺了一刀，以焦寶的武功居然沒有做出任何的反應，證明曾小柔的武功不弱，她若是想殺焦寶也是易如反掌的事情，可這一刀並沒有刺在要害之處，由此來看她或許不想多造殺戮。」

夏長明認為胡小天這樣說只不過是想讓自己的心裡好過一些，低聲道：「主公不必開解我了，從今以後她就是我的仇人。」

胡小天道：「長明，若是真有機會遇上，還是問個清楚為好，有些事情是掩飾不住的，我看得出，她對你也不是沒有感情。」

胡小天說完決定給他一個獨自冷靜的機會，走出門外，正看到龍曦月坐在院子裡跟喬方正聊天，胡小天心中好奇，那喬方正性情乖戾，喜怒無常，如同一隻野獸一般，龍曦月跟他能有什麼共同語言。

看到胡小天過來，龍曦月笑了笑，起身回去了。

喬方正從胡小天的腳步聲已經辨別出他的身分，微笑道：「恩公來了，坐！」

胡小天笑著坐了下去：「前輩不必如此客氣，恩公這兩個字我可不敢當。」

喬方正道：「你又何必虛情假意，救了就是救了，老夫欠你的人情當然要叫你一聲恩公。」他停頓了一下道：「公主真是善良啊，你以後可要善待人家。」

胡小天這才留意到喬方正面前放了一瓶枇杷露，卻是龍曦月聽到他不停咳嗽，所以特地送了一瓶藥給他，龍曦月還真是細心，更難得的是她慈悲為懷，看到喬方正年紀這麼大又雙目失明，心中非常同情，由衷想給他一些幫助。

胡小天道：「難得有你誇讚之人，原來是吃了別人的嘴軟。」

喬方正歎了口氣道：「這世上單純善良之人已經是越來越少了，每個人都被貪欲蒙上雙眼，為了權利二字不惜爾虞我詐，做盡卑鄙無恥之事。」說到這裡他的情緒又激動起來，胸膛不住起伏。

胡小天道：「世人皆是如此，前輩又何必耿耿於懷。」目光落在喬方正的肩頭，看到他雙肩處仍然鼓出了兩個包，乃是因為當初拴住他鎖骨的兩隻鐵環仍然沒有取下，現在有了時間剛好幫他將鐵環取下來。

喬方正道：「我現在什麼都看不到了，就算是仇人來到我的對面，我也看不清他的樣子，恩公，你救我的這份大恩我心領了，無以為報，更不忍欺瞞於你，你外公如果當真是虛凌空，那麼他在我們幫內的名字叫做徐三省，乃是我們丐幫的首席傳功長老，此前我跟你說過，他已經死了，可是我並未親眼見到，我只是知道他和無極觀的空空道人在玄陰山雪峰之巔約戰，兩人惡鬥了三天三夜，最後雙雙失蹤於雪崩之中，丐幫派出不少人前去搜索，最終只在雪崩現場找到了他的一隻鞋子。」

胡小天皺了皺眉頭，他始終都不認為外公會那麼容易死掉，以外公的武功即便是雪崩他也應該能夠逃過，何以喬方正會說他死了？

喬方正道：「當時前往尋找你外公的人，就是現任幫主上官天火，那鞋子就是他找到，而且從雪崩現場還找到了另外的一件至寶。」

胡小天聽到寶物二字不由得打起了精神，心中暗忖，能被這幫乞丐稱為至寶的東西也唯有綠竹杖了。

他果然沒有猜錯，喬方正道：「綠竹杖！」

胡小天道：「綠竹杖不是幫主才能擁有的信物嗎？我外公他只是一個傳功長老，為何會有綠竹杖？」

喬方正道：「因為他此番前往玄陰山就是為了尋找綠竹杖，丐幫的上任幫主就是被空空道人所害。」

胡小天對丐幫的內部事情並不關心，他只關心外公的下落，喬方正所說的跟他所瞭解到的出入太多，他不禁好奇道：「童鐵金因何又宣稱我外公被他們所困？」

喬方正道：「丐幫乃是天下第一大幫派，若是幫主遇害的消息傳出去，必然引起幫內震動，丐幫素來分為淨衣和汙衣兩派，若是因此而分裂也有可能，當初我們商議之後決定暫時嚴守幫主遇害的消息，等找到綠竹杖選好繼任幫主之後，再公開宣佈這個消息。後來你外公不知從何處得知幫主被空空道人所害，於是前去尋仇，並索要鎮幫之寶綠竹杖，方才有了那場驚天動地的決鬥，應該是兩人的決鬥引發了雪崩，他們都沒有逃過那場劫難，全都葬身於那場雪崩之中。」

胡小天道：「也就是說你們並未找到屍體，未必能證明他老人家已遇難了？」

喬方正道：「若非遭遇不測，他無論如何也不可能將那根綠竹杖丟下的，這綠竹杖在我們丐幫人的眼中，比起性命更加重要。」

胡小天點了點頭，他當然懂得這個道理，綠竹杖不僅僅本身的價值，更是丐幫的無上信物，誰得到了綠竹杖，誰就是丐幫幫主的當然人選。上官天火能夠得以繼任幫主，應該和他撿到了這根綠竹杖有關。

喬方正道：「上官天火雖然找到了綠竹杖，可是他並非是我們丐幫幫主的第一人選，放眼幫中，論武功論智謀超出他的人有不少，他想成為幫主首先就要得到幫內元老的認同，我不知道他用什麼法子居然說服了多半人。」

胡小天道：「上官雲冲不是你的徒弟嗎？」

提起上官雲冲，喬方正就恨得牙根癢癢，他咬牙切齒道：「別提這個狼崽子，我雖然對他悉心相授，將他視為自己的親生兒子一般，可一碼事是一碼事，在上官天火成為幫主的事情上我卻持反對態度。上官雲冲做事乖巧，他從小跟我一起，十年之前，因為保護另外三名傳功長老，而獲得了他們將內力相授，因為那幾位傳功長老的囑託，也因為他悟性奇高，我們也將他視為丐幫的未來希望，我將自己的武功傾囊相授，目的也是栽培他日後成為丐幫的棟樑之才。他從不在我的面前提起他父親的事情，可他卻利用我對他的信任，在我的酒菜中下毒，等我清醒之後，發現自己的雙目被人硬生生剜去，身體多處被鐵鍊鎖住。」想起自己遭受的折辱，喬方正悲憤交加，手中稍一用力，茶盞喀嚓一聲裂為碎片。

胡小天心中暗歎，被人背叛的滋味絕不好受，尤其是被自己視為親生兒子一樣的徒弟背叛。

喬方正道：「我前前後後在那石洞中被關了有一年多的時間了，那兩隻鐵背蒼猿幾乎每日都會過來戲弄我，將老夫當成了一個玩物，老夫恨不能一頭撞死，只可惜手足被縛，連死去的能力都沒有。」

胡小天安慰他道：「前輩不必難過，守得雲開見月明，您現在總算自由了。」

喬方正用力吸了一口氣，點了點頭道：「老夫能有今天全都是拜你所賜，日後你若是有什麼用得上我的地方，老夫必效犬馬之勞。」能讓性情孤傲的喬方正說出這番話已經實屬難得。

胡小天道：「前輩，我救你出來也不是想求什麼回報，不過晚輩倒是有個想法想和前輩商量一下。」

喬方正道：「你只管說就是。」

胡小天道：「前輩在這世上也沒什麼親人了，上官天火如今是丐幫幫主，以他今時今日的勢力和地位，你跟他也無從抗衡，想要報仇應該沒有任何可能。」

胡小天這番話雖然說得並不順耳，可喬方正也明白他所說的全都是事實，自己空有一身武功，可惜雙目已盲，連最基本的生活自理都有問題，更不用說報仇，雖然他聽力敏銳超群，可是耳朵畢竟無法完全取代雙眼的作用。

胡小天故意停頓了一下，留給喬方正消化他這段話的時間，然後方才道：「既然咱們都和上官天火父子有仇，那麼為何不能聯手對付他們？我幫你肅清丐幫內部奸佞，你也可憑藉你的經驗和閱歷給我指點建議。」

喬方正沒說話，胡小天的建議明顯對自己有利，人家又沒要求自己幹什麼，只是想利用他的經驗和閱歷罷了，憑自己的能力是不可能為丐幫掃除奸佞的，目前想要復仇也只有借用胡小天的力量，至少在對付上官天火父子的事情上，他們兩人目標一致。想到這裡，喬方正點點頭道：「也好，如此說來老夫就多有叨擾了。」

胡小天聽他同意跟自己合作心中也是一喜，他的手下雖然眾多，但是仍然缺少頂級高手的存在，喬方正能夠留在自己身邊當然最好不過，有了他的存在，等於多了一道保險，多了一位高手保駕護航。

胡小天決定在椰風城停留一天，利用這一天的時間讓手下人前去購物給養，他也剛好抽時間為喬方正取下兩個掛在他鎖骨上的鐵環。

黃昏時分，胡小天陪著龍曦月一起來到城內閒逛，胡小天回歸之後，龍曦月的心情已經完全安定了下來，笑容重新回到了她的臉上，兩人都是男裝打扮，龍曦月因為胡小天風趣的話語時不時發出歡快的笑聲，時而小鹿般跳躍，時而挽住胡小天的手臂，兩人的親昵舉動吸引了不少路人的眼光。

龍曦月很快就意識到周圍人的眼光有些怪異，她好奇地詢問胡小天道：「咱們有什麼特別嗎？為何他們都這樣看著我們？好像咱們是怪物一樣。」

胡小天嘿嘿笑了一聲，附在她耳邊小聲道：「你是男裝打扮，他們看到兩個男人打情罵俏，濃情蜜意，當然會奇怪了。」

龍曦月此時方才意識到自己犯了個錯誤，紅著俏臉，咬著櫻唇道：「人家險些都忘了。」說到這裡她卻又想起了一件事，將髮冠取下，任憑一頭烏黑亮麗的長髮流瀑般落了下來，這下即便是瞎子也能夠看出她是個美麗不可方物的女孩子了，龍曦月挽住胡小天的手臂，俏臉紅撲撲的煞是可愛。

胡小天望著她嬌豔的俏臉，恨不能現在就湊上去狠狠啃上一口。

龍曦月明澈的雙眸眨了眨，似乎猜到了他心中所想，小聲道：「你不是說我是男人嗎？為何這樣看著我？」

胡小天低聲道：「就算你是男人，我也要你。」

龍曦月的眼波春水一般溫柔，皺了皺可愛的鼻翼，抓住胡小天的大手輕輕蕩了蕩，小聲道：「原來你喜歡男人的。」

胡小天因她的話笑了起來。

龍曦月紅兒臉兒道：「我忽然想起一件事，說出來你可不許生氣。」

胡小天點了點頭：「我怎麼會捨得生你的氣。」

龍曦月鼓足勇氣道：「外面都說你跟姬飛花在宮裡的事情……究竟是不是真的？」問完這句話連她自己都不好意思了，羞得垂下頭去。

胡小天故意道：「我跟他什麼事情？你問也問清楚啊！」他當然清楚，在姬飛花當權之時，自己是姬飛花面前的紅人，外界關於他們之間關係的猜測也是塵囂而上，最多的一個版本就是他們兩人曖昧不清，姬飛花將他當成了孌寵，龍曦月所問的必然就是這件事。

龍曦月鬆開他的手，捂住俏臉道：「我錯了，我相信你不會的……」

胡小天一臉壞笑道：「你沒錯，其實我們兩人之間真像你想像的那樣呢。」

龍曦月放下雙手，一臉錯愕，美眸中的目光顯得非常震驚：「你們……果然……那樣……」

「怎樣？」胡小天故意問道。

龍曦月有些難為情地跺了跺腳：「不理你了，你……你……」

胡小天終於繃不住哈哈大笑起來。

龍曦月知道他故意在戲弄自己，裝出生氣的樣子快步向前方走去，此時前方有一對人向這邊走了過來，胡小天擔心她遇到危險，趕緊快步跟了上去，擁住她的肩頭，將她帶到路邊，卻見一隊士兵押著五名乞丐走了出去，原來自從飄香城發生國王被擄之事，整個天香國上下就開始對丐幫進行清剿，雖然並沒有展開大肆屠殺，可各個城鎮見到乞丐馬上就將之驅逐出境，一時間丐幫幫中在天香國陷入人人喊打的境地。

龍曦月看到那些乞丐衣衫襤褸遍體鱗傷還被官兵驅逐，不由得生起同情心，歎了口氣道：「若非走投無路誰願意去做乞丐，天香國因為上官雲冲一個人的事情而降罪於所有的乞丐，也未免有些過火了，回頭我寫一封信給姑母，希望她能夠重新考慮這件事。」

胡小天並沒有告訴龍曦月眼前的一切全都因為自己而起，他也沒勸龍曦月打消這個念頭，其實胡小天的初衷也不是針對整個丐幫，此次天香國大範圍清理丐幫的原因不僅僅是王上被擄，或許還有隱情，龍宣嬌要借著這次的機會剷除異己，削弱丐幫在天香國內日漸增強的影響力，任何政權都不想自己國內擁有這樣龐大的一支地下勢力，所以即便是龍曦月寫信勸她也是無用。

一名蓬頭垢面的小乞丐看到那支隊伍嚇得掉頭就逃，不知是哪位好事的路人伸出一腳絆了他一下，小乞丐重重摔倒在了地上，手中的飯碗摔了個稀巴爛，打狗棒脫手飛出，正落在了龍曦月的腳下。

龍曦月慌忙上前將那小乞丐扶起，兩名如狼似虎的士兵衝了過來，其中一人喝道：「這裡還有一個，抓起來！」

那小乞丐驚恐叫道：「別抓我……我沒做壞事……」說話間已經嚇得哭了起來，卻是一個六七歲的女孩兒，淚水沿著滿是污垢的小臉流下，露出潔白如玉的肌膚，一雙滿是污垢的小手緊緊攥住龍曦月的衣袖，充滿求助地望著她。

那士兵看到龍曦月如此美麗，也是一呆，他伸出大手試圖去抓那小乞丐，龍曦月道：「住手，她只不過是一個小孩子，你又何必為難她？」

此時十多名士兵全都向這邊圍攏而來，為首將領兇神惡煞般喝道：「我勸你們最好不要多事，王上有旨，要將所有的丐幫弟子驅逐出境，你們若是抗旨不遵，一樣抓起來。」

那小乞丐大哭道：「我……我又不是丐幫弟子……」

胡小天走了過去，懶得多說話，將手中的碧玉雕龍牌在那名將領眼前晃了晃，那將領顯然認得這面龍牌，知道是王宮信符，嚇得慌忙垂下頭去，抱拳道：「在下有眼無珠，冒犯之處還望大人不要見怪。」

胡小天擺了擺手，示意他們快走。

那群人果然不敢繼續糾纏，帶著那幾名乞丐走了。

龍曦月有些心疼地看著小乞丐，剛才那一跤摔得不輕，她額頭上鼓起了一個大包，龍曦月柔聲道：「痛不痛？你家人呢？為何會沿途乞討？」

那小乞丐抽抽噎噎道：「我爹我娘不要我了，我……只想要口飯吃……不想被餓死……」

龍曦月眼圈兒都紅了，伸出手去，將那小乞丐抱在懷中，輕聲道：「跟姐姐來，姐姐帶你去吃飯。」

胡小天知道龍曦月素來愛潔，看到她擁住小乞丐毫無嫌棄之意，心中對她的善良更是欣賞。兩人帶著那小乞丐來到就近的酒樓，本來小二看到他們前來滿臉堆笑地迎了過來，可是看到那小乞丐，笑容馬上收斂，苦笑向胡小天拱手道：「這位大爺，不是小的不做你們的生意，實在是不敢啊，上頭有令，若是有人膽敢收留乞丐，按窩藏罪論處，大爺，您就別為難小的了。」

胡小天正想跟他理論，龍曦月柔聲道：「算了，誰都不容易，你又何必為難他。」當下就在路邊的包子鋪給那小乞丐買了六個大包子，小乞丐已經多日沒有吃飯，看到包子雙目變得異常明亮，顧不上說話，抓起一個包子就大口大口的吃了起來，因為吃得太急，不慎噎著了，胡小天將隨身的水囊給她，小乞丐好不容易才把這口包子順了下去。別看她小小年紀，可是食量不小，一會兒功夫就風捲殘雲般將六個大包子全都吃完了，不停打著飽嗝。

龍曦月充滿愛憐地摸了摸她的頭，輕聲道：「你還餓不餓？」

小乞丐搖了搖頭。

龍曦月道：「你叫什麼？你家裡還有什麼親人？說出來或許我們可以幫你。」

小乞丐填飽了肚子，內心也不像剛才那般害怕，她小聲道：「我叫小歐，家裡沒人了，我跟爹娘失散兩年了，我也記不清自己的家在哪裡，甚至連爹娘的樣子都快忘記了……」說到這裡她又流下了眼淚。

龍曦月看了看胡小天，胡小天知道她的心意，微笑道：「既然你想幫她，就讓她先跟咱們回去，喬老前輩身邊剛好少個伴兒，讓她幫喬老前輩認認路也是好的，權當是幫他找了一雙眼睛。」

龍曦月聞言心中頓感安慰，胡小天果然瞭解自己。

喬方正聽說給自己找來了一個同伴，不由得皺起了眉頭，可他本身也是寄人籬下，當然也不好說什麼，小歐雖然年齡幼小，可能是流離失所見慣世態炎涼的緣故，做事極有眼色，而且手腳勤快，喬方正一有什麼想法，不等他吩咐，小歐就搶先幫他做好，短短的一天時間，喬方正竟然有種離不開這孩子的感覺了。

離開椰風城之後就算正式進入了紅木川的範圍，這一帶山巒起伏，河流遍佈，密林眾多，氣溫頗高，沒有冬季，常年處於炎夏之中，兼之雨水豐沛，讓他們走走停停，原計劃三日就能夠抵達紅木川腹地火樹城，現在走了五日還沒到。

自從離開連雲山，胡小天就和姬飛花失去了聯繫，好在這段路途中並沒有再遇到敵人。

當日黃昏，隊伍在密林之中露營，尋找空曠高地，剛剛紮好營帳，一場雨又落了下來，進入紅木川之後，對他們來說下雨已經如同家常便飯，這已經是今天的第三場雨了。

胡小天拿著一串椰子鑽入龍曦月的營帳。

龍曦月正在擦拭淋濕的髮，向胡小天道：「這紅木川的天氣真是又悶又熱。」

胡小天道：「聽說進入火樹城就會變得涼爽乾燥。」

龍曦月點了點頭道：「我讀過關於紅木川的地理日誌，往火樹城走，地勢會不斷升高，火樹城周圍方圓兩百里都是平原，那裡也是紅木川最為繁華的地方，過去天香國設立的都護府就在火樹城。」

胡小天拿起一方乾燥的毛巾幫著龍曦月將頭髮擦乾，龍曦月嬌羞垂下頭去，看到她潔白如玉的美頸，胡小天忍不住低下頭去在她頸後吻了一下，似乎覺得很不過癮，又用力啜了一口，在龍曦月頸上留下了一個唇印，龍曦月對著銅鏡看到，羞得伸手擰住他的耳朵：「討厭，居然這麼狠，這個樣子讓人家怎麼出門。」

胡小天道：「天熱火大，一時沒收住嘴。」厚著臉皮還想要點福利，卻被龍曦月伸手抵住了胸膛，小聲道：「別鬧，到處都是人。」

胡小天也知道畢竟是帳篷，外面都是兄弟們，鬧出動靜被別人聽到總是不好，他笑了笑，指了指嘴唇。

龍曦月含羞湊過去輕吻了一下，胡小天這才心滿意足地退了出去，卻看到外面小歐牽著喬方正的手站在一棵大樹下，一老一小不知說著什麼。這會兒雨小了許多，森林中的雨說來就來說走就走，胡小天向兩人走了過去。

胡小天道：「你們爺倆兒不在帳篷中避雨，出來做什麼？」

喬方正道：「這裡是不是鎖龍台？」

胡小天道：「我也不清楚是什麼地方，進了這森林我就開始犯迷糊，咱們已經鑽了整整四天的林子，好像還要有一天才能走出去。」

喬方正道：「應該是鎖龍台，我的感覺不會有錯，胡小天，你有沒有看到一座平地而起的山峰，山峰之上，有一棵孤零零的大樹？」

胡小天抬頭四顧，這裡到處都是大樹，遮天蔽日，就算是有喬方正所說的地方，只怕走過去也渾然不覺。

喬方正顯得頗為急切：「有沒有？有沒有？」

胡小天道：「還沒有走出林子，等明兒走出了森林或許就能看到了。」

喬方正道：「走出去就錯過了，你輕功高強，尋找一棵大樹爬上去看看。」

胡小天在自己的後腦勺上拍了一記，真是糊塗，這麼簡單的道理自己咋就沒有想到呢？他向小歐笑了笑道：「小歐，想不想跟我上去看看？」

小歐點了點頭，現在的小歐已經洗去一身的污穢換上了乾淨的衣服，粉雕玉琢的一個女娃兒，煞是可愛，喬方正雖然在人前表現的對她並不熱情，可私下裡卻對這個女孩兒緊張得很，時刻牽著她的小手。

胡小天讓小歐騎在自己的肩頭，騰空飛躍而起，小歐歡呼了一聲，這孩子膽子卻是不小，身後傳來喬方正關切的聲音道：「你不要驚嚇到小歐！」

胡小天帶著小歐沿著樹幹扶搖而上，越升越高，鑽出樹冠，卻見天空中烏雲正在以可見的速度向西方消散，一道瑰麗的七色彩虹宛如長橋一般將碧藍如洗的天空和翡翠般的森林連接在一起。

小歐忽然指著正北的方向：「胡大哥，你看！」其實她本來叫胡小天叔叔的，可是胡小天因她叫龍曦月姐姐，所以讓她改口叫自己大哥。

胡小天順著她所指的方向望去，卻見北方果然有一座山峰聳立在那裡，山峰之上有一棵孤零零的望天樹。胡小天眨了眨眼睛，確信自己沒有看錯，方才返回地面，他將自己的所見告訴了喬方正。

喬方正低聲道：「咱們必須要去那裡一趟。」

胡小天已經猜到他會提出這樣的要求，低聲道：「那座山峰目測距離咱們還有五六里，雖然看起來距離不遠，誰知道前面道路的情況如何？而且好像跟咱們前往火樹城背道而馳，一去一回只怕要耽擱不少的時間，搞不好咱們明天就不能如期抵達火樹城了。」

喬方正道：「必須要去，此事關乎到丐幫未來的生死存亡，胡小天，合作是你提出來的，你必須要幫我。」

胡小天道：「喬老前輩，合作必須要建立在雙方開誠佈公的基礎上，您不跟我說去那裡做什麼？我又怎麼幫你。」

喬方正哼了一聲道：「就知道你這小子滿腦子鬼主意，老夫也不怕你知道，那鎖龍台裡有一座密室，乃是我們過去幾個傳功長老修煉之所，也藏有我們的一些秘密，我想去看看，是不是被他們發現了。」

胡小天相信他說的應該是實話，當下點了點頭道：「也好，咱們休息一晚，明日一早過去。」

喬方正卻道：「不行，必須要晚上過去，不然根本找不到入口！」

胡小天聽他說得如此神秘，心中的好奇也被他徹底勾起，微笑道：「既然你如此迫不及待，我也只能捨命陪君子了。」

胡小天當下叫上眾人，儘快收拾好營帳，趁著夜色尚未降臨，儘快趕到喬方正所說的鎖龍台。

雖然知道了方位，可是在這密林之中行走難免偏離方向，為了儘量少走冤枉路，胡小天不時爬出樹叢，從外面觀察山風所在的位置，幸好這一路上並未遭遇太複雜的地形，半個時辰之後，他們已經來到了鎖龍台下，這座山峰生得極為奇特，宛如平地拔起，山峰高約百丈，山峰之上生滿矮小的植被，只有峰頂長著一棵高達三十丈的望天樹。

喬方正伸手撫摸著山體濕漉漉的岩層，有些激動道：「是這裡，應該就是這裡了！」

請續看《醫統江山》第二輯卷十二　刺殺之夜

醫統江山II 卷11 皇室對決

作者：石章魚
發行人：陳曉林
出版所：風雲時代出版股份有限公司
地址：10576台北市民生東路五段178號7樓之3
電話：(02) 2756-0949
傳真：(02) 2765-3799
執行主編：劉宇青
美術設計：許惠芳
行銷企劃：林安莉
業務總監：張瑋鳳

初版日期：2021年2月
版權授權：閱文集團
ISBN ：978-986-352-907-1
風雲書網：http://www.eastbooks.com.tw
官方部落格：http://eastbooks.pixnet.net/blog
Facebook：http://www.facebook.com/h7560949
E-mail：h7560949@ms15.hinet.net
劃撥帳號：12043291
戶名：風雲時代出版股份有限公司

風雲發行所：33373桃園市龜山區公西村2鄰復興街304巷96號
電話：(03) 318-1378
傳真：(03) 318-1378
法律顧問：永然法律事務所 李永然律師
北辰著作權事務所 蕭雄淋律師

行政院新聞局局版台業字第3595號 營利事業統一編號22759935

定價：270元

國家圖書館出版品預行編目資料

醫統江山 第二輯／石章魚 著. -- 臺北市：風雲時代，2020.09- 冊；公分

ISBN 978-986-352-907-1（第11冊；平裝）

857.7 109009548